셜록 홈즈
베스트 걸작선

셜록 홈즈 베스트 걸작선

초판 1쇄 인쇄_ 2014년 8월 13일 | **초판 1쇄 발행_** 2014년 8월 20일
지은이_아서 코난 도일 | **편역_**김은영
펴낸이_진성옥 · 오광수 | **펴낸곳_**꿈과희망
디자인 · 편집_김창숙, 박희진 | **마케팅_**최대현, 김진용
주소_서울시 마포구 토정로 222 B동 1층 108호
전화_02)2681-2832 | **팩스_**02)943-0935 | **출판등록_**제1-3077호
http://www.dreamnhope.com| e-mail_ jinsungok@empal.com
ISBN_978-89-94648-69-9 03810
※ 책 값은 뒤표지에 있습니다.
ⓒPrinted in Korea. | ※ 잘못된 책은 바꾸어 드립니다.

SHERLOCK
HOLMES

셜록 홈즈
베스트 걸작선

아서 코난 도일 지음 | 김은영 편역

꿈과희망

셜 록 홈 즈　　베 스 트　　걸 작 선

SHERLOCK HOLMES BEST

SHERLOCK HOLMES
BEST

착각한
병사

SHERLOCK HOLMES
BEST

착각한 병사

　친구 왓슨은 사고의 폭은 좁지만 인내력만큼은 그를 따라갈 자가 없었습니다. 그는 나에게 경험했던 일들을 글로 써보라고 끈질기게도 나를 귀찮게 했습니다. 그런 성가신 일은 어떻게 보면 내가 자초했는지도 모릅니다. 나는 시간 날 때마다 그의 이야기가 피상적이면서, 사실과 수치에 주력하는 대신 대중의 입맛 맞추기식이라는 비난을 쏟곤 했거든요.

　"홈즈, 자네가 직접 써보면 되잖아!"

　그는 이런 식으로 일침을 가하곤 했습니다. 그런데 막상 직접 펜을 들고 보니 독자들의 관심을 불러일으키는 쪽으로 쓸 수밖에 없다는 게 부인할 수 없는 사실입니다. 다음 사건은 나도 모르게 왓슨의 기록에서 빠뜨리긴 했습니다만 내가 수집한 사건 중에서는 가장 절묘한 것이니만큼 독자들에게 실망을 주진 않을 것입니다. 이참에 나의 오랜 친구이자 전기 작가인 왓슨에 대해 말하려고 합니다. 그간 내가 다양한 사건을 찾아다닐 때마다 친구를 데리고 다닌 것은 단순한 감정이나 기분 때문이 아니었습니다. 사실은 그의 남다른 자질 때문이었지요. 겸손한 성품을 지닌 그는 나의 활동을 과대평가하면서도 자신의 장점은 하찮은 것으로 치부했습니다. 상대의 생각과 행동을 들여다보는 나 같은 친구는 늘 부담스러운 존재입니다. 그러나 언제나 덮어놓은 책과 같아서 사건의 전개에 대해 감각이 느린 사람에게는 나 같은 사람이 가장 이상적인 파트너가 될 것입니다.

노트를 뒤적여 보았더니 제임스 M. 도드 씨가 날 찾아온 것은 보어 전쟁(1899~1902년 영국과 트란스발공화국이 벌인 전쟁으로, 남아프리카전쟁이라고도 한다.─옮긴이)이 종료된 시점 그러니까 1903년 1월이었습니다. 얼굴이 검붉게 탄 그는 힘이 넘쳐났고, 자세가 꼿꼿한 아주 큰 체격의 영국인이었습니다. 당시 내 친구 왓슨은 새로운 아내를 만나 나를 떠났는데 그것은 우리 두 사람이 동반자적인 관계에서 벗어났던 단 한 번의 일로 기억됩니다. 그때 나는 혼자였습니다.

나는 늘 그랬듯이 창문을 등지고 앉아 있었고, 손님은 빛이 들어오는 맞은편 의자에 앉혔습니다. 제임스 M. 도드 씨는 어떻게 말문을 열어야 할지 몰라 아주 당황스러운 표정이었습니다. 나는 모르는 척했습니다. 상대가 그렇게 쩔쩔 매는 동안 그를 살펴볼 시간을 얻을 수 있기 때문이었지요. 나는 의뢰인들에게 어느 정도 내 능력을 드러내는 것이 현명하다는 것을 잘 알고 있었기에 나의 직감을 살짝 내비쳤습니다.

"남아프리카에서 오셨지요?"

"네, 맞습니다."

도드 씨는 순간 놀라워하며 대답했습니다.

"기마 농민 의병 출신인가 보죠?"

"그렇습니다."

"미들섹스 부대였나요?"

"맞는데요, 홈즈 선생님. 마치 마법사처럼 잘 아시네요."

나는 그가 당황해 하는 것을 보고 살짝 미소를 지었습

니다.

"저를 찾아온 건장한 신사가 얼굴은 영국의 햇빛으로 태웠다고 볼 수 없을 정도로 얼굴은 검붉게 그을려 있는데다 손수건은 주머니가 아닌 옷소매에 넣고 있으니 그의 지난날을 알아차리는 것이 그렇게 어려운 일은 아니잖습니까. 지금 턱수염이 짧은 것으로 보아서는 정규군이 아니었던 것 같군요. 머리 스타일은 기병대 출신 같으며 조금 전 건네주신 명함에는 스록모턴가의 주식 중개인이라고 적혀 있는 것을 보고 알아차렸습니다. 이쯤 되면 당신이 소속되어 있는 연대에 대한 답이 나오지 않겠습니까?"

"선생님은 모르는 게 없으십니다."

"그렇다고 내가 특별한 재주를 가진 것은 아닙니다. 다만 내가 눈여겨본 것을 토대로 추론하는 연습을 많이 한 것뿐입니다. 오늘 아침 당신이 나를 찾아온 이유가 관찰의 과학에 대한 토론을 위한 것은 아닐 테니 턱스베리 올드 파크에서 무슨 일이 있었던 게 아니오?"

"홈즈 선생님⋯⋯!"

"허허, 뭐 그렇게 신기해 할 것까지는 없습니다. 당신이 편지 머리에 그곳이 어디인지를 적어놓았으니까요. 거기다 이렇게 급하게 찾아오겠다고 한 걸 보니 분명히 어떤 중요한 사건이 갑자기 발생한 것이라고 판단했습니다."

"맞습니다. 그건 사실입니다. 편지를 쓴 것은 어제 오후 였는데 그 후에도 여러 사건이 발생했습니다. 엠스워드 대령이 저를 쫓아내지만 않았어도……."

"내쫓았다고요?"

"네, 그런 셈입니다. 엠스워드 대령은 지독합니다. 예전 에 육군 최고의 호랑이 지휘관이었었지요. 게다가 당시는 말이 거칠었던 때였습니다. 고드프리만 아니면 저는 그 사람 밑에서 버티지 못했을 겁니다."

나는 파이프에 불을 붙이고 의자에 몸을 기댔습니다.

"무슨 뜻인지 구체적으로 말씀해 주시겠습니까?"

그러자 그는 장난스럽게 웃었습니다.

"선생님은 얘기를 듣지 않아도 모든 사실을 훤히 알고 계신 줄 알았습니다. 지금 말씀을 드릴 테니 도대체 그것 이 무엇을 의미하는 것인지 알려주셨으면 합니다. 지난밤 내내 머리 아플 정도로 생각을 했지만 도무지 이해가 안 됩니다.

그러니까 저는 2년 전 1901년 1월에 자원하여 군에 들 어갔는데, 마침 고드프리 엠스워드도 같은 대대에 입대했 습니다. 그는 엠스워드 대령의 외아들입니다. 크림 전쟁

(1853~1856년 크림반도 · 흑해를 둘러싸고 러시아와 오스만투르크 · 영국 · 프랑스 · 프로이센 · 사르데냐 연합군 사이에 일어난 전쟁.–옮긴이) 때 훈장을 받은 그 엠스워드요. 그의 몸에는 이미 군인의 피가 흐르고 있었으니 자원 입대는 어쩌면 당연한 일인지도 모릅니다. 우리 두 사람은 아주 친하게 지내면서 우정도 깊어졌지요. 이를 테면 한 집에 살면서 같이 즐거워하고 괴로워하는 가족 같은 사람에게서만 느낄 수 있는 그런 정이었지요. 우리는 늘 같이 붙어 다녔는데, 군대에서 그것은 아주 특별한 일입니다. 우리는 1년 동안 전투를 하면서 온갖 일을 다 겪었는데 친구는 프레토리아 외곽의 다이아몬드 언덕 근처에서 싸우던 중 총상을 입었습니다. 케이프타운에 있는 병원에서 사우스 샘프턴에서 각각 한 번씩 저에게 편지를 보내왔습니다. 그러나 그 후로는 연락이 두절되었습니다. 선생님, 자그마치 6개월 동안 가장 친한 친구로부터 연락이 없습니다.

전쟁은 끝이 나고 우리는 모두 돌아왔습니다. 저는 그 친구가 어디에 있는지 알고자 고드프리의 아버지에게 편지를 보냈습니다. 답장이 없어서 다시 편지를 보냈어요. 그러자 정말 간단하고 무심한 답장이 왔습니다.

'고드프리는 세계 일주 여행을 떠났으며 1년 후에나 돌

14

아올 것이다'

이 말이 전부였습니다.

홈즈 선생님! 도저히 이해가 되지 않습니다. 그의 아버지가 처음부터 끝까지 무언가를 숨기는 듯한 인상을 받았습니다. 고드프리는 아주 괜찮은 친구여서 그런 식으로 저에게 무관심할 친구는 아니거든요. 절대 그럴 리가 없어요. 그런데 우연하게도 저는 친구가 큰 재산을 상속받게 되었다는 사실과 평소 그는 아버지와 그리 편안하게 지내는 사이가 아니라는 것을 알게 되었습니다. 노인이 된 그의 아버지는 시도 때도 없이 소리를 지르는데 젊은 고드프리가 그것을 이해하며 받아들이기에는 그가 너무 젊다는 것입니다. 대체 어떤 사연이 있는 것인지 알아보아야겠다는 마음을 먹었습니다. 그러나 2년이라는 시간 동안 군대에 다녀온 터라 그 공백 기간으로 인해 생긴 주변의 이런저런 일들을 해결하느라 시간이 흘러갔고, 결국 이번 주가 되어서야 그의 일에 관심을 갖게 된 셈입니다. 어차피 이렇게 되었으니 이젠 이 일 하나에만 몰두하여 그 의문을 풀어볼 생각입니다."

제임스 M 도드 씨는 경계의 대상으로 여기기보다는 친구처럼 지내면 좋은 사람처럼 보였습니다. 그의 파란 눈은 강한 의지를 드러냈고, 사각진 턱은 매우 강해 보였습니다.

그래서 내가 말했습니다

"음, 그래서 어떻게 했나요?"

"저는 우선 베드퍼드 인근에 사는 그의 집을 찾아가 보기로 했지요. 무지막지한 그의 아버지에게는 질렸던 터라 이번에는 어머님께 편지를 보냈습니다. 직접 부딪혀보기로 작정을 한 겁니다. 저는 고드프리가 저의 절친한 친구였고, 같은 부대에서 생활했기에 어머님이 관심을 가질 만한 많은 이야기를 들려드릴 수 있다고 했습니다. 그래서 찾아뵙고 싶으니 허락해달라고 했죠. 그러자 어머니께서는 답장을 통해 흔쾌히 허락을 하셨고 와서 자고 가라는 뜻까지 전하셨습니다. 그래서 저는 월요일에 그곳으로 떠났습니다.

턱스베리 올드 저택은 외딴 곳에 있었습니다. 어디서 가든 8킬로미터는 되는 거리였습니다. 게다가 기차역에 마차가 없어서 하는 수 없이 저는 가방을 들고 걸어갈 수밖에 없었지요. 어둠이 내려앉아 사방이 컴컴해질 무렵이 되어서야 저택에 도착했습니다. 저택은 엄청나게 컸고, 정원도 아주 넓었습니다. 나무로 기둥을 세운 엘리자베스

양식의 뼈대에서 빅토리아 양식의 부엌과 현관까지 제 생각으로는 전 시대의 모든 건축 양식을 모아놓은 듯한 그런 집이었습니다. 집 안에는 나무를 댄 벽에 태피스트리(여러 가지 색실로 그림을 짜 넣은 직물.-옮긴이)와 절반은 변색된 낡아빠진 그림들이 걸려 있었습니다. 그야말로 그림자로 가득 차 있는 마치 수수께끼 같은 그런 집이었습니다.

그곳에는 랠프라는 집사 노인이 있었는데, 그는 오래된 집만큼이나 나이 들어 보였으며, 그의 아내는 그보다도 더 나이가 많아 보였습니다. 그 할머니가 바로 고드프리의 유모였다더군요. 전에 저는 친구로부터 어머니 다음으로 많이 사랑하는 할머니가 있다는 애기를 들은 기억이 있어 그녀가 좀 이상하게 생겼는데도 호감이 갔습니다. 친구의 어머니 역시 마음에 와닿는 분이었습니다. 작은 하얀 쥐처럼 상냥한 그런 분이셨어요. 싫은 사람은 단 한 사람 대령뿐이었습니다.

그와 나는 처음부터 말씨름을 했습니다. 화가 나서 다시 집으로 돌아가고 싶은 생각도 들었지만, 대령이 그것을 유도하는 듯한 느낌이 있어서 꾹 참아냈습니다. 저는 대령의 서재로 안내를 받았습니다. 그의 등은 활처럼 구부러져 있었고, 거칠은 피부에 다듬지 않은 반백의 수염을 지닌 거인이었습니다. 대령은 물건들이 흩어져 있는 책상 앞에 거만하게 서서 진한 눈썹 아래로 이글거리는 회색 눈으로 저를 바라보았습니다.

붉은 핏줄이 선명한 코는 마치 독수리의 부리처럼 튀어나와 있었습니다. 고드프리가 자기 아버지에 대한 얘기를 잘 하지 않았던 이유를 저는 그제서야 알게 되었지요.

그리고 대령은 퉁명스러운 목소리로 말했습니다.

'이보게, 대체 무엇 때문에 우리 집에 찾아왔는지 그게 궁금하군.'

저는 친구의 어머니께 쓴 편지의 내용을 다시 들려주었습니다.

'그렇단 말이지. 자네가 아프리카에서 고드프리하고 친했다고 치자고. 하지만 자네의 말만 듣고 그 사실을 믿기는 어렵지 않을까?'

'고드프리가 저에게 보낸 편지를 갖고 왔는데요.'

'그렇다면 좀 보여줄 수 있겠나?'

대령은 편지 두 통을 대충 훑어보더니 다시 저에게 던지더군요.

'그래서 뭘 어떻게 하겠다는 거지?'

대령이 저에게 물었습니다.

'대령님, 저는 고드프리를 아주 좋아합니다. 우리 두 사람은 수많은 인연과 추억을 갖고 있는 사이입니다. 그런 친구가 어느 날 갑자기 연락이 되지 않아서 친구에게 무슨 일이 있는지 알아보는 것은 당연한 거 아닌가요.'

'생각이 나는군. 나는 이미 자네에게 편지로 아들 소식을 전해 주었네. 그 아이는 지금 세계 일주 여행 중이라고. 아프리카에서 돌아온 후 건강이 너무 안 좋아서 아내와 나는 그 애가 좀 다른 환경에서 휴식을 취해야 한다고 생각했어. 그 애에 대해 궁금해 하는 친구들은 자네만이 아니니 그냥 그렇게 알고 있게.'

'네, 그러지요.'

저는 이렇게 대답했습니다.

'다만 친구가 타고 있는 배의 이름과 승선 날짜를 알려주시면 좋겠는데요. 그러면 제가 그곳으로 편지를 보낼 수 있으니까요.'

고드프리의 아버지는 저의 요구에 놀라는 눈치였지요. 그리고 화도 난 듯했습니다. 그는 짙은 눈썹을 찡그리더니 손가락으로 탁자를 두드렸습니다. 초조한 듯 보였지요. 그러다 눈을 들어 저를 바라보는데 그 표정은 마치 체스를 둘 때 상대방의 결정적인 수에 어떻게 대응할까를

정한 사람 같았습니다.

대령은 말했습니다.

'도드 군, 다른 사람들도 마찬가지로 자네의 끈질긴 성격을 불쾌하게 생각하고 그 성가신 요구가 무례한 짓이라고 여길 거야'

저는 가만히 있지 않았어요.

'대령님 모르십니까? 제가 얼마나 아드님을 소중히 생각하는지를.'

대령도 가만히 있지 않더군요.

'바로 그거야. 나는 이미 그 부분에 대해서는 충분히 배려를 했네. 분명히 말하는데 이제 더 이상 뒷조사 따위는 그만 두게. 어느 집이든 다 겉으로 드러낼 수 없는 속사정이란 것이 있는 법이거든. 자네가 설령 선의로 그런다고 해도 어쩔 수 없는 일이지. 그 애 엄마는 아프리카의 생활에 대해 궁금해 하고 자네는 그런 얘기를 해줄 수 있겠지. 하지만 그 애의 현재와 미래에 대해서는 더 이상 신경 끊으라고. 그런 조사는 좋은 결과를 가져오지 못할 뿐더러 우리 입장만 곤란하게 하는 짓이야.'

홈즈 선생님, 제가 이렇게 난감한 상황에 처했습니다. 더 이상 손을 쓸 수가 없었어요. 물론 그런 상황을 억지로 받아들이는 척하긴 했지만 진심으로 내 친구가 어떻게 되었는지 확인하기 전까지는 절대 포기하지 않겠다는 맹세를 했지요. 그날은 참으로 침울한 밤이었습니다. 저는 친구의 부모님과 함께 색바랜 다소 어둡고 초라한 방에서 말없이 식사를 했습니다. 고드프리의 어머니는 아들에 대한 질문을 하셨지만 대령은 침울한 표정으로 말을 하지 않았습니다. 저야말로 너무 갑갑하고 지루해서 실례가 되지 않을 즈음 자리에서 일어나 방으로 갔습니다. 방은 크고 썰렁했으며, 그 집의 다른 방들처럼 음침했습니다. 하지만 아프리카의 초원에서 1년 정도 집 없이 살다오면 침실 같은 건 관심에 두지 않습니다. 저는 커튼을 젖히고 정원을 내려다보았습니다. 밝은 반달이 뜬 밤이었습니다. 저는 활활 타오르는 난롯가에 앉아 등불을 탁자 위에 올려놓고 소설이나 읽어보려고 했습니다. 그때 집사가 석탄을 갖고 들어왔습니다.

'밤에 석탄이 부족할까 봐 가져왔습니다. 날씨가 너무 추워서 집안 공기가 차갑습니다.'

그런데 집사는 곧장 나가지 않고 머뭇거리는 것 같았습니다. 집사를 바라보니 주름이 가득한 얼굴에는 뭔가 생각으로 가득 차 있는 것만 같았습니다. 집사가 말을 걸더군요.

'주책스럽지만 도드 씨가 저녁 식사하는 자리에서 고드프리 도련님 얘기를 하는 것을 엿들었습니다. 도련님은 사실 우리 집사람이 키웠기 때문에 저에게는 아들과 같습니다. 그래서 우리 부부는 도련님 일이라면 관심이 많습니다. 우리 도련님을 잘 아신다고요?'

'영감님, 우리 연대에 고드프리보다 더 용감한 군인은 없었을 정도입니다. 그 친구는 보어인들과의 전투에서 빗발치는 총탄 속에서 나를 구해 준 적도 있습니다. 그가 아니었다면 나는 지금 이 자리에 없었을 겁니다.'

나이 든 집사는 가죽만 남은 두 손을 비볐습니다.

'네 그랬군요. 우리 도련님은 본래 그런 분이셨지요. 늘 두려워하는 게 없었어요. 정원에 있는 나무는 모두 올라가 보았을 정도였어요. 누구도 못 말렸습니다. 정말 멋진 아이였는데, 어느새 멋진 청년이 됐었나 보군요.'

저는 순간 벌떡 일어났습니다.

'잠깐 나좀 봐요!'

저는 소리쳤습니다.

'멋진 청년이 됐었다니 그게 무슨 말입니까. 그가 죽기라도 했단 말인가요? 다들 왜 이렇게 친구에 대해 말을 아

끼는 거지요? 고드프리에게 무슨 일이라도 생긴 겁니까?'

저는 영감의 어깨를 붙잡았지만 그는 몸을 떨었습니다.

'무슨 말씀을 하는 건지 알 수가 없군요. 고드프리 도련님에 대한 거라면 주인님한테 직접 물어보세요. 주인님이 아니시니까요. 이 늙은 사람이 관여할 일은 아닙니다.'

집사는 방을 나가려고 했지만 저는 그의 팔을 잡았습니다.

'제 말을 들어주십시오. 한 가지만 물어 볼 것이니 밤새도록 저한테 시달림을 받지 않으려면 대답을 해주세요. 고드프리가 죽었나요?'

영감은 저를 마주보지 않으려 했습니다. 마치 최면에 걸린 사람 같았지요. 저는 끝내 대답을 얻어내고 말았습니다. 정말 전혀 예상 못했던 충격적인 대답이었지요. 영감은 '차라리 그렇게 됐다면 좋겠습니다.' 라고 소리를 지르더니 제 손을 뿌리치고 뛰어나가더군요.

홈즈 선생님, 정말 괴로워서 저는 의자에 주저앉았습니다. 집사 영감이 한 말은 오로지 한 가지 해석만 가능했습니다. 제 친구가 어떤 범죄에 끼어들었거나 아니면 가문의 명예에 누가 되는 좋지 않은 일을 저지른 게 분명하다는 생각이었지요. 때문에 그 완고한 노인은 소문이 번지지 못하도록 세상 사람들의 눈에서 보이지 않도록 아들을 가둬놓았을 겁니다. 고드프리한테는 조금 무모한 구석이 있었습니다. 그리고 주변 환경에 쉽게 이끌렸습니다. 그 친구가 나쁜 사람들에게 휩쓸려서 제 무덤을 스스로 판 것이 확실합니다. 그게 사실이라면 애처로운 일이지만 그래도 제가 친구라면 그를 찾아서 뭔가 도와주어야 하는 게 도리가 아니겠습니까? 그런 생각을 하다가 고개를 들었는데 제 눈앞에 고드프리 엠스워드가 서 있는 거였습니다."

도드 씨는 스스로 격한 감정에 빠져 잠시 말을 멈추었습니다.

"계속하시죠. 들을수록 매우 특이한 사건이네요."

나는 말했습니다.

"홈즈 선생님, 친구는 창 밖에서 유리창에 얼굴을 들이대고 있었습니다. 이미 말했다시피 저는 그날 밤을 내다보려고 커튼을 젖혔다고 했습니다. 고드프리는 바로 그커튼이 걷힌 곳에 서 있었습니다. 창문이 바닥까지 내려가 있어서 그 친구의 몸 전체를 볼 수 있었지만 유독 저의시선을 붙잡은 것은 그의 얼굴이었지요. 그는 죽은 사람처럼 얼굴이 창백했습니다. 그렇게 하얀 피부를 지닌 사람은 처음 본 것 같습니다. 오죽하면 유령이 아닌가 싶을 정도였습니다. 그러나 분명히 저와 눈이 마주친 그의 눈은 살아 있는 사람의 눈이었습니다. 하지만 친구는 저와 눈이 마주친 순간 재빨리 몸을 돌려 어디론가 사라졌습니다.

홈즈 선생님, 정말 큰 충격이었습니다. 어둠속에서 치즈 덩어리처럼 하얗게 빛나던 유령 같은 얼굴 때문에 그런 것은 아니었습니다. 뭔가 특별한 사연이 있는 것 같았습니다. 떳떳하지 못한, 그래서 도망치는 죄인처럼 그런 느낌이었습니다. 그 얼굴에서는 제가 알고 있는 진솔하고 패기있는 고드프리는 찾아볼 수가 없었지요. 두려움이 엄습해 오더군요.

그러나 보어군과 1, 2년 전쟁을 치른 사람이라면 심장이 강해질 뿐만 아니라 행동이 매우 빠르게 변합니다. 고드프리는 제가 창가로 다가가기도 전에 사라졌습니다. 문고리가 말을 안 들어서 창문을 여는 데 시간이 걸렸습니다. 저는 정원으로 뛰어 나가 친구가 갔을 거라고 생각되는 방향으로 달렸지요.

정원의 좁은 산책로는 길었고 달빛이 아주 밝지는 않았지만 제 앞에서 무언가 움직이는 것 같았습니다. 계속 뛰면서 그의 이름을 불렀습니다. 그러나 아무 대답이 없더군요. 그리고 다른 부속 건물로 이어지는 몇 갈래 갈림길이 나타났습니다. 어떻게 해야 할지 몰라서 머뭇거리는데 문 닫는 소리가 들렸습니다. 그 소리는 제 등 뒤의 저택에서가 아니라 눈 앞의 어둠 속에서 들렸습니다. 선생님, 그 소리야말로 제가 본 것이 유령이 아니라는 것을 증명해 주는 것이었습니다. 고드프리가 저를 피해 달아난 후 그는 어떤 문을 열고 들어 간 겁니다. 확신합니다.

그때 제가 할 수 있는 일은 더 이상 없었지요. 도대체 알 수 없는 일 때문에 잠을 잘 수가 없었습니다. 이튿날 대령의 태도는 좀 부드러워졌더군요. 친구의 어머니가 인근에 들러볼 만한 곳이 있다고 할 때 저는 기회이다 싶어 하룻밤 더 머물러도 괜찮겠냐고 물었습니다. 그러자 대령은 반억지로 그렇게 하라고 했지요. 저는 탐색할 시간을 하루 더 갖게 된 겁니다. 고드프리가 인근에 숨어 있을 것이라고 여겼지만 정확한 위치와 숨어 있는 이유에 대해서는 제가 직접 알아보아야 했습니다.

저택은 아주 큰데다 구조도 너무 복잡해서 연대 병력이 숨어 있어도 되는 규모였습니다. 만일 그 집에 비밀이 있다면 저 혼자만의 힘으로 그것을 밝혀낸다는 것은 무리였습니다. 하지만 지난밤 문 닫는 소리는 분명히 그 대저택 안에서 난 소리는 아니었습니다. 저는 정원을 둘러보아야 했습니다. 거기에는 장애물이 없었습니다. 노인들은 각자 바빠서 저에게 신경 쓸 여유가 없었으니까요.

정원에는 작은 부속 건물이 여러 채 있었지요. 그런데 맨 끝부분에 큰 별채가 있었습니다. 정원사나 사냥터지기의 집으로 생각될 만큼 컸습니다. 문닫는 소리가 난 곳이 그곳은 아닐까 싶어서 저는 아무 생각 없이 산책을 즐기는 것처럼 자연스럽게 걸어가다 그곳으로 갔습니다. 그때 작은 키에 턱수염을 기른 날쌔 보이는 사내가 문 밖으로 나오더군요. 사내는 검은 색 외투에 중절모를 쓰고 있는 게 정원사 같지는 않았습니다. 놀랍게도 그는 밖으로 나오더니 문을 잠그고 열쇠를 주머니에 넣더군요. 그리고 놀란 듯이 저를 바라보았습니다.

'이곳에 오신 손님이신가요?' 라며 사내가 묻더군요.

저는 그렇다고 답하고 고드프리의 친구라고 말했습니다. 저는 '친구가 여행 중이라니 아쉽네요. 그 친구도 저를 보고 싶어 할 텐데.' 라고 했습니다.

그러자 사내는 '그럼요. 그랬을 겁니다' 라고 말하는데 뭔가 미심쩍어 보였습니다. 그는 '다음엔 좋은 시기에 찾아오십시오.'라고 말하며 발길을 옮겼으나 뒤를 돌아다보자 정원 끝부분의 만병초 군락 뒤에 몸을 숨긴 채 저를 바라보고 있더군요.

저는 별채 앞을 지나가면서 유심히 살펴보았지만 창문은 온통 두꺼운 커튼이 드리워져 있어서 겉에서 보기에는 마치 빈 집 같았어요. 마음 내키는 대로 행동했다가는 일도 망치고 쫓겨날 수도 있다는 생각이 들었습니다. 등 뒤에서는 여전히 저를 지켜보고 있는 듯한 시선이 느껴졌습니다. 저는 천천히 걸어서 본채로 들어가 밤이 오기만을 기다렸습니다. 완전한 밤이 되어 집안에 고요한 정적이 흐르고서야 저는 아무도 모르게 창문으로 빠져나가 의문의 별채로 향했습니다.

낮에는 창문마다 두꺼운 커튼을 쳐 놓았다고 했는데 다시 보니 덧문까지 내려놓았더라고요. 그런데 어느 덧문 틈새로 불빛이 새어나오기에 거기를 유심히 살펴보았습니다. 다행히 커튼을 전부 내리지 않아서 방 안을 들여다볼 수 있었는데 방은 아늑하게 꾸며져 있었으며, 밝은 등잔불에 난롯불이 타고 있었습니다. 그곳에는 낮에 본 키 작은 사내가 앉아 있었고, 그는 파이프를 물고 신문을 읽고 있는 중이었습니다.

"무슨 신문이던가요?"

도드 씨는 내가 말을 치고 들어가자 짜증스럽다는 표정을 지었습니다.

"그게 그렇게 중요합니까?"

"그럼요."

"사실은 잘못 보았습니다."

"큰 신문인지 아니면 주간지처럼 타블로이드판 신문인지는 보시지 않았나요?"

"말씀을 듣고 보니 큰 신문은 아니었던 것 같습니다. '스펙테이터(1828년 런던에서 창간된 시사요론 주간지로, 보수적 성향으로 지식인들의 대담 내용을 다루었다.—옮긴이)'였는지도 모릅니다. 그러나 저는 그런 작은 것에 신경을 쓸 만한 여유가 없었지요. 또 다른 한 사람이 창문을 등지고 앉아 있었거든요. 그런데 제 눈에는 그가 고드프리로 보였습니다. 얼굴은 보지 못했지만 어깨의 선이 많이 보던 그런 사람이었습니다. 친구는 우울한 몸짓으로 팔꿈치를 짚은 채 난로를 주시하고 있었습니다. 어찌할 줄을 몰라 서성이는데 그때 등 뒤에서 누가 제 어깨를 쳤습니다. 뒤돌아보니 엠스워드 대령이 서 있었습니다.

'이리 오게!' 그는 낮은 목소리로 말했습니다. 입을 꽉 다문 채 본채를 향해 걸었고, 저는 그 뒤를 따라갔습니다.
홀에 들어서자 대령은 기차표를 집어 들었습니다.

'아침 여덟시 반에 런던 행 기차가 있어'

그는 말했습니다.

'여덟시에 마차가 집 앞으로 올 거야'

대령은 화가 잔뜩 나서 얼굴색이 하얗게 바뀌었으며,
저는 입장이 난처해졌습니다. 죄송하다는 말을 얼버무리
면서 친구가 정말 걱정스러웠다고 말하여 그 순간을 어떻
게 넘겨보려고 했지요.

'그 문제에 대해서는 더 이상 말하지 말도록' 대령은 명
령하듯 퉁명스럽게 말했습니다. '자네는 건방지게도 남
의 가족 사생활을 간섭하는군. 손님으로 와서 왜 염탐꾼
으로 변신했나. 나는 두 번 다시 자네를 보고 싶지 않으며
더 이상 할 말도 없으니 그리 알고 아침에 떠나게'

선생님, 그 말을 듣자 저는 화가 났습니다. 그래서 흥분
된 기분으로 말했습니다.

'저는 고드프리를 보았습니다. 이유가 무엇인지 모르겠
지만 아드님을 격리시켜 놓고 있는 것 같군요. 자세한 이
유는 알 수 없지만 제 친구가 자유를 박탈당하고 있는 것
은 사실인 것 같습니다. 대령님, 솔직하게 말씀드리는데

저는 제 친구가 무사하다는 것을 제 눈으로 보기 전까지는 그 속사정을 밝히려는 노력을 게을리하지 않을 겁니다. 대령님이 저를 어떤 방법으로 위협해도 저는 결코 멈추지 않을 겁니다.'

늙은 대령은 악마 같은 얼굴 표정이었고 당장이라도 저를 해칠 것만 같았습니다. 저는 대령이 무섭게 생긴데다 몹시 마른 거인이라고 했지요. 사실 제가 겁쟁이는 아니지만 그 늙은이를 상대로 끝까지 버틴다는 것은 어려운 일이었을 겁니다. 그러나 그는 노기에 찬 눈으로 저를 한참동안 바라보더니 방을 나갔습니다. 저는 편지에 쓴 그대로 선생님한테 곧장 달려가서 도움을 청하겠다는 결심을 하고 이튿날 아침 기차를 탄 겁니다."

도드 씨가 설명한 문제는 이런 내용이었습니다. 눈치 빠른 사람이라면 잘 알겠지만 그것은 그렇게 대단한 문제도 아니었으며, 답을 찾아내는 방법도 뻔한 거였습니다. 물론 단순한 사건이면서도 구미가 당기는 것이 있어서 기록으로 남겨 두고 싶었습니다. 그 시간 이후로 나는 논리적 분석이라는 자주 쓰던 방법을 이용하여 가능한 해결책을 찾아보려고 했습니다.

"그 집에는 하인이 몇 명이나 되나요?"

"글쎄요. 제가 보기에는 아무리 봐도 늙은 집사 부부가 전부인 것 같던데요. 그 집은 아주 검소하게 사는 것 같더라고요."

"그렇다면 별채에 있었던 사람은?"

"글쎄요. 수염을 기른 키 작은 그 남자가 있지만 그는 신분이 그렇게 낮은 사람은 아닌 것 같았습니다."

"아주 중요한 의미가 있는 부분이군요. 저택에서 별채로 음식을 나르는 듯한 냄새는 없었나요?"

"그러고 보니 랠프 영감이 바구니를 들고 나가더니 별채를 향해 걸어가는 것을 보긴 했습니다. 그때는 그게 음식일 거라는 상상을 못했습니다."

"그 인근에 사는 이들에게 뭐 물어본 것은 없나요?"

"네, 역장과 마을 여관 주인하고 대화를 조금 했지요. 그냥 가볍게 옛날 군대 동기인 고드프리 엠스워드의 소식을 아느냐고 물었더니 두 사람 모두 하나같이 세계 일주 여행을 따났다고 하더군요. 제대하고 집에 와서 조금 머무르다가 다시 떠났다는 겁니다. 주변 사람들은 그렇게 믿고 있는 것 같았어요."

"그들에게도 뭔가 이상하다는 투로 말했나요?"

"아뇨."

32

"잘했어요. 어찌 됐든 조사해 볼 필요가 있는 것이네요. 함께 턱스베리 올드 파크로 가봅시다."

"오늘요?"

당시 나는 왓슨이 '애비 학교 사건'이라고 이름 붙인 그레이 미스터 공작이 깊이 관여된 사건을 조사하는 중이었습니다. 또 터키의 술탄에게 사건을 부탁받았는데 그것 또한 그대로 두면 정치적 후유증이 나타날 수 있는 긴급한 행동을 요하는 사건이었습니다. 때문에 나는 다음주 초나 되어야 제임스 M. 도드 씨와 함께 베드퍼드로 갈 수 있었고, 나의 일지 또한 그렇게 기록되어 있었습니다. 우리는 유스턴 역으로 마차를 타고 이동하다가 사전에 계획한 대로 말수 적은 듬직한 신사를 태웠습니다.

"이쪽은 나의 오래 된 친구죠."

나는 도드 씨에게 말했습니다.

"이분과 함께 가는 게 쓸모없는 일일 수도 있지만 반대로 좋은 결과를 낳을 수도 있습니다. 지금 단계에서는 더이상의 조사는 필요 없을 것 같습니다."

독자들은 분명히 왓슨의 서술 방식이 이해하기 쉬울 수 있을 것이므로 나는 가슴에 있는 생각을 먼저 드러내지는 않겠습니다. 도드 씨는 좀 놀라워하는 것 같았으나 특별한 얘기는 없었으며, 우리 세 사람은 함께 여행을 했습니다. 기차에서 나는 도드 씨에게 왓슨이 듣고 싶어할 만한 대답을 위해 질문을 더 했습니다.

"당신은 창 밖에 서 있던 사람의 얼굴을 정확히 보았다고 했습니다. 친구가 맞다고 확신하는 건가요?"

"그건 장담합니다. 고드프리의 코가 유리창에 눌려 있었거든요. 등불이 환하게 비추고 있었고요."

"친구와 닮은 사람일 수도 있는 것 아닌가요?"

"절대 그렇지 않습니다. 친구가 분명했습니다."

"그러나 당신은 친구가 변했다고 하지 않았습니까?"

"그건 피부 색만 그랬죠. 얼굴은……, 어떻게 말하면 좋을까요. 이를 테면 생선의 배처럼 하얀색이었습니다. 마치 표백한 것처럼요."

"피부가 전체적으로 하얀색이었나요?"

"그건 아닙니다. 제가 정확히 본 것은 창문에 붙어 있던 그의 이마입니다."

"그래서 친구의 이름을 불렀나요?"

"그 순간은 너무 놀라 소름이 끼칠 정도였으니 입에서 말이 나오지 않았지요. 하지만 곧바로 뒤쫓아 갔으며 결국엔 놓쳤습니다."

이 사건에 대한 조사는 끝난 거나 마찬가지였으며, 단 한 가지 사소한 것만 확인할 필요가 있었습니다. 마차를 타고 한참을 달린 후에야 우리는 그 이상한 저택에 도착했습니다. 도드 씨가 말한 대로 그 집은 매우 컸으며, 넓은 집이었습니다. 우리에게 문을 열어준 사람은 늙은 집사 영감인 랠프 씨였습니다.

나는 미리 마차를 예약해 두었고, 왓슨은 우리가 부를 때까지 마차 안에서 대기하고 있으라고 부탁했습니다. 얼굴에 주름이 많은 랠프 영감은 의복 예법대로 검은 상의에 검은 점이 박힌 바지차림이었는데 한 가지 관례에 맞지 않는 게 있었습니다. 그는 갈색 가죽 장갑을 끼고 있었습니다. 그는 우리를 보자마자 급히 장갑을 벗어서 홀의 탁자 위에 올려놓았습니다. 왓슨이 말한 적이 있는지 모르겠지만 나는 남달리 날카로운 감각을 지니고 있어서 곧장 뭔가 강한 냄새를 느꼈습니다. 그 냄새는 홀의 탁자에서 나오는 것 같았습니다. 나는 뒤돌아서 탁자 위에 모자를 벗어 놓으면서 장갑을 건드려 떨어뜨렸다가 그것을 허리 굽혀 주위 올리면서 코를 살짝 가져다 댔습니다. 예상대로 역시 냄새는 장갑에서 풍겨 나오고 있었습니다. 나는 집사의 안내를 받으며 서재에 들어가기도 전에 마음을 굳혔습니다. 이런 내가 설명을 하면서 손에 쥔 열쇠를 먼저 보여주었네요. 왓슨이 멋지게 마무리를 할 수 있었던 것은 이런 연결고리를 감춘 덕분이었습니다.

대령은 서재에는 없었으나 랠프의 말을 전해 듣고 쏜살같이 달려왔습니다. 복도에서 대령의 크고 빠른 발자국 소리가 들려왔습니다. 문이 활짝 열리면서 턱수염이 곤두서고 인상이 몹시 일그러진 그야말로 듣던 그대로의 무서운 노인이 뛰어 들어왔습니다. 그는 우리의 명함을 손에 쥐고 있다가 멋대로 찢어버리고는 그것을 밟아버렸습니다.

"이 썩을 놈의 훼방꾼 같은 녀석, 분명히 내가 이 집에 접근하지 말라고 말했지? 그 낯짝으로 여기에 다시 오지 마란 말이야. 허락 없이 다시 찾아오는 날에는 난 폭력을 행사랄 권리가 있으니까. 네 놈을 총으로 쏴 버릴 거야. 쏘겠다고. 그리고 당신."

노인은 나를 향해 돌아섰습니다.

"당신에게도 똑같은 경고를 하는데 당신의 그 웃기지 않는 직업에 대해 잘 알고 있지만 소문난 재주는 다른 데서 부리시오. 여기는 당신의 능력을 발휘할 만한 건더기가 없으니까."

"저는 이대로 못 떠납니다."

도드 씨는 다짐하듯 말했습니다.

"고드프리에게 지금 자신이 감금 상태가 아니라는 말을 직접 듣기 전에는요."

화가 치밀어오른 주인은 벨을 눌렀습니다.

"랠프, 경찰에 전화해서 경관 두 명 오라고 하게. 지금 강도가 침입했다고 말해."

"저기 잠깐만요."

나는 말했습니다.

"도드 씨. 이곳은 엠스워드 대령의 사유지인 만큼 우리에게는 이 집에 들어올 수 있는 합법적인 권한은 없다는 것을 아시오. 물론 대령도 당신의 무단 침입이 순전히 이집 아드님을 걱정하는 마음 때문이라는 것을 아실 거요. 나한테 대령과 얘기할 수 있는 시간 5분만 주신다면 이문제에 대한 생각을 바꿔놓을 수 있다고 봅니다."

"나는 그렇게 쉽게 생각을 바꾸는 사람이 아니오."

대령은 말했습니다.

"랠프, 어서 내가 시킨 대로 해. 왜 머뭇거리고 있는 건가? 경찰에 전화 하라니까."

"절대 그래서는 안 되는 일입니다."

나는 문을 막으면서 말했습니다.

"경찰이 개입되면 정말로 대령이 두려워하는 불행한 결과가 나타날 것입니다. 사실입니다."

나는 수첩 한 장을 찢어서 단어 한자를 휘갈겨 썼습니다.

"우리가 온 것은 바로 이것 때문이지요."

나는 쪽지를 엠스워드 대령에게 주면서 말했습니다. 그러자 대령은 넋나간 사람이 되어 놀라움 가득한 표정을 보였습니다.

"당신이 어떻게 알았지?"

그는 의자에 주저앉으면서 다급한 목소리로 물었습니다.

"제가 하는 일은 뭐든지 알아내는 거니까요. 제 직업인 걸요."

대령은 마른 손으로 수염을 만지작거리면서 생각에 잠겼습니다. 그러더니 포기한 듯한 태도를 취했습니다.

"맘대로 하오. 고드프리를 만나고 싶다면 그렇게 해주지요. 물론 그러고 싶은 생각은 눈꼽만큼도 없지만 원한다니 하는 수 없지. 랠프, 고드프리하고 켄트 씨에게 가서 우리가 5분 후 가겠다고 전하게."

5분 후 우리는 정원 맨 끝의 비밀스러운 별채 앞에 서 있었습니다. 턱수염을 기른 키작은 사내는 놀라움을 금치 못하면서 문 앞에 나와 있었습니다.

"대령님, 정말 의외입니다. 이러시면 모든 계획이 물거품이 됩니다."

"켄트 씨, 방법이 없소. 내 뜻이 아니란 말이오. 고드프리를 만날 수 있겠소?"

"네, 지금 안에서 기다리고 있습니다."

사내는 돌아서서 우리를 평범한 가구들이 놓인 큰 방으로 데려갔습니다. 거기에는 한 남자가 문을 등지고 난로 앞에 서 있었습니다. 도드 씨는 그를 보자 두 팔을 벌린 채로 달려갔습니다.

"야! 고드프리. 이 친구야, 정말 보고 싶었어."

그러나 고드프리는 받아주지 않았습니다.

"내 몸에 손 대지 마. 멀리 떨어지란 말이다. 그래 바라보는 건 괜찮아. 왕년의 B대대 멋쟁이 엠스워드 병장 같지는 않을 거야. 그렇지."

그의 모습은 역시 비정상적이었습니다. 아프리카 태양에 그을린 조각 같은 외모가 남아 있는 것으로 보아 예전에는 진짜 미남이었겠지만, 그러나 지금은 구릿빛 피부

곳곳에 탈색된 새하얀 반점이 퍼져 있었습니다.

"널 반기지 못하는 이유가 바로 이거야."

그는 말했습니다.

"너라면 사실 괜찮아. 그러나 친구는 데려오지 말지 그랬나. 네가 이렇게 하기까지는 그만한 이유가 있겠지만 말이야. 이러는 것은 나한테는 좋은 일이 아니야."

"고드프리, 난 네가 별일 없는지 알고 싶었다고. 그날 밤 나는 네가 창 밖에 서서 방 안을 들여다보는 걸 보았다고. 어찌된 일인지 사실을 알기 전에는 참을 수가 없었다고."

"랠프 아저씨로부터 네가 왔다는 소식을 들었지. 한 번 보고 싶어서 못 참겠더군. 그래서 나는 네가 날 못 보기를 원했는데. 창문 열리는 소리를 듣고 이리로 도망칠 수밖에 없었네."

"그런데 뭐가 어떻게 된 거야?"

"그렇게 긴 얘기는 아닌데."

그는 담배에 불을 붙이며 말했습니다.

"너 그날 아침 프레토리아 외곽 버플스프루트의 동부 철도에서 전투가 있었던 거 기억나지? 내가 총에 맞았다는 얘기를 들었을 거야."

"그래. 소식은 들었지만 자세한 내용은 알 수 없었네."

"그때 세 명이 대열에서 떨어져 나왔지. 너도 기억하겠지만 그곳은 기복이 아주 심한 벌판이었지. 우리가 대머리 심슨이라고 부르던 그 심슨, 앤더슨, 나 이렇게 세 명이었지. 우리는 보어인 종족과 전투 중이었는데 매복에 걸려서 총격을 받았어. 두 사람은 죽고 나는 어깨 관통상을 입었어. 나는 말 잔등에 찰싹 달라붙었으며 말은 엄청나게 빠르게 달렸는데 10킬로미터쯤 가다가 정신을 잃고 안장에서 굴러 떨어진 거야.

정신을 차리고 보니 캄캄한 밤이더라고. 몸을 움직였지만 상처의 통증은 심하고 기운은 하나도 없었지. 놀랍게도 바로 앞에 집이 있더군. 폭이 넓은 현관 계단과 여러 개의 창문이 달려 있는 아주 큰 집이었지. 날씨는 무척 추웠어. 신선하고 상쾌한 몸에 좋은 추위가 아니고 온몸이 얼어붙을 것 같은 그런 악마 같은 추위였지. 추위가 뼈 속까지 파고 들 정도니까. 나로서는 그 집에 들어가는 것만이 사는 길이라는 생각이었어. 나는 비틀거리면서 일어나 희미해져가는 의식을 놓치지 않으려고 애쓰면서 억지로 기어가다시피 그곳으로 갔지. 그때 계단을 천천히 올라갔던 것과 큰 문을 열고 여러 개의 침대가 있는 큰 방에 들어갔던 것, 그리고 그 다음 그곳의 침대에 눕고 했던 기억들이 어렴풋이 나거든. 침상은 좋지 않았지만 그런 건 문제가 아니었지. 나는 몸을 떨면서 이불을 끌어당기고는 바로 깊은 잠에 빠져버린 거야.

이튿날 아침이 되어 깨어났는데, 그 순간 정신을 차린 게 아니라 마치 악몽을 꾸고 있는 것 같았어. 커튼이 없는 큰 창문 안으로 아프리카의 태양이 들어왔는데 회칠을 한 크고 썰렁한 공동 침실이었어. 내 앞에는 난쟁이처럼 키가 작고 알뿌리처럼 생긴 머리가 큰 남자가 갈색 스펀지 같은 흉한 손을 흔들어 가면서 네덜란드 말로 떠들고 있었지. 그 뒤에는 많은 사람들이 서서 웃고 떠들고 난리였는데 그들을 보는 순간 나는 한기가 느껴질 만큼 몸이 오싹했어. 제대로 생겨먹은 사람은 한 사람도 없었어. 하나같이 몸이 뒤틀려 있거나 부었거나 여하튼 이상하게 생겼더군. 한 마디로 괴물 같은 그들의 웃음소리는 듣기만 해도 온몸에 소름이 돋았어.

영어를 아는 사람은 아무도 없는 것 같았지. 나는 내 처지에 대해 뭔가 설명을 해야 하는 상황이었어. 머리가 가분수처럼 큰 그들은 짐승들처럼 소리를 지르면서 소란을 피우더니 나중에는 그 흉한 손으로 나를 붙잡고 침대에서 끌어내렸거든. 내 몸의 상처에서 피가 나는데도 전혀 신경 쓰지 않고 말이야. 그 난쟁이 사내는 힘이 황소 같아서, 만일 책임자 같은 나이 들어보이는 사람이 소란에 놀라 달려오지 않았다면 정말 나는 어떻게 되었을지도 몰라. 그가 네덜란드 말로 그들을 엄하게 꾸짖자 나를 괴롭히던 난쟁이는 기세가 꺾이더군. 그리고 나서 그가 나에게 돌아서더니 눈이 휘둥그레진 거야.

'대체 여긴 어떻게 온 건가?' 그는 놀란 목소리로 말했어.

'아니 당신은 몸에 기운이 다 빠진데다 어깨에는 상처까지 있군. 치료를 받아야겠어. 나는 의사라네. 붕대를 감아주겠네. 그런데 정말 이해할 수 없는 사람이군. 여기가 어디인 줄 알고. 이곳은 전쟁터보다도 더 위험하다는 것을 모르는 건가. 나환자 진료소란 말이네. 당신은 나환자의 침대에 들어가서 잠을 잔 거야'

친구, 더 이상 할 말이 있을까? 전투선이 점점 가까워오자 불쌍한 나환자들은 전날 다 흩어졌다가 영국군이 물러가자 진료소 소장이 다시 그들을 데리고 온 거야. 소장은 자신은 나병에 면역이 되어 있지만 나처럼 생각 없는 행동은 하지 않았을 것이라고 말하더군. 그는 나를 1인용 병실로 데려다놓더니 친절하게 치료를 해주더군. 일주일 후에야 나는 프레토리아의 일반 병동으로 후송되었지.

　나는 이런 예기치 못한 일을 겪었다고. 하지만 나는 희망을 버리지 않으려고 노력했는데도 집으로 돌아와서야 지금 이 모습처럼 내가 그 병으로부터 자유롭지 않다는 사실을 느끼게 하는 무서운 증상들이 나타났지. 어떻게 하면 좋을까? 이곳은 외딴 곳이라네. 우리 집에는 내가 믿고 의지할 수 있는 하인이 두 사람 있고, 내가 떨어져서 기거할 수 있는 별채도 있고, 외과의사인 켄트 씨는 비밀을 지켜주겠다는 약속과 함께 내 곁에서 날 돌봐주기로 했어. 결론은 간단하게 내렸지. 사실 다른 방법들은 무서웠어. 자유로워질 수 있다는 희망도 없이 모르는 사람들 속에서 평생을 격리되어 살아야 하거든. 그래서 철저하게 비밀을 지켜야 할 필요가 있었다고. 그렇지 않으면 이 작은 시골에서도 여론이 들끓게 되고, 결국 나는 어디론가 운명처럼 강제로 끌려가고 말 테니까. 친구, 사실은 너도, 너마저도 모르는 게 좋았을 일인데. 어쩌자고 아버지가 사람들을 데려왔는지 알 수 없는 일이야."

　엠스워드 대령은 나를 가리켰습니다.

　"이분 때문에 어쩔 수가 없었단다."

　대령은 내가 '나병'이라고 쓴 종잇장을 펼쳤습니다.

"이 정도까지 알고 있다면 모든 사실을 밝히는 게 오히려 현명한 선택이라고 판단을 내렸단다."

"사실입니다."

나는 말했습니다.

"의외로 좋은 결과가 있을지도 모릅니다. 지금 환자를 본 사람은 켄트 선생뿐이잖아요. 하지만 선생님, 실례가 될 수도 있겠지만 열대성이나 아열대성 질병에 대해 얼마나 많이 알고 계신지 궁금합니다."

"저야 뭐. 교육받은 의사이니 평범한 수준의 지식을 갖고 있을 뿐이지요."

켄트 선생은 그저 고민없이 그렇게 답했습니다.

"나는 선생님이 아주 뛰어난 분이라고 여기지만 이런 환자의 경우 또 다른 의사의 진단이 반드시 필요하다는 것을 인정하셔야 합니다. 선생님은 지금 환자를 격리시켜야 한다는 압력을 받을 것을 우려해서 그렇게 못하고 있는 겁니다."

"맞아요."

엠스워드 대령이 말했습니다.

"나는 이런 상황을 예상했습니다."

나는 차분하게 설명을 했습니다.

"신뢰할 만한 의사를 모시고 왔습니다. 나는 예전에 그분의 부탁으로 어떤 문제를 해결할 수 있도록 도움을 준 적이 있는데, 그분은 그 답례로 의사가 아닌 친구의 입장에서 조언을 해주겠다고 했습니다. 제임스 손더스 경입니다."

햇병아리 소위가 영국 육군의 총사령관을 만난다 하더라도 지금의 켄트 선생님처럼 놀라거나 좋아하지는 않았을 겁니다.

"이거 영광입니다."

그는 말했습니다.

"괜찮다면 제임스 경이 이리로 오도록 하겠습니다. 지금 집 앞의 마차에서 기다리고 있습니다. 엠스워드 대령님, 우리는 서재로 나가 있는 것이 좋지 않을까요. 제가 보충 설명을 드릴게요."

나는 이쯤에서 왓슨이 아쉽습니다. 그 친구라면 특이한 질문과 감탄사로 그저 누구나 아는 지식을 모아놓은 듯한 나의 단순한 방법을 수준 높은 것으로 올려놓았을 테니까요. 하지만 제가 직접 저의 얘기를 하려고 하다 보니 그런 도움은 기대할 수 없었습니다. 그래서 추론 과정에 대해서는 대령의 서재에서 고드프리의 어머니를 비롯해 몇 안 되는 이들을 대상으로 밝혔던 내용들을 사실 그대로 적어 보려고 합니다.

"나는 불가능한 것을 빼고 남는 것이 있다면 설령 그것이 비현실적이더라도 진실이라는 가정하에서 시작했습니다. 몇 가지 가능성이 있을 경우 분명한 근거를 확보하기 전까지는 일일이 충분한 시험을 해보아야 합니다. 우리는 이러한 원칙들을 이 사건에 적용시킬 것입니다. 내가 처음 이 사건에 대한 얘기를 들었을 때 고드프리가 아버지의 집 별채에 감금될 수밖에 없는 이유를 세 가지 가능성으로 볼 수 있다는 생각을 했습니다. 죄를 짓고 은신할 가능성, 정신병에 걸렸을 가능성, 또 다른 병에 걸려 격리 수용될 수밖에 없는 가능성입니다. 이외의 다른 가능성은 없다고 보았습니다. 따라서 이 세 가지를 정확하게 분석해 보고 가능성을 비교 판단해야 했습니다.

사실 고드프리가 범죄를 저지를 가능성은 희박합니다. 이 인근에서 해결되지 않은 사건이 있다는 보도는 접하지 못했거든요. 그건 분명한 사실이었고요. 설사 드러나지 않은 범죄가 있다 하더라도 부모 입장에서는 골치 덩어리를 집에 두기보다는 아마 외국으로 보내 주변사람들로부터 보이지 않게 하겠지요. 이런 식으로 아들을 집에 숨겨

둘 필요는 없는 겁니다.

정신병은 가능성이 더 있었지요. 별채에 사람이 한 명 더 있다는 것은 감시자가 있다는 것입니다. 그가 밖에서 문을 잠갔다는 사실 자체가 환자를 감금하고 있다는 추측을 보충해 줍니다. 그러나 감금 상태가 그렇게 중한 것이 아니기에 청년은 혼자 나와서 친구를 보러 갈 수도 있었겠지요. 사실 나는 도드 씨에게 켄트 선생님이 읽던 신문이 어떤 것이냐고 물은 이유가 확증을 잡기 위해서였거든요. 만일 그게 '란셋'이나 '영국 의학 저널'이었다면 저의 추리에 큰 도움이 되었을 일입니다. 그러나 관청에 보고하고 자격 있는 사람이 간병을 하는 상황이라면 정신병 환자를 집에 두는 것이 불법은 아니거든요. 하물며 왜 그렇게도 비밀을 유지하려고 애를 쓰는지 이게 의문이었습니다. 결과적으로 이 또한 마땅한 가설은 아니었습니다.

마지막 한 가지의 가능성입니다. 이 경우는 극히 드문 일이고 또 그럴 가능성도 희박했지만 모든 의문을 풀어보는 데는 필요한 거였지요. 남아프리카에서 나병은 흔한 질병입니다. 고드프리 청년이 어떻게 그 병에 전염되었는지는 그 누구도 알 수 없었을 겁니다. 하지만 가족들 입장에서는 자식이 강제로 격리 수용되는 것을 원치 않을 겁니다. 게다가 소문이 퍼지고 관에서 개입하는 불상사를 사전에 차단하려면 방법은 단 하나 철저하게 비밀 유지가 필요하지요. 만족할 만한 보수만 지급한다면 환자를 헌신적으로 돌볼 수 있는 의사를 구하는 것은 쉬운 일이며, 밤중에 환자가 돌아다니는 것이야 제한을 둘 이유가 없습니다. 피부가 탈색되는 것은 나병의 대표적인 증상이거든요. 여러 가지를 종합해 볼 때 결국 나병이라는 확신을 갖게 되었다는 가정하에 일단 행동으로 들어가 보기로 한 겁니다. 그런데 이 집에 도착했을 때 랠프 영감님의 장갑에 소독약이 묻어 있다는 사실을 알았습니다. 이쯤 되면 분명해진 겁니다. 그리고 대령님은 제 말 한 마디에 비밀을 밝혔습니다. 내가 말을 하지 않고 종이에 적은 이유는 나란 사람은 믿어도 좋은 사람이라는 것을 느끼게 하기 위해서였지요."

　사건의 분석이 이 정도로 끝날 무렵 문이 열리면서 진지한 듯한 신사가 안내를 받으며 들어왔습니다. 그는 유명한 피부과 의사였습니다. 그는 오히려 평소의 과묵하고 무거운 표정이 아닌 부드럽고 인간미가 감도는 그런 얼굴이었습니다. 그는 엠스워드 대령에게 다가가 손을 잡았습니다.

"나는 직업상 좋은 소식보다는 안 좋은 소식을 전할 때가 많습니다. 그러나 이번에는 즐거운 소식입니다. 아드님은 나병이 아닙니다."

"네? 정말입니까?"

"위나병, 혹은 익티오시스(Ichthyosis)라는 질병의 전형적인 증상이지요. 피부가 비늘처럼 보기 좋지 않게 벗겨지는 병인데, 치료에 시간은 걸리지만 완치될 수 있고 전염성은 없습니다. 홈즈 선생, 우연의 일치 치고는 정말 절묘합니다. 그러나 과연 우연의 일치일까요? 아마도 우리가 알 수 없는 어떤 힘이 작용하지 않았을까요? 청년은 나병균과 접촉한 후 무척 불안에 시달렸을 겁니다. 그것이 신체에 영향을 미쳐 유사한 증상이 나타난 건 아닌가 싶습니다. 여하튼 나는 전문의로서 내 이름을 걸고 장담합니다. 어? 이런! 부인께서 쓰러지셨네요. 부인이 기분 좋은 충격에서 깨어날 때까지 켄트 선생이 곁에서 계시면 좋을 듯합니다."

왕관의
다이아몬드

SHERLOCK HOLMES
BEST

SHERLOCK HOLMES
왕관의 다이아몬드

왓슨 박사는 수없이 경이로운 모험의 시발점이 된 베이커가 2층의 허름한 방을 다시 찾아왔을 때 기쁨으로 가득 차 있었습니다. 그는 벽에 걸려 있는 세밀하면서도 다양한 도표들과 산에 부식된 화학약품들이 진열되어 있는 선반, 방 한구석에 세워져 있는 바이올린 케이스, 파이프와 담배가 들어 있는 석탄통 등을 살펴 보았습니다. 끝으로 그의 시선은 밝게 웃는 빌리의 앳된 얼굴에서 멈추었습니다. 빌리는 비록 나이는 어리지만 대탐정의 침울한 듯한 모습을 감싸고 있는 고독과 외로운 분위기를 누그러뜨리는데 영향을 미치는 아주 똑똑하고 정확한 아이였습니다.

"빌리! 변한 게 하나도 없구나. 네 모습을 보니 역시 홈즈도 그대로겠지?"

빌리는 염려하는 듯한 눈길로 무겁게 닫힌 침실 문을 주시했습니다.

"아마도 선생님은 주무시고 계실 겁니다."

신선한 여름 저녁 일곱시였지만 왓슨 박사는 오래 된 친구의 불규칙한 생활 습관을 너무도 잘 알고 있었기에 그다지 놀라워하지 않았습니다.

"새로운 일거리가 들어왔나 보구나?"

"네, 박사님. 선생님은 요즘 그 사건에만 빠져 있습니다. 정말이지 선생님 건강이 염려스러워요. 갈수록 핏기가 없어지고 살도 빠졌는데 아예 음식을 드시지 않습니다. 허드슨 부인이 "홈즈 선생님, 식사는 언제 하시려고요?"라고 물으면 선생님은 "일곱시 반요. 내일 모레요." 이렇게 대답하셨어요. 사건에 빠져들면 어떠신지 잘 알고 계시잖아요."

"그랬구나, 빌리. 잘 알았어."

"선생님은 누군가의 뒤를 밟고 계셔요. 어제는 마치 구직자처럼 허술하게 입고 나가셨어요. 오늘은 나이 든 부인으로 변장했고요. 정말이지 저는 그대로 속아 넘어갔다니까요. 이쯤이면 선생님의 변장을 알아차릴 만도 할텐데 말입니다."

빌리는 생글생글 웃으면서 소파에 세워놓은 낡은 양산을 가리키면서 말했습니다.

"저것이 그 노부인의 소품이랍니다."

"그런데 빌리, 무엇 때문에 그렇게 하는 거지?"

빌리는 마치 국가적인 큰일에 대해 말하는 것처럼 조심스럽게 말했습니다.

"박사님께는 다 알려드릴게요. 하지만 제가 한 얘기는 절대 다른 사람에게 퍼져나가면 안 됩니다. 이번 건은 왕관의 다이아몬드 사건이랍니다."

"그게 정말인가? 잃어버렸다는 그 십만 파운드나 하는 보석?"

"그렇다니까요, 박사님. 반드시 그것을 찾아야 합니다. 수상하고 내무부장관이 바로 저 소파에 앉아 있었다니까요. 선생님은 예의를 갖추어서 그분들을 대하셨어요. 두 분을 안심시켜 드리고 최선의 노력을 기울이겠다고 약속하셨어요. 그 다음에는 캔틀미어 공이 왔는데……."

"허."

"무슨 뜻인지 아시죠. 사실 이런 말을 해도 되는지 모르겠지만 캔틀미어 공은 딱딱한 분이랍니다. 저는 수상과는 친하게 지낼 수 있을 것 같고 장관도 매너 좋고 친절한 분 같아서 문제가 되지 않는데 캔틀미어 공은 싫어요. 세상에 그 사람은 홈즈 선생님을 믿지 못하는지 선생님께 사건을 맡기는 것을 반대하더라고요. 그 사람은 아마도 선생님이 실패하길 바랄 겁니다."

"홈즈 선생도 그 사실을 알고 있니?"

"선생님이 모르실 리가 있겠습니까."

"그렇구나. 우리 홈즈가 꼭 사건을 해결하여 캔틀미어 공이 놀라 당황해 하는 꼴을 볼 수 있기를 기대하자. 그런데 빌리, 창가에 걸어놓은 저 휘장은 뭐지?"

"선생님이 사흘 전에 쳐놓으셨어요. 그런데 그 뒤에는 아주 특별한 것이 있답니다."

빌리는 곧장 달려가서 창문을 가리고 있던 휘장을 걷어냈습니다. 그러자 왓슨 박사는 너무 놀라서 비명 소리를 냈습니다. 그곳에는 자신의 친구와 똑같이 생긴 마네킹 하나가 실내복 차림으로 얼굴의 4분의 3을 창문으로 향한 채 독서에 빠진 듯 고개를 숙이고 안락의자에 푹 파묻혀 있었습니다. 빌리는 마네킹의 머리를 잡고 고개를 들어 올렸습니다.

"이것을 좀더 실물처럼 보이게 하려고 각도를 다양하게 돌려놓곤 합니다. 저는 커튼이 내려져 있을 때만 마네킹을 만져요. 커튼을 걷으면 길 건너에서 보이기 때문이랍니다."

"그렇군. 우리는 예전에도 이런 것을 활용한 적이 있단다."

"제가 여기 오기 전이겠지요."

빌리는 말했습니다. 그리고 그는 커튼을 젖히고 창 밖의 거리를 내려다보았습니다.

"저쪽에서 우리를 지켜보는 사람들이 있습니다. 지금도 창가에 한 사람이 서 있네요. 박사님도 보세요."

왓슨이 한 발짝 움직이려고 하는 순간 침실 문이 열리더니 길고 바싹 마른 홈즈가 나왔습니다. 마른 얼굴은 창백해 보였지만 걸음걸이와 행동은 예나 다름없이 기운이 넘쳐났습니다. 그는 급히 창가로 달려가더니 커튼을 내렸습니다.

"빌리, 여기까지만."

홈즈는 말했습니다.

"이 녀석, 너 지금 죽을 수도 있었어. 아직은 나에게 네가 필요하단다. 여보게 왓슨, 이 집에서 다시 자네를 만나다니 정말 반가운데. 아주 중요한 순간에 와주었군."

"그런 것 같은데."

"빌리, 이제 나가서 일 보거라. 왓슨, 저 애가 문제야. 저 애를 위험에 빠뜨리는 것이 과연 정당한 것인지."

"어떤 위험한 일이 있는 거야?"

"급사할 위험이야. 나는 오늘 저녁에 일이 터질 거라고 예상하고 있어."

"무슨 일?"

"내가 누군가의 손에 죽을지도 모르거든."

"홈즈! 자네 농담하나 지금."

"내가 재치는 아주 뛰어난 사람은 아니지만 헛소리는 하지 않아. 하지만 우리는 적어도 그때까지만큼은 별일 없이 보낼 수 있을 거야. 그렇지 않을까? 탄산가스 발생기와 시거는 예전의 그 자리에 그대로 있어. 자네가 즐기던 안락의자에 한 번 앉아보지. 그 사이에 내 파이프와 그저 그런 담배를 하찮게 무시하는 습관이 생긴 것은 아니겠지? 요즘 그것은 나에게 음식 대용이라고."

"왜 식사를 거르는 거지?"

"정신 기능은 배고플수록 보다 정교해지거든. 왓슨, 자네는 의사니까 음식을 소화시키는 일에 혈액이 집중되면 그만큼의 혈액이 뇌에 덜 들어간다는 것을 인정해야 할 거야. 왓슨, 나는 뇌라고. 내 몸의 다른 기관들은 그저 단순한 부속기관일 뿐이야. 그러니 나는 뇌를 먼저 챙겨야 돼."

"그러나 홈즈, 위험한 일이라던데."

"음, 그래. 그게 현실로 될 수도 있으니 미리 그에 대비해서 자네가 살인자의 이름과 주소를 기억해 두면 좋을 것 같은데. 그것을 런던 경찰에 전해주라고. 나의 사랑과 마지막 인사도 함께 전해주길 바래. 이름은 실비어스, 네글레트 실비어스 백작이거든. 왓슨, 받아 적으라고. 받아 적어! N, W. 무어시이드 가든스, 136번지. 알겠나?"

왓슨의 편안하던 얼굴에는 불안의 그림자가 들어서고 있었습니다. 홈즈에게 큰 위험이 불어 닥쳤다는 것, 그리고 친구는 그 위험을 떠들어대는 사람이기보다는 작은 일로 일축하는 사람이라는 것을 쉽게 눈치챌 수 있었던 겁니다. 왓슨은 언제나 적극적으로 행동하는 사람이었고 그로 인해 그는 어려움에 빠져들지 않고 오뚝이처럼 일어서곤 했습니다.

"홈즈, 나에게도 일을 주게. 하루 이틀 정도는 아무런

할 일도 없으니까."

"왓슨, 자네의 도덕 관념은 좋아지질 않는군. 자네는 다른 악한 짓외에도 지금까지 거짓말을 해왔다고. 그러나 자네에게는 환자가 줄을 잇고 찾아오는 바쁜 의사라는 냄새가 나네."

"당장 그렇게 중요한 일은 없어. 그런데 자네가 그 자를 체포하면 안 되는 건가?"

"체포? 물론 그럴 수도 있지. 실제로 그 자는 그것 때문에 두려워하고 있으니까."

"그런데 왜 그냥 내버려두는 거야?"

"그건 아직도 다이아몬드의 행방을 모르기 때문이지."

"그렇군! 빌리한테 들었거든. 도난당한 왕관의 다이아몬드 그거?"

"맞아. 유명한 노란색 마자랭의 보석이지. 내가 그물을 던졌는데 물고기가 걸렸지. 문제는 다이아몬드가 온데간데 없이 사라져 버렸다네. 그러니 범인을 잡은들 무슨 소용이 있겠어? 그 인간들을 감옥에 보내면 세상은 살기 좋은 곳이 될 거야. 그러나 그게 내 목적은 아니거든. 내가 찾는 것은 바로 다이아몬드라고."

"실비어스 백작이 자네의 그물에 들어온 물고기인가?"

"그런 셈인데…… 그는 상어라고. 그물을 물어뜯지. 게다가 샘 머튼이라는 권투 선수가 있고. 샘은 뭐 나쁜 친구는 아니야. 그 녀석은 덩치만 컸지 멍청하기만 한 모샘치(잉어과의 민물고기로 모래무지와 비슷함.—옮긴이) 같지. 지금 내 그물에 걸려 팔딱팔딱 뛰고 있다고."

"그럼 실비어스 백작은 어디 있나?"

"오늘 오전 내내 나는 그자를 쫓아 미행했지. 왓슨, 자네는 내가 예전에 나이든 여자로 변장한 것 본 적 있지? 이번에는 완벽하게 했다네. 글쎄 백작이 나한테 양산을 집어주기도 했다니까. '실례합니다. 마담' 그자가 이런 말도 하더라고. 절반은 이탈리아 사람이라서 기분이 좀 좋으면 남쪽 지방 사람들처럼 아주 친절하거든. 기분 나빠지면 악마로 변하긴 하지만. 왓슨, 인생에는 알 수 없는 특이한 일도 많다니까."

"아주 슬픈 일이었겠군."

"아마 그랬을지도 모르지. 나는 그자를 따라서 미노리즈에 있는 스트로벤지의 공장까지 갔다 왔네. 스트로벤지는 공기총을 만드는데 그거 참 괜찮은 물건이더라고. 지금쯤이면 맞은편 집 창가에 그 공기총이 도착해 있을 거야. 왓슨, 저쪽에 있는 인형 봤나? 빌리가 보여주었겠지. 그런데 말이야. 언제 총이 날아와서 저 멋진 마네킹의 머리를 관통할지는 아무도 모르는 일이야. 빌리, 무슨 일이지?"

소년은 명함이 놓여진 쟁반을 들고 나타났다. 그러나 명함을 힐끗 쳐다본 홈즈는 눈썹을 치켜 올리고 나서 화통하게 웃었습니다.

"그자인데. 이렇게 제 발로 찾아올지는 몰랐어. 왓슨, 전투 태세로 돌입하지. 정말 대담한 놈이네. 자네도 큰 짐승을 넘어뜨린다는 그자의 사격 실력에 대해 얘기를 들었을 거야. 그자가 나까지 잡아서 포대에 처넣는다면 그야말로 영광스러운 사냥 기록의 마지막을 화려한 승리로 장식하는 일이 될 테지."

"경찰을 불러야 하지 않나?"

"그럴 거야. 하지만 아직은 아니야. 왓슨, 조심스럽게 한번 창 밖을 내려다보게. 누구 서성거리는 놈 없는가?"

왓슨은 커튼자락 틈 사이로 살그머니 밖을 바라보았습니다.

"그래, 문 입구에 험악하게 생긴 놈이 하나 있네."

"그 녀석은 샘 머튼일 거야. 충신이긴 하지만 약간 멍청한 녀석이야. 빌리, 찾아온 신사는 어디 있지?"

"대기실에 있는데요."

"내가 초인종을 울리면 그때 들여보내."

"네, 선생님."

"내가 없더라도 그 신사를 방으로 들여보내야 한다."

왓슨은 빌리가 나가기를 기다렸다가 다급하게 홈즈에게로 시선을 돌렸다.

"이봐 홈즈, 나 좀 봐. 대체 자네 어쩌자는 거야. 그자는 지금 코너에 몰려 있어서 무슨 짓을 할지도 모르는 상황이잖아. 자네를 죽이려고 할지도 모른다고."

"많이 놀랄 일도 아니군."

"나는 자네랑 같이 있을 거야."

"자네가 오히려 걸리적거리는 존재가 될 텐데."

"그놈한테?"

"아니, 이 친구야 나한테 그렇다고."

"여하튼 나는 자네를 혼자 두고서는 갈 수 없어."

"아니. 자네는 할 수 있어. 그렇게 해야 해. 자네는 게임을 도중에 포기한 적이 없잖아. 나는 자네가 끝까지 잘 해낼 거라고 믿어 의심치 않네. 그자는 나름대로 목적을 가지고 왔겠지만 결국엔 오히려 내 목적에 봉사를 하게 되겠지."

홈즈는 수첩을 꺼내더니 몇 줄 적는 것 같았습니다.

"마차를 타고 런던 경찰국으로 가서 수사과의 율에게 이 메모지를 전달해 주게. 경찰과 같이 와야 하네. 그러면 범인을 체포하겠지."

"그렇게 해주지."

"자네가 오기 전까지 다이아몬드의 행방을 밝혀낼 시간은 충분할 거야."

홈즈는 초인종을 눌렀습니다.

"우리는 침실을 통해 밖으로 나가는 게 좋을 거야. 이 비밀 통로는 아주 쓸모가 있어. 나는 그물에 걸린 상어를 훔쳐보고 싶은데. 자네도 기억하겠지만 나에겐 나만의 방식이 있잖아."

1분 후 빌리가 실비어스 백작과 함께 나타났을 때는 방이 텅 비어 있었습니다. 소문난 사냥꾼이자 스포츠맨이며 사교계의 신사인 백작은 검은 얼굴의 거구였습니다. 사납게 보이는 콧수염은 날카롭게 가는 입술 위로 내려왔고 그 위로는 독수리 부리처럼 굽어진 긴 코가 우뚝 솟아 있었습니다. 그의 옷차림은 어디 한 곳 흠잡을 데가 없었습니다. 화려한 넥타이, 번쩍이는 핀, 빛을 발산하는 반지가 한데 어우러져 아주 고급스럽고 화사한 분위기를 연출했습니다. 뒤에서 문이 닫히자 백작은 주변이 온통 덫으로 둘러싸여 있을 거라고 의심하는 사람처럼 눈을 매섭게 뜨고 이리저리 둘러보았습니다. 그리고 창가의 안락의자 위로 튀어나온 실내복 자락과 움직이지 않는 머리를 발견하자 소스라치게 놀라는 듯했습니다. 그는 자신을 엿보고 있는 사람은 없는지 확인하려는 듯 다시 한 번 주위를 훑어보더니 지팡이를 반쯤 올려든 채 발 뒤꿈치를 살짝 들고 살금살금 걸어서 움직이지 않는 마네킹에게 다가갔습니다. 그는 일격을 가하기 위해 손목에 힘을 주고 있는데, 그때 활짝 열린 침실 문 쪽에서 차갑고 냉정한 목소리가 들려왔습니다.

"그만 두시오. 백작! 그것을 부수면 안 되지요."

백작은 깜짝 놀라 얼굴을 부르르 떨면서 뒤로 주춤거리며 물러났습니다. 그리고 순간적으로 공격의 방향을 마네킹에서 다른 상대로 바꾼 듯이 몸을 돌려 납으로 무겁게 만들어진 지팡이를 반쯤 들어 올렸습니다. 하지만 자신을 바라보는 단호해 보이는 회색 눈동자와 조롱하는 듯한 미소에 기가 죽었는지 지팡이를 든 손을 내렸습니다.

"정말 대단한 작품입니다."

홈즈는 마네킹을 향해 걸어가면서 말했습니다.

"프랑스의 조각가인 타베르니에가 만든 겁니다. 당신의 친구 스트로벤지가 공기총을 잘 만드는 것처럼 그는 밀랍 인형을 잘 만드는 재주가 아주 뛰어난 사람이오."

"공기총이라고? 그게 무슨 말이오?"

"모자하고 지팡이를 옆에 있는 탁자에 내려놓으시오. 고맙군요. 그리고 리볼버도 꺼내 놓으시지요. 그냥 깔고 앉아도 문제될 것은 없소. 아주 적절한 시간에 잘 왔습니다. 나 역시 당신과 할 얘기가 좀 있었으니까."

백작은 험상궂게 보이는 짙은 눈썹을 움직였습니다.

"홈즈, 나도 당신과 얘기를 하고 싶었소. 여기 온 이유도 바로 그 때문이오. 조금 전 내가 당신을 해치려고 했다는 것을 변명하진 않겠소."

홈즈는 탁자 가장자리에서 발을 굴렸습니다.

"나도 당신이 속으로는 그런 생각을 할 거라고 짐작은 했었소. 그런데 왜 나한테 그런 관심을 가지고 있는 거요?"

"당신이 주책없이 나서서 나를 화나게 했으니까. 하수인을 시켜서 내 뒤를 미행했으니까."

"하수인이라니! 엉뚱하군요."

"거짓말 하지 말라고. 사람들이 날 뒤쫓아 다녔다니까.

아주 능숙하더군, 홈즈."

"실비어스 백작, 중요한 것은 아니지만 나한테 말할 때는 존칭을 쓰시는 게 좋지 않을까요. 잘 아시겠지만 나는 직업상 범인들 절반하고는 가깝게 지내야 한다오. 그러니 당신만 예외로 한다면 기분 나빠할 사람들이 있지 않겠소?"

"좋소. 원한다면 홈즈 선생이라고 해드리지."

"그거 듣기 좋군요. 하지만 정확히 말해두는데 당신은 내 요원이라는 사람들에 대해 뭔가 착각을 하고 있소."

실비어스 백작은 마치 가소롭다는 듯 웃음을 터뜨렸습니다.

"당신만큼 관찰할 사람은 수도 없이 많소. 어제는 운동을 즐기는 중늙은이였는데 오늘은 나이 든 여자더군. 두 사람은 온종일 내 주변에서 맴돌았소."

"이 몸을 그렇게 치켜세우다니 고맙소. 도슨 남작은 교수형을 당하기 전날 밤 나에 대해 얘기를 하면서 법은 인재를 잃었지만 무대는 최고의 배우를 잃었다고 했다오. 지금 당신이 변변찮은 나의 연기를 칭찬해 주는 거 아닌지요."

"아니 그렇다면 그들이……, 당신이었단 말이오?"

홈즈는 어깨를 들썩였습니다.

"당신이 나에게 의심을 갖기 이전에 미노리즈에서 친절하게 집어준 양산이 바로 저 구석에 있으니 한번 보시는 것도 좋겠소."

"그때 내가 알았더라면, 네놈은 절대로……."

"그랬다면 이 작은 집에는 들어오지 못했겠지만. 나는 그 사실을 너무도 잘 알고 있었다오. 기회를 놓치고 뒤늦게 억울해 하는 일은 누구에게나 있기 마련이지 않소. 기회가 왔는데도 당신은 몰랐고 그래서 우리는 여기서 다시 만나게 된 것 아니오."

백작의 살기어린 눈 위로 굵은 눈썹이 움직이고 있었습니다.

"네놈 말을 들을수록 내 속이 터지는 것 같군. 기가 막히군. 그게 네놈의 연기였다는 것이지. 이 사기꾼 같은 놈! 그런데 이제 와서 네놈이 나를 뒤밟은 사실을 털어놓는 이유는 뭐지?"

"백작, 왜 이러시나 정말. 당신도 알제리에서 사냥을 즐겼지 않나."

"그게 어쨌다는 거지?"

"왜 했냐고."

"뭐라고? 재미있으니까 박진감을 느껴보려고 스릴을 즐긴 거지."

"분명히 해로운 짐승들을 멸종시키려고 그랬겠지?"

"그래."

"쉽게 말하면 내가 당신을 쫓아다닌 이유도 바로 그런 거야."

백작은 벌떡 일어나더니 저도 모르게 손을 뒷주머니로 가져갔습니다.

"앉으시지 백작. 앉으라고. 더 구체적인 이유가 있는데 그걸 얘기하지. 나에게는 그 노란 다이아몬드가 필요하니까."

"미친 소리."

"당신은 내가 그 때문에 미행했다는 사실을 너무도 잘 알고 있을 거야. 당신이 지금 날 찾아온 의도는 내가 그것에 대해서 얼마나 알고 있는지 또 알아보기 위해서겠지. 당신 입장에서 말한다면 나를 반드시 없애버려야 할 거야. 내가 단 한 가지만 제외하고는 모든 사실을 훤히 알고 있으니까. 미안하게도 그 한 가지는 당신이 곧 말해 줄 거라고 믿어."

"기가 막히군. 그래 네놈이 모르는 한 가지가 뭔데?"

"그 왕관의 다이아모드가 어디에 있는지가 궁금한 거지."

백작은 홈즈를 날카롭게 바라보았습니다.

"오, 그게 궁금하다는 거지. 그런데 대체 내가 그걸 어떻게 안다는 거지?"

"당신은 알고 있으니 그걸 털어놓아야 하겠지."

"그래?!"

"실비어스 백작, 내 앞에서 무게 잡는 짓 따위는 하지 않는 게 좋아."

상대를 바라보는 홈즈의 눈은 마치 강철처럼 날카롭게 빛나고 있었습니다.

"내 앞에서만큼은 당신도 자신을 속이지 못하거든. 속이 훤히 들여다보이니까."

"그래. 그러면 다이아몬드가 어디에 있는지도 잘 알겠군."

홈즈는 기분 좋은 얼굴로 손뼉을 치더니 상대방을 비꼬듯이 손가락질을 했습니다.

"결론은 당신은 알고 있다는 얘기이군. 지금 그걸 인정했으니까."

"나는 그 어떤 사실도 인정하지 않았어."

"이봐요, 백작. 당신이 생각을 잘 바꾸면 우리는 쓸 만한 거래를 할 수 있을 것이고, 거부한다면 다칠 것이오."

실비어스 백작은 천장을 올려다보았습니다.

"허세를 부리는 건 네놈이구나."

홈즈는 마지막 수를 놓고 고심하는 체스의 고수처럼 깊은 생각에 잠긴 얼굴로 백작을 주시했습니다. 그런 후 책상에서 노트 한 권을 꺼냈습니다.

"이 책에 보관하고 있는 것이 뭔지 알겠소?"

"내가 그걸 어떻게 알아. 당연히 모르지."

"당신이지."

"나라고?"

"그렇지. 당신이라고. 당신의 모든 것, 이를 테면 타인을 해친 부도덕한 당신의 인생이 여기에 다 있어."

"망할 것."

백작은 노기에 찬 눈을 하며 소리쳤습니다.

"참는 데도 한계가 있다."

"백작, 모든 게 여기에 다 있소. 당신에게 블라이머 영지를 물려준 헤럴드 부인의 죽음에 관한 진실도 있으니까. 당신은 그것을 한순간에 도박으로 탕진했지만 말이야."

"잠꼬대 같은 헛소리를 지껄이는군."

"또 있지. 미니 워렌더 양의 고단한 인생도."

"흥! 그런 것들을 조사해 봐도 별볼 일 없을 텐데."

"백작, 그 외에도 많지. 1892년 2월 13일, 라비에라행 특급열차 강도 사건에 대한 것도 있고, 같은 해 리용 은행 위조수표 사건에 대한 것도 있소."

"무슨 소리, 그건 당신이 잘 못 알고 있는 거야."

"그럼 다른 것은 다 맞는다는 말이군! 이보게. 백작, 당신은 카드꾼이야. 상대방이 최고 패를 모두 가지고 있다는 것을 눈치했으면 앞뒤 가리지 말고 카드를 던지는 게 수야."

"그따위 것들이 네놈이 말하는 다이아몬드와 무슨 상관이 있다는 거지?"

"백작, 조용히 하시오. 흥분을 가라앉히시오! 내가 핵심만 말하겠소. 나는 당신이 저지른 모든 범죄를 다 꿰차고 있소. 하지만 가장 중요한 사실 한 가지는 왕관의 다이아몬드 사건에 대해 당신과 당신 밑에 있는 녀석들의 죄를 내가 아주 정확하게 증명해 줄 수 있다는 것이오."

"그럴 수 있다고?"

"나는 그때 당신들을 화이트홀까지 태워다 준 마차꾼과 거기서 다시 당신들을 태운 마차꾼을 증인으로 만들어 놓았지. 그것뿐이 아니야. 보관함 근처에서 당신들이 서성이던 걸 지켜 본 수위도 알고 있고, 또 다이아몬드를 자르는 걸 거부한 이키 샌더스를 확보했다고. 이키가 신고를 했으니 이쯤 되면 끝난 거 아니오."

백작의 이마에서 붉은 핏줄이 섰습니다. 그는 감정을 자제하기 위해 털이 수북한 검은 손을 움켜쥐었습니다. 뭔가 말을 하려는 듯했지만 말이 생각대로 나오지 않는 것처럼 보였습니다.

"내가 갖고 있는 카드는 이거요."

홈즈가 말했습니다.

"나는 모든 카드를 다 꺼내놓았소. 그러나 단 한 장의 카드가 없소. 그것은 다이아몬드 킹이오. 다이아몬드가 어디 있는지를 모르니까."

"네놈은 죽어도 알 수 없을 것이야."

"그렇다고? 이봐요 백작, 현명하게 처신하시오. 지금이 어떤 상황인지 잘 생각해 볼 필요가 있소. 당신은 20년 형을 받게 될 것이오. 샘 머튼도 그럴 것이고. 다이아몬드를 갖고 있어야 아무 소용이 없는 것이지! 무용지물 아니오? 하지만 나에게 그것을 준다면……, 그렇게 되면 당신의 죄는 누구에게도 말하지 않을 것이오. 우리가 원하는 것이 당신이나 샘은 아니오. 우리가 원하는 건 보석이오. 그 걸 내놓으시지요. 그러면 앞으로 당신이 또 다른 죄를 짓지 않은 이상 나는 당신으로부터 벗어날 것이오. 그러나 또 실수를 저지른다면……, 음, 그것으로 마지막이 될 것이오. 지금 내가 다루고 있는 사건은 당신을 감옥에 보내는 것이 목적이 아니고 보석을 되찾는 것이라오."

"내가 거절한다면?"

"할 수 없는 일이지! 목표가 보석이 아닌 당신이 되는 것이오."

홈즈가 초인종을 누르자 빌리가 왔습니다.

"백작, 당신의 친구 샘을 동참시키는 것은 어떻소. 그 친구 입장도 들어볼 필요가 있지 않을까 싶은데. 빌리, 현관문 밖에 나가면 체격이 크고 못난 신사가 있을 거야. 이리 올라오라고 해."

"만일 안 오신다고 하면 어떡하죠?"

"빌리, 강요할 필요까진 없어. 불편하게 하지 마라. 실비어스 백작이 오라고 했다고 하면 반드시 올 테니까."

빌리가 나가자 백작이 말했습니다.

"이제 뭘 어쩌려고 그러지?"

"조금 전 내 친구 왓슨이 다녀갔소. 나는 그에게 그물에 상어랑 모샘치가 걸렸다고 했소. 이제 나는 그물을 당겨서 두 마리를 한 번에 끌어올릴 생각이오."

백작은 벌떡 일어났고 등 뒤로 손이 가 있었습니다. 홈즈도 실내복 주머니에 손을 집어 넣어 뭔가를 반쯤은 끄집어냈습니다.

"홈즈, 넌 침대에서 편안하게 죽을 운명이 아니다."

"나도 그런 생각을 자주 하곤 하지. 그게 뭐 그렇게 중요한 것이오? 백작, 여하튼 당신의 미래도 평탄치는 못할 것이오. 앞날을 그런 식으로 내다보는 것도 병이지. 사람들은 왜 현재에 주어진 큰 기쁨을 누리지 못하는 것일까."

간 큰 범인의 사납고 어두운 눈에 갑자기 불길한 빛이 감돌았습니다. 홈즈는 긴장하면서 만일의 준비를 하고 있는데 그러자 자신의 몸이 점점 불어나는 듯한 느낌이 들었습니다.

"이봐요. 리볼버를 그렇게 만져본들 아무 소용이 없소."

홈즈는 조용하게 말했습니다.

"당신도 잘 알겠소만 당신이 총을 뺄 시간을 내가 준다 하더라도 당신은 날 쏘지 못할 것이오. 백작, 리볼버란 성가시고 시끄러운 물건이오. 차라리 공기총을 쏘는 게 훨씬 낫지 않겠소. 오! 훌륭한 파트너의 발자국 소리가 들려오는군. 머튼 군, 안녕하신가? 길거리에서 기다리려니 좀 지루하지 않았소."

탄탄한 체격에 둔하고 고집스러우며 얼굴이 긴 프로 권투선수 같은 그는 문 앞에서 머물거리다가 당황해 하는 표정을 지으며 사방을 둘러보았습니다. 홈즈의 상냥한 태도는 놀라웠지만 어렴풋이 그의 말에는 적대감이 있다는 것을 느꼈습니다. 하지만 어떻게 응대해야 할지 몰랐던 그는 자신보다 눈치 빠른 파트너를 향해 돌아서서 도움을 청하는 것 같았습니다.

"백작님, 어떻게 돌아가는 겁니까. 이 양반이 뭘 원하는 거지요? 무슨 일이 있는 겁니까?"

그는 굵고 쉰 목소리로 물었습니다.

백작은 대답 대신 어깨만 으쓱거렸고, 홈즈가 나서서 말했습니다.

"머튼 군, 한 마디로 말한다면 일은 끝났네."

권투 선수 같은 머튼은 여전히 파트너를 향해 말했습니다.

"이 사람 지금 헛소리하는 겁니까. 나는 지금 농담할 기분이 아닌데."

"물론 그러시겠지."

홈즈가 말했습니다.

"다시 말하지만 당신은 시간이 지날수록 점점 불리해질 것이오. 실비어스 백작, 나를 좀 보시오. 나는 좀 바빠서 시간을 낭비할 수가 없소. 나는 저 침실에 좀 들어가 있을 테니 내가 없더라도 마음 편히 있길 바라오. 난 바이올린을 갖고 들어가 호프만의 뱃노래를 연주할 참이오. 5분 후쯤에 나오겠으니 그때 마지막 결론을 말해 주시오. 뭘 생각해 보아야 하는지에 대해서는 잘 알고 있겠지요. 체포당할 것인지 아니면 보석을 나에게 넘길 것인지 둘 중 하나를 선택하시오."

홈즈는 구석에 있던 바이올린을 집어들고 사라졌습니다. 그리고 이어서 닫힌 침실 문을 타고 느리면서도 구성진 마음을 흔드는 바이올린 소리가 흘러나왔습니다.

"이게 어떻게 된 것이지요?"

백작이 자신을 바라보자 머튼이 불안한 목소리로 말했습니다.

"저자가 다이아몬드에 대해 뭔가 알고 있는 것인가요?"

"그렇다네. 보석에 대해 너무 많을 것을 알고 있어. 모든 사실을 다 알고 있는 것은 아닌지 의심이 들 정도야."

"오, 맙소사."

형색이 안 좋은 머튼의 얼굴은 더욱 창백해졌습니다.

"이키 샌더스 그 녀석이 우리를 밀고했어."

"그자가 말입니까? 내가 그것 때문에 교수형을 당한다면 원없이 두들겨 패줄 것입니다."

"그렇게 한들 우리에게 도움되는 것은 하나도 없지. 어떻게든 마음을 정해야 한다고."

"잠깐만요."

머튼은 침실 문을 수상쩍게 바라보면서 말했습니다.

"저 인간은 교활해서 항상 조심을 해야 됩니다. 설마 우리 얘기를 다 엿듣고 있는 것은 아니겠지요?"

"저렇게 악기를 연주하고 있는데 들리겠는가."

"그렇긴 합니다. 하지만 커튼 뒤에 누군가가 숨어 있을지도 모르잖아요. 이놈의 방엔 웬 커튼이 이렇게 많답니까."

방 안을 둘러보던 머튼은 창가의 마네킹을 발견하고는 멍하게 서서 손가락으로 가리켰습니다. 그는 너무 놀란 나머지 말문이 막힌 것입니다.

"놀라지 말게. 저건 인형이야."

백작이 말했습니다.

"인형이라고요? 이런 맙소사! 마담 튀소(Marie Tussaud, 프랑스의 밀랍 인형 제작자. 프랑스, 영국의 유명 인물들의 두상, 데스마스크를 만들었다.−옮긴이)하고는 상관없겠지. 실내복도 그렇고 정말 살아 있는 것 같네요. 백작님, 그런데 저 커튼은 다 뭡니까?"

"오! 저놈의 저주받을 커튼! 우리에게는 시간이 없다고. 그리고 저기에는 아무것도 없어. 저자는 이 다이아몬드 때문에 우릴 교도소로 보낼 수 있다고."

"빌어먹을."

"그런데 다이아모든가 있는 곳을 알려주면 우릴 자유롭게 해주겠다는군."

"뭐라고 하셨습니까? 그걸 넘겨준다고요? 십만 파운드짜리를 넘겨줘요?"

"선택은 둘 중 하나야."

머튼은 짧은 머리를 긁적거렸다.

"저자는 방에 혼자 있잖아요. 차라리 해치우지요. 저놈만 사라지면 걱정할 것은 없을 텐데요."

그러나 백작은 고개를 저었습니다.

"저자는 무장하고 있는데다 맞붙어 싸울 준비를 이미 갖추고 있어. 설령 우리가 저자를 총으로 쏜다고 하더라도 이렇게 좁은 건물에서 도망쳐 나가는 것은 쉽지 않거든. 더욱이 저자가 갖고 있는 증거라는 게 뭔지는 잘 모르겠지만 경찰이 그것을 알고 있을 가능성이 크다니까. 어라, 이게 무슨 소리야?"

창문 방향에서 작은 목소리가 들려오는 듯했습니다. 사내들은 뒤를 돌아다보았지만 사방은 고요하기만 했습니다. 의자에 앉아 있는 특이한 인물 하나를 빼면 분명 방 안에는 다른 그 누구도 없었습니다.

"거리에서 들려온 소리인데요."

머튼이 말했습니다.

"백작님, 저를 보세요. 백작님은 머리가 뛰어나시잖아요. 뭔가 새로운 묘안을 생각해낼 수 있으실 겁니다. 총으로 안 된다면 다른 어떤 수가 있으니 생각 좀 해보십시오."

"나는 저 녀석보다 더 똑똑한 놈들도 속인 적이 있지."

백작은 대답했습니다.

"다이아몬드는 여기 나의 비밀 주머니에 들어 있거든. 어디에 숨겨 놓고 다니기에는 위험해서 말이야. 오늘밤 영국만 벗어난다면 일요일이 되기 전에 암스테르담에서

네 조각으로 쪼개질 거라고. 그자는 반 세다에 대해서는 아는 게 없어."

"저는 반 세다가 다음 주에 떠나는 것으로 알고 있었는데요."

"그래. 본래 계획은 그러려고 했지. 그러나 이젠 그 친구는 다음 배로 떠나야 돼. 우리 둘 중 한 사람이 다이아몬드를 가지고 라임가로 잠입해서 이런 사정을 말해야 한다고."

"이중 바닥 트렁크를 아직 마련하지 못했는데요."

"어쩔 수 없잖아. 위험하지만 그냥 가져갈 수밖에. 시간을 더 이상 늦출 수는 없어."

사냥꾼 아니랄까 봐 위험을 감지하는 본능이 발달된 백작은 말을 멈추고 창문을 주시했습니다. 사실이었습니다. 낮은 목소리가 들려온 곳은 정말로 거리였습니다.

백작은 다시 말을 이어갔습니다.

"홈즈 정도야 죽이는 건 시간 문제지. 자네도 알겠지만 저 싸가지 없는 놈은 다이아몬드를 손에 넣지 못하는 한 우릴 체포하지는 않는다고. 음, 그렇다면 우리는 놈에게 보석을 넘겨주겠다고 약속을 하면 되는 거야. 놈을 다른 곳으로 유인하다가 놈이 보석은 다른 곳에 있다가 네덜란드로 간다는 것을 알기 전에 우리도 이 나라 땅을 벗어나야 할 거야."

"아주 좋은 생각이십니다."

샘 머튼이 웃으면서 소리쳤다.

"자네는 어서 가서 반 세다에게 서둘러달라고 말해. 난 저 멍청한 놈에게 허위 자백을 할 테니까. 보석은 리버풀에 있다고 말할 거야. 저 빌어먹을 놈의 징징 짜는 음악 소리가 정말이지 내 신경을 돋구는군. 저놈이 다이아몬드가 리버풀에 없다는 사실을 알게 될 즈음이면 그건 이미 네 조각 나 있을 것이고, 우린 푸른 바다 위를 항해하고 있겠지. 이리 와보게. 밖에서 열쇠 구멍으로 들여다볼 수 없는 쪽으로. 보석은 여기 있다고."

"어떻게 이걸 들고 다닐 생각을 하셨나요?"

"이보다 더 완벽한 곳이 어디 있어? 우리가 화이트홀에서 이걸 훔친 것처럼 다른 놈들이 내 숙소에서 이것을 못 훔치라는 법은 없잖아."

"저 좀 보여줘요."

실비어스 백작은 조금 불쾌해 하는 눈길로 머튼을 힐끗 보더니 앞으로 내민 지저분한 손을 무시했습니다.

"아―니 어떻게 그럴 수가……, 가로챌까 봐 그러십니

까? 백작님, 정말 백작님의 그런 태도에 이골이 나 있습니다."

"자, 자. 화내지 말게나, 샘. 지금 우리가 서로 토닥거릴 때가 아니잖아. 이 소중한 것을 정말 보고 싶다면 창가로 와. 이걸 들고 햇빛에 비춰 보라고. 여기."

"고맙군 그래."

인형이 놓여져 있던 의자에서 벌떡 일어난 홈즈는 재빠르게 귀중한 다이아몬드를 가로챘습니다. 그의 한 손은 보석을 쥐고, 또 다른 한 손은 리볼버로 백작의 머리를 겨누었습니다.

두 녀석은 정신을 잃을 정도로 놀라서 뒷걸음질쳤습니다. 두 사람이 정신을 차리기 전에 홈즈는 전기로 작동되는 초인종을 눌렀습니다.

"이보게들, 폭력은 사절이야. 부탁하는데 앞날을 생각하라고. 지금 이 상황이 믿기지 않겠지만 아래층에 경찰이 대기중이야."

백작은 너무 당황한 나머지 분노와 두려움도 잊은 듯했습니다.

"도대체 어떻게……?"

백작은 너무 놀라 숨을 헐떡거렸습니다.

"놀라는 게 당연하지. 너는 내 침실에서 커튼 뒤로 통하는 비밀 문이 있다는 사실을 몰랐을 테지. 마네킹을 치울 때 너희들이 소리를 들은 줄 알았는데 역시 행운의 여신은 나의 편이었어. 덕분에 너희들이 신나게 떠드는 소리를 들을 수 있었지 뭐야. 만일 내가 여기 앉아 있는 줄 알았더라면 입조심을 했을 텐데."

백작은 체념한 듯 어깨를 쭉 늘어뜨렸습니다.

"홈즈, 네가 이겼다. 넌 악마나 다름없는 놈이야."

"사실 따지고 보면 같은 셈이야."

홈즈는 정중하게 미소를 지으며 말했습니다. 머리가 나쁜 샘 머튼은 뒤늦게서야 사태를 깨닫는 눈치였습니다.

그때 쿵쿵거리는 발소리가 계단을 올라오자 머튼은 그제야 말했습니다.

"경찰이다! 아니 저 망할 놈의 깽깽이 소리는 또 뭐야. 아직도 들리잖아."

"저런."

홈즈가 말했습니다.

"아주 좋은 지적이야. 연주를 잘하고 있는 걸. 요즘 나온 축음기는 역시 위대한 발명품이란 말이야."

경찰이 방 안으로 몰려들어 왔고 범죄자들은 수갑이

채워져서 대기하고 있던 마차로 끌려갔습니다. 왓슨은
홈즈 곁에서 그가 승리의 월계관 잎사귀 하나를 더 붙이
게 된 것을 축하해 주었습니다. 침착한 빌리가 명함 쟁반
을 들고 나타나자 두 사람의 대화는 잠시 멈추었습니다.

"선생님, 캔틀미어 공입니다."

"빌리, 모시고 와라. 이번에는 고위층의 관심을 대변하
는 고귀하신 귀족님이 오셨군 그래."

홈즈는 말했습니다.

"캔틀미어 공은 능력이 뛰어나고 성실한 사람이긴 하
지만 보수적인 편이야. 우리가 그 양반을 즐겁게 해줄까?
거만하게 굴어 보라고. 그 양반은 지금 무슨 일이 있었는
지 까마득하게 모르고 있을 테니."

문이 열리면서 마르고 위엄있는 사람이 들어왔습니다.
뾰족한 얼굴에 빅토리아 중기를 떠오르게 하는 긴 구레
나룻을 기르고 있었습니다. 반짝이는 검은 수염은 구부
러진 어깨와 축 처진 걸음걸이와는 전혀 어울리지 않았
습니다. 홈즈는 상냥한 태도로 그의 힘없는 손을 잡고 흔
들었습니다.

"캔틀미어 공, 안녕하셨는지요? 추운 계절이긴 하지만
실내는 포근합니다. 공의 외투를 벗겨드릴까요."

"괜찮소. 난 이대로가 좋소."

홈즈는 악착같이 공의 옷소매를 잡아당겼습니다.

"이러지 마십시오. 제 친구 왓슨 박사는 이렇게 큰 온도 변화는 건강을 해친다고 말할 겁니다."

공은 조금 짜증스럽다는 듯이 홈즈의 손을 뿌리쳤습니다.

"선생, 지금 나는 아주 좋소. 이곳에 오랫동안 있을 것도 아니고 난 그저 당신이 원했던 그 일이 얼마나 진척되었는지 알아보려고 왔어요."

"글쎄요. 그게 참 어렵네요……, 어렵습니다."

"내가 걱정했던 게 바로 그거였소."

늙은 신하의 말과 태도에는 비웃음이 한눈에 드러났습니다.

"홈즈 선생, 누구든지 자신의 한계를 알게 되기 마련이오. 그렇게 되면 사람들은 적어도 자만심이라는 약점을 없앨 수 있소."

"그럼요. 정말 난감하더군요."

"그랬을 거요."

"특별히 한 가지에 대해서 그랬습니다. 그 점에 관해서는 공에게 도움을 요청해도 될까요?"

"선생은 너무 늦게 조언을 얻으려고 하는구려. 그래도 나는 선생한테는 특별한 방법이 있을 줄 알았소. 여하튼 도와주겠소."

"캔틀미어 공, 나는 분명하게 도둑의 혐의를 입증할 수는 있거든요."

"그건 도둑을 손에 넣었을 때나 할 수 있는 것이오."

"지당하신 말씀이십니다. 문제는……, 장물을 취득한 사람에 대해서는 어떤 법적 절차를 밟아야 하는가입니다."

"지금은 그런 얘기 할 때가 아니잖소."

"저는 단지 미리 준비하려고 하는 것입니다. 저, 공은 장물 취득자의 혐의를 입증하는 결정적인 단서를 무엇이라고 생각하시는지요."

"다이아몬드를 진짜 갖고 있는가 하는 점이지요."

"그게 확인되면 체포할 수 있는 것인가요?"

"분명히 그럴 것이오."

본래 홈즈는 소리 내어 웃는 적이 없었지만 이번에는 오래 된 친구 왓슨이 보기에도 정말 크게 웃었습니다.

"어쩌지요. 저로서는 어쩔 수 없이 공을 체포해야 될 것 같습니다."

캔틀미어 공은 몹시 불쾌해 했습니다. 누런 두 뺨이 발갛게 달아오르는 것처럼 보였습니다.

"홈즈 선생, 당신은 지금 아주 몰상식한 행동을 하고 있소. 내 공직 생활 50년 동안 이런 일은 처음이오. 선생, 난 바쁜 사람이오. 중요한 일들이 쌓여 있단 말이오. 바보 같은 농담을 즐길 만한 여유가 없소. 솔직히 말하건대 나는 사실 당신의 능력을 믿지 않았기에 이번 사건을 경찰에게 공식적으로 맡기는 쪽이 훨씬 현명한 일이라는 생각이었소. 당신의 무례한 행동은 바로 나의 생각이 옳았다는 것을 입증해 주고 있소. 나는 그만 가봐야겠소."

"잠깐! 캔틀미어 공, 마자랭의 보석을 그냥 가지고 가시면 안 되지요. 잠시나마 가지고 있다가 발각되면 해프닝으로 끝나지만 그냥 가시면 심각한 처지가 될 것입니다."

홈즈는 급하게 방문을 막아서셨습니다.

"선생, 비키시오. 정말 못 참겠군."

"공의 오른쪽 주머니를 만져 보십시오."

"그건 무슨 말이오."

"그냥 제가 시키는 대로 해보십시오."

잠시 후 너무 놀란 귀족은 눈을 크게 뜨고 껌벅이면서 비틀거렸습니다. 부들부들 떠는 그의 손바닥에는 노란

88

빛이 나는 큰 다이아몬드가 놓여 있었습니다.

"홈즈 선생, 대체 이게 어찌된 일이오?"

"캔틀미어 공, 이거 너무 죄송합니다."

홈즈는 큰 소리로 말했습니다.

"여기 있는 저의 죽마고우는 제가 실없는 장난을 즐긴다는 것을 잘 알고 있습니다. 또 저는 극적인 상황을 꾸미고 싶어하는 편이지요. 사실 제가 무례한 짓을 했습니다. 아주 버릇없는 짓이지요. 공이 오시자마자 다이아몬드를 몰래 넣어놓았습니다."

늙은 귀족은 다이아몬드와 자기 앞에서 웃고 있는 홈즈를 번갈아 바라보았습니다.

"이거 참 당황스럽구려. 하지만……, 맞소. 이건 분명 마자랭의 보석이 맞소. 홈즈 선생, 우리는 선생에게 큰 빚을 졌소. 선생의 재치는 말대로 좀 특이한 구석이 있는데 그것을 보여주는 시기는 적절하지 못했지만 나는 탐정으로서의 당신의 능력을 이제야 다른 눈으로 평가하게 됐소. 아니 어떻게……."

"캔틀미어 공, 사건은 이제 반밖에 끝나지 않았습니다. 자세한 내용을 알려면 시간이 좀더 필요합니다. 여하튼 캔틀미어 공, 저의 실없는 짓에 대해서는 향후 윗분들을 만나서 이런 성공적인 결과를 발표할 때의 만족감으로 조금이나마 보답이 될 것이라고 봅니다. 빌리, 공을 안내해 드리게. 그리고 허드슨 부인에게 가능한 빨리 저녁 식사 2인분을 준비하라고 말씀드려라."

여자의
욕망

SHERLOCK HOLMES
BEST

여자의 욕망

내가 홈즈와 해결한 사건 중에서 세 개의 박공 지붕 사건처럼 갑자기, 그리고 드라마틱하게 진행된 사건은 없었던 것 같습니다. 당시 나는 며칠 동안 그를 보지 못했으며 그가 어떤 유형의 사건을 처리하고 있는지에 대해서도 알지 못하고 있었습니다. 손님이 찾아오던 그날 아침, 홈즈는 이야기를 하고 싶었는지, 나를 벽난로 한 켠에 있는 낡은 안락의자에 앉혀놓고 자신은 파이프를 거만하게 물고서 맞은 편 의자에 앉으려고 하던 순간이었습니다. 마치 미친 황소가 달려들었다고 하는 것이 그때의 상황을 말하기에 적합한 듯싶습니다.

갑자기 문이 열리더니 체격이 아주 큰 흑인 남자가 방 안으로 뛰어 들어왔습니다. 바둑판 그림 같은 체크 무늬의 헐렁한 회색 양복에 분홍빛 넥타이를 늘어뜨린 그 남자가 만일 무서운 얼굴을 하지 않았다면 오히려 우습게 보였을 일입니다. 그는 납작한 코에 얼굴을 내밀면서 악마 기질이 숨어 있는 듯한 어두운 눈으로 우리 둘을 번갈아 바라보았습니다.

"누가 홈즈 선생이오?"

흑인은 말했습니다.

홈즈는 여유있게 미소를 지으면서 파이프를 들었습니다.

"오호! 당신이구만."

그는 무례한 태도로 걸음을 한 발씩 옮겨가면서 탁자를 돌아 홈즈의 앞으로 갔습니다.

"홈즈 선생, 나 좀 봅시다. 남의 일에서 손 떼라고요. 참견하지 말란 말이오. 이봐요. 무슨 말인지 알아 들었소?"

"계속하지 그래. 재미있는 걸."

"기가 막히군! 재미가 있다고?"

무식해 뵈는 남자는 떽떽거리며 말했습니다.

"내가 손을 좀 보면 그렇게 재미있지는 못할 텐데. 나는 예전에도 당신 같은 인간들 손을 봐준 적 있지. 나한테 당하고서는 달라지던데. 홈즈 선생, 이거나 좀 보시지 그래."

그는 홈즈의 코 밑으로 큰 혹 덩어리 같은 주먹을 들이대고 흔들었습니다. 홈즈는 호기심 어린 눈으로 그의 주먹을 주시했습니다.

"자네는 태어날 때부터 이 따위였나? 아니면 크면서 이렇게 막돼먹은 인간이 된 건가?"

친구의 살얼음 같은 냉정한 반응 때문이었는지 아니면 내가 지팡이를 들어 올릴 때 난 소리 때문이었는지 모르겠지만 여하튼 그의 기세는 수그러들었습니다.

"음, 이미 경고했지만 나에게는 해로 쪽으로 관심을 가진 친구가 있는데 – 지금 내가 무슨 말을 하려고 하는지는 알고 있겠지만. – 그 친구는 당신이 참견하는 것을 싫어하고 있지. 알아들었수? 당신이나 나 둘 다 법은 아니지만 계속 귀찮게 굴면 가만히 있을 수는 없다 이거야. 내 말 새겨들으라고."

"그래. 나는 그렇잖아도 자네를 좀 만나고 싶었지. 하지만 자네에게 친절하게도 앉으라는 말은 못하겠는 걸. 자네한테서는 그다지 유쾌하지 않은 냄새가 나거든. 자네

권투 선수 스티브 딕시 아닌가?"

"그렇소. 바로 내가 스티브 딕시요. 나에게 허튼 소리 했다가는 좋은 일 없는 줄 아시오."

"그런 걱정은 붙들어 매라고."

홈즈는 녀석의 흉한 입을 바라보며 말했습니다.

"홀본 바 앞에서 퍼킨스 청년을 죽인 게……, 왜, 벌써 가려고 하나."

녀석은 얼굴색이 변하면서 뒤로 물러섰습니다.

"말 같지도 않은 말 집어 치우시오. 이봐요. 홈즈 선생, 내가 그 녀석하고 무슨 상관이 있다고 그러시오. 미안하지만 그 녀석이 죽을 때 나는 버밍엄의 불 링에서 놀고 있었소."

"그렇군. 스티브, 친한 판사 앞에서 꼭 그렇게 얘기하라고. 나는 자네하고 바니 스톡데일을 지켜보았거든."

"오! 주여, 홈즈 선생……."

"이젠 가보지 그래. 필요하면 부를 테니."

"홈즈 선생, 잘 계시오. 갑자기 찾아온 거 너무 기분 나쁘게 여기지 마시오."

"자네를 나에게 보낸 인간이 누구인지 알려주지 않으면 나는 기분이 나쁠 수밖에."

"그런 것쯤이야 숨길 필요도 없지. 선생이 방금 전에 말한 분이 바로 그분이니까."

"그렇다면 그 인간에게 부탁을 한 인간은 누구인지 알겠군."

"오! 주여, 선생 나는 정말 모르오. 바니가 그냥 이렇게 했소. '스티브, 홈즈를 찾아가서 해로쪽으로 기울어지면 좋은 일이 없을 거라고 전해' 이게 내가 아는 것의 전부요."

녀석은 더 이상 홈즈의 말을 들으려 하지 않고 들어올 때처럼 공격적인 자세로 방문을 열어 제치고 나갔습니다. 홈즈는 혼자서 낄낄대면서 파이프의 재를 털었습니다.

"왓슨, 자네가 저 곱슬머리를 공격할 필요는 없었으니 이거 아주 다행이군. 나는 자네가 지팡이를 움직이는 것을 보았어. 저 녀석 의외로 순진한 친구야. 체격만 컸지 바보 같은 자라고. 자네도 보았다시피 목소리만 클 뿐 겁이 무척 많아. 스펜서 존 일당의 한 놈인데 얼마 전 지저분한 일에서 한 역할을 했지. 시간만 나면 내가 직접 그 사건을 알아볼지도 몰라. 저 녀석의 바로 윗 놈이 바니인데 그 녀석은 좀 약삭빠른 놈이야. 스펜서 존은 폭력, 협박 등을 전문으로 하는 조직이야. 내가 궁금한 것은 이번

MYSTERY 97
걸작선

일을 조종하는 자가 누구인가 이거지."

"그런데 그 조직에서는 왜 자네를 협박하는 건가?"

"해로 월드 사건 때문이야. 월드 사건을 조사해야 돼. 녀석들이 이렇게 신경을 쓰는 데는 그만한 이유가 있는 것인데. 그렇다면 분명히 이 사건에는 뭔가가 있다는 얘기가 되거든."

"어떤 사건인데?"

"이 우습지도 않은 촌극이 벌어지기 전에 자네에게 말하려고 했었지. 여기 매버리 부인의 편지가 있어. 자네가 같이 가고 싶다면 부인에게 전보를 치고 바로 출발하지."

친애하는 셜록 홈즈 선생에게.
저는 집 때문에 별난 일을 잇달아 겪었으며 이 때문에 선생님의 조언을 필요로 합니다. 오늘은 집에 있을 예정이오니 언제든지 찾아와 주십시오. 저의 집은 월드 역에서 걸어서도 충분히 올 수 있는 곳에 있습니다. 저의 남편인 고 모티머 매버리 씨는 전에 선생의 도움을 받은 적이 있습니다.

– 메리 매버리.

주소는 '해로 월드, 세 박공 집'이었습니다.

"이게 그거야."

홈즈는 말했습니다.

"그러면 왓슨, 자네가 시간을 내준다면 우리 지금 출발하는 게 어떨까?"

가까운 거리를 기차로 이동했고, 기차에서 내려서 그 집까지는 더 짧은 거리를 마차로 달려갔습니다. 벽돌과 통나무로 지은 그 저택은 자연 그대로의 초원 위에 자리하고 있었습니다. 2층 창문 위로 튀어나온 어설픈 작은 구조물 3개는 이 저택의 이름이 '세 박공 집'으로 지어진 이유가 된 것 같았습니다. 저택의 뒤편에는 키 작은 소나무들이 들어선 스산한 숲이 있었는데 전체적으로는 뭔가 빠져 있는 것만 같은 그런 침울함을 느끼게 했습니다. 하지만 집 안은 멋지게 잘 꾸며져 있었고, 우리를 반갑게 맞이한 여성은 교양과 품격이 느껴지는 아주 매력적인 노부인이었습니다.

"부인, 저는 남편을 기억하고 있습니다."

홈즈는 말했습니다.

"남편께서 작은 일로 저에게 도움을 청하신 지 오래 되었지만 그때 기억이 생생합니다."

"어쩌면 내 아들 더글러스의 이름이 더 익숙할 것 같은 데요."

홈즈는 갑자기 신기한 듯한 표정을 하며 노부인을 바라보았습니다.

"그렇다면! 부인이 더글러스 매버리의 어머님 되시는 겁니까? 그 친구는 제가 잘 알지요. 런던에서 그 청년을 모르는 사람은 없겠지만 말입니다. 아주 훌륭한 친구지요. 그 친구는 지금 어디 있습니까?"

"홈즈 선생, 그 애는 없답니다. 죽었지요! 로마의 대사관에서 일을 했었는데 한 달 전 그곳에서 폐렴으로 세상을 떠났습니다."

"저런, 안타까운 일입니다. 그 청년이 죽으리라고 그 누가 상상을 했겠습니까. 정말 힘이 넘쳐나는 건강한 친구였습니다. 열정적으로 살았고요. 자신의 모든 것을 다 바쳐 일하는 것 같았습니다."

"선생, 그 애는 열정이 너무 지나쳐서 죽었답니다. 그 열정 때문에 파멸하고 만 겁니다. 잘 아시겠지만 그 애가 얼마나 명랑하고 자신감 넘치는 애였습니까? 그런 애가 우울해지고 말이 없어지면서 생각에 빠져들었습니다. 실연을 당한 겁니다. 그렇게 건강하던 애가 불과 한 달 만에 냉소적인 사람으로 변하더군요.”

“그렇다면 사랑……, 여자 때문에?”

“여자인지 요괴인지 모르겠네요. 여하튼 선생님을 제가 부른 것은 불쌍한 우리 아들 얘기를 하려고 했던 것은 아닙니다.”

“어떤 일이든 저와 여기 왔슨 박사가 최선을 다해 돕겠습니다.”

“사실은 이상한 일이 있었답니다. 나는 이 집에서 벌써 1년 정도를 살았습니다. 다만 조용히 살고 싶어서 이웃사람들과 왕래를 많이 하지 않았습니다. 그런데 3일 전에 부동산 중개인이라는 남자가 찾아왔더군요. 그가 하는 말이 누가 이 집을 아주 마음에 들어 하기 때문에 집을 팔기만 한다면 돈은 원하는 만큼 받을 거라는 말을 했습니다. 우리 집이 아니더라도 괜찮은 집들이 여러 채 나와 있는 것을 알고 있기에 의문이 가면서도 그 사람의 말을 듣고 난 후 호기심이 생겼습니다. 제가 이 집을 구입한 가격에 자그마치 오백 파운드나 더 붙여서 말했습니다. 그런데도 문제없다는 것이었어요. 게다가 이 집을 사려는 사람이 가구까지도 갖고 싶어 한다면서 가구 가격도 제시하라는 거였어요. 이 집에 있는 가구들 중에는 내가 고향 집에서 갖고 온 것들도 있으며 대부분 꽤 괜찮은 것들입니다. 때문에 나는 높은 가격을 말했습니다. 그런데 어찌 된 일인지 그마저도 문제가 없다는 것입니다. 나는 늘 여행을 가고 싶은 생각이 있던데다 집과 가구의 흥정 가격이 나에게 매우 유리하게 진행되었기에 나는 이제부터는 하고 싶은 일을 하면서 여생을 즐길 수 있겠다고 생각했습니다.

드디어 어제 그 남자가 계약서를 작성해 왔습니다. 나는 해로에 사는 나의 단골 변호사인 수트로 씨에게 계약서를 보여주었답니다. 그러자 변호사가 이렇게 말하더군요. '이건 아주 특이한 문서입니다. 여기에 서명을 하면 집 안에서 가지고 나갈 수 있는 물건은 아무것도 없는데 이런 사실을 알고 있습니까? 부인의 개인 소지품마저도 말입니다' 어제 저녁에 부동산 중개인이 다시 찾아왔기에 나는 그 부분에 대해 말하면서 나로서는 가구만 팔고 싶을 뿐이라고 말했습니다.

그런데 중개인은 '그것은 안 됩니다. 모든 것을 다 팔아야 합니다' 라고 말하더군요.

'아니 내 옷과 폐물까지도?' 하며 놀라자 '허허, 부인의 개인 소지품에 대해서는 타협을 하면 될 것입니다. 그러나 일일이 확인받지 않고서는 어떤 물건 하나도 가져 갈 수는 없습니다. 저희 고객은 인심은 넉넉하지만 취미가 별난 분인데다 자기 방식대로 일을 처리한답니다. 아마도 다 팔지 않으시면 이 집을 사지 않으실 겁니다' 라고 했어요. 기분이 이상해서 나는 '그러면 없던 일로 하라고 하세요' 라고 말했습니다. 일이 이렇게 끝났지만 너무 황당한 일 같아서 나는……."

이쯤에서 우리의 대화는 아주 별난 사고로 중단이 되어야 했습니다.

홈즈는 갑자기 말하지 말라는 뜻으로 손을 들었습니다. 그런 후 그는 방을 가로질러 나가서 문을 열어젖히고 마른 여인의 어깨를 잡아당기면서 방 안으로 들어왔습니다. 여인은 날개를 푸득거리면서 닭장을 빠져나가려고 몸부림치는 몸집이 큰 못 생긴 닭처럼 사납게 저항하면서 끌려 들어왔습니다.

"이거 놓으세요! 지금 뭐하자는 거예요?"

여자는 날카롭게 소리를 질렀습니다.

"이런, 수잔. 대체 무슨 일이지?"

"기가 막혀서. 마님, 저는 손님들이 점심 식사를 하실 것인지 여쭤보려고 오고 있었는데 이 남자가 갑자기 달려드는 거예요."

"저는 이미 5분 전부터 이 여인이 밖에서 우리의 대화를 엿듣고 있다는 것을 알았습니다. 하지만 부인의 얘기가 신기해서 중단시키고 싶지 않았던 겁니다. 수잔, 당신은 숨소리가 너무 컸어요. 그렇지 않나요? 중대한 일을 하기에는 숨소리가 너무 거칠지 않은가요?"

그녀는 뭔가 숨기는 듯한 얼굴에 놀란 표정을 지으면서 자신의 팔을 잡고 있는 홈즈를 보았습니다.

"아니 이유야 어찌 됐든 간에 대체 당신이 뭔데 나를 이렇게 잡아요?"

"나는 단지 당신 앞에서 반드시 알아보고 싶은 게 한 가지 있기 때문이오. 매버리 부인, 저에게 편지를 보냈다거나 상담을 받겠다는 말을 다른 사람에게 한 적이 있으신가요?"

"아뇨, 홈즈 선생. 그런 일은 없는데요."

"부인이 쓴 편지는 누가 부쳤습니까?"

"수잔이지요."

"역시 그랬군. 수잔, 주인 마님께서 나에게 도움을 요청한 사실을 누구에게 말했지요?"

"말도 안 돼. 나는 그런 말을 전한 적이 없다고요."

"수잔, 당신도 알겠지만 숨소리가 거친 사람들은 생명력이 짧아요. 거짓말을 하는 것은 아주 불쌍한 일이오. 누군한테 말했는지 말하세요."

"수잔!"

부인이 소리쳤습니다.

"너 정말 은혜를 모르는 아주 나쁜 여자구나. 지금 생각해 보니까 네가 담 너머로 다른 누군가와 말하는 것을 본 적이 있지."

"그건 순전히 제 개인적인 일이었어요."

여자는 기분 나쁜 투로 말했습니다.

"당신과 얘기한 사람은 바니 스톡데일 아닌가요?"

홈즈가 말했습니다.

"참, 아니 그렇게 잘 알면서 왜 나한테 물어봐요?"

"이제야 분명해졌군. 자 그러면 수잔, 바니를 조정하는 사람이 누구인지 말해 준다면 십 파운드를 주겠소."

"당신이 십 파운드 줄 때 천 파운드를 주겠다는 사람도 있거든요."

"그래요. 돈이 많은 남자인가 보군요. 아니야. 비웃는 걸 보니 돈 많은 여자인가 보군요. 어차피 이 지경까지 왔으니 이름을 밝히고 십 파운드라도 버는 게 좋지 않겠소?"

"당신이 가장 먼저 지옥으로 보내질 거야."

"수잔! 어떻게 그런 막말을!"

"나 이 집 일 그만두겠어요. 당신네들 모두에게 질려버렸어. 짐은 내일 사람을 보내서 가져가겠어요."

여자는 문을 향해 뛰쳐나갔습니다.

"잘 가요, 수잔. 호흡이 가쁠 때는 파레고릭(천연 아편제로 진통제 또는 지사제로도 쓰인다.—옮긴이) 잘 듣지. 자, 그럼 안녕."

홈즈는 말했습니다. 화가 나서 얼굴에 새빨갛게 된 그 여자가 문을 소리 내어 닫고 나가자 다소 흥분했던 홈즈의 얼굴은 점잖은 신사의 얼굴로 돌아왔습니다.

"그 일당이 일을 꾸미고 있는 것입니다. 그들이 얼마나 치밀하게 일을 진행하는지 보십시오. 부인이 보낸 편지에는 오후 열시 소인이 찍혀 있거든요. 그런데 수잔이 바니에게 그 사실을 알렸습니다. 그러자 바니는 새로운 지시를 받기 위해 자신을 고용한 사람을 찾아갔어요. 남자인지 여자인지 모르겠다고 — 수잔은 제가 반대로 아는 줄 알고 비웃었는데 아마도 여자일 가능성이 큽니다. — 다음날 아침 열한시 경 흑인 스티브는 저를 찾아와서 손을 떼라고 협박을 하고 갔습니다. 이렇게 일은 신속하고 정확하게 진행되었습니다."

"대체 그들이 원하는 것이 무엇인가요?"

"바로 그게 의문입니다. 그런데 이 집의 전 주인이 누구였나요?"

"퍼거슨이라는 은퇴한 선장이라던데요."

"그에게서 뭐 이상한 점은 없었습니까?"

"저는 그런 것은 전혀 들어 본 적도 없습니다."

"제 생각으로는 전 주인이 무엇인가 숨겨놓았지 않았을까 싶거든요. 요즘이야 대다수의 사람들이 은행을 이용하긴 하지만 이상한 사람들은 늘 있기 마련이지요. 그런 사람들이 없으면 세상은 재미없을지도 모릅니다. 처음에는 어떤 숨겨진 보물을 생각했습니다. 그러나 부인의 가구를 원하는 이유를 모르겠습니다. 부인도 모르는 라파엘이나 셰익스피어 원본이 숨겨져 있는 것도 아닐 텐데 말입니다."

"우리 집에서 가장 귀한 물건은 고작 크라운 더비 찻잔 세트 정도지요."

"그 정도로는 이번 사건의 비밀을 풀 수는 없을 겁니다. 그리고 이사 오겠다는 새 주인이 뭔가 깨끗하게 밝히지 않는 이유는 또 무엇인지 모르겠습니다. 설령 찻잔 세트를 원한다면 부인이 갖고 있는 모든 것을 사지 않고서도 그것만 사면 되는 일이잖아요. 이상한 겁니다. 분명히 이 집에는 뭔가가 있습니다. 부인은 잘 모르고 있지만 알게 되면 절대 포기할 수 없으실 만한 아주 특별한 것이 있을 겁니다."

"나도 같은 생각이야."

나는 오랜 만에 입을 열었습니다.

"왓슨 박사가 그렇다고 하면 그럴 것입니다."

"홈즈 선생님, 과연 그게 무엇일까요?"

"논리적인 분석으로 좀더 구체화시켜 볼 수 있는지 알아보지요. 부인은 이 저택에서 1년간 살았습니다."

"벌써 2년이 다 되어 갑니다."

"그게 더 좋군요. 그렇게 오랫 동안 부인의 소유물을 원한 사람은 없었습니다. 한데 갑자기 2, 3일 전에 이런 주문이 들어왔습니다. 자네는 어떻게 생각하지?"

"알 수는 없지만 문제의 물건이 최근에 이 집에 들어왔다는 것이나 다름없지."

나는 말했습니다.

"다시 풀리는 것 같군."

홈즈가 말했습니다.

"매버리 부인, 최근에 집에 들어온 물건이 있나요?"

"없어요. 올 들어 새로 구입한 물건은 전혀 없거든요."

"그렇습니까? 정말 놀라운 일입니다. 잘 알았습니다. 그렇다면 보다 확실한 정보를 입수할 때까지 기다려보아야 하겠는데요. 부인의 변호사는 유능한 분이신가요?"

"그럼요. 수트로 씨만한 변호사는 없을 겁니다."

"집에는 하녀가 한 명 더 있나요. 아니면 방금 문을 쾅 닫고 나간 수잔 뿐인가요?"

"처녀 아이가 한 명 더 있어요."

"수트로 씨에게 하루 이틀은 여기서 주무시라고 부탁해 보시지요. 부인을 지켜줄 수 있는 누군가가 필요합니다."

"그건 왜 그렇죠?"

"아무도 모르는 일이지요. 문제가 아직 애매합니다. 그들이 원하는 게 무엇인지 알아내지 못한다면 저는 반대편으로 접근하여 배후에서 조정하는 인물을 찾아내야 합니다. 부동산 중개인이 자기 주소를 가르쳐주던가요?"

"이름과 직업만 써 있는 명함을 주었지요. '헤인스존슨, 경매인 겸 감정인'."

"그 이름이 인명부에는 없을 것 같습니다. 제대로 된 사업가들은 자신의 직장을 감추지 않습니다. 혹시 새로운 일이 발생하면 바로 연락을 주십시오. 부인으로부터 사건 의뢰를 받은 이상 최선을 다해보겠습니다. 믿으셔도 좋습니다."

무엇 하나라도 그냥 무시하는 법이 없는 홈즈의 눈이 홀을 지날 때 갑자기 빛이 났습니다. 한 구석에 트렁크 서너 개와 궤짝이 쌓여 있는 것을 본 것입니다. 그 짐들에는 행선지 표시가 붙어 있었습니다.

"밀라노, 루체른. 이탈리아에서 온 짐이네요."

"네. 우리 불쌍한 더글러스의 유품이랍니다."

"짐을 풀지 않으셨나 보군요. 언제 도착했나요?"

"지난주에 왔습니다."

"그러나 부인 말씀으로는……, 어 이건 고리가 빠진 것이 분명한데. 여기 뭔가 중요한 물건이 있는지 혹시 알아요?"

"선생님, 그럴 리가 있겠습니까. 더글러스는 정말 적은 월급에 약간의 연금을 받았을 뿐인데요. 그런 애가 어떻게 값나가는 물건을 소지하였겠습니까?"

홈즈는 생각에 잠겼습니다.

"매버리 부인, 더 이상 시간을 끌 필요가 없습니다."

그는 입을 열었습니다.

"이 물건을 부인의 2층 침실로 갖다 놓으시죠. 그리고 가능한 빨리 짐을 풀어서 내용물들을 확인해 보십시오. 저는 내일 다시 올 테니 그때 알려 주십시오."

세 박공 집은 빈틈없는 감시망에 둘러싸인 것이 분명했습니다. 우리가 높은 산 울타리를 돌아가자 그늘진 곳에서 서 있던 흑인 프로 권투 선수와 갑자기 만나게 되었습니다. 인적이 드문 외진 곳에서 그는 매우 험상궂고 위험한 인물로 느껴졌습니다. 홈즈는 손으로 주머니를 툭 쳤습니다.

"홈즈 선생, 총이라도 찾는 거요?"

"무슨, 향수병을 찾고 있다네. 스티브."

"홈즈 선생, 당신 정말 웃기는 양반이오. 안 그렇소?"

"스티브, 내가 자네를 뒤쫓으면 정말 짜증나겠지. 내가 오늘 아침 분명히 자네한테 경고했었지."

"홈즈 선생, 당신이 한 말을 다시 생각해 보았는데, 퍼킨스 씨 사건에 대한 얘기는 그만둡시다. 다만 내가 뭐 도와줄 게 있으면 돕겠소."

"그래, 그러면 이번 일의 배후가 누군지 말하게나."

"주여, 저를 도와주소서! 홈즈 선생, 내가 아는 것은 다 말했소. 나는 아는 게 없소. 단지 바니가 하라는 대로만 했을 뿐이오."

"그렇다면 스티브, 이것은 꼭 기억해 두라고. 저 집에 있는 노부인하고 저 지붕 아래에 있는 모든 것은 내가 보호 중이라는 것을. 명심하라고."

"그러죠. 홈즈 선생, 꼭 잊지 않겠소."

둘이서 걸어가는 동안 홈즈는 말했습니다.

"왓슨, 저 녀석에게 겁을 잔뜩 주었어."

"저 녀석은 배후를 알기만 하면 그것을 말하지 않고서는 못 버틸 거야. 내가 스펜서 존 조직에 대해 어느 정도 알고 있는데다 스티브가 그 조직원들 중 한 명이라는 것은 아주 잘된 일이야. 왓슨, 이번 사건은 랭데일 파이크와 잘 맞을 테니까 이제는 그 친구를 만나러 가야겠다. 그를 만나고 오면 보다 명확하게 이 사건의 감을 잡을 수 있겠지."

나는 그날 낮에는 친구를 보지 못했지만 그가 무엇을 하며 시간을 보내고 있을지는 상상이 가능했습니다. 랭데일 파이크는 사교계에서 일어난 일들에 대해 꿰차고 있는 인간 참고서 같은 사람이었기 때문입니다. 그 특이하고 게으른 친구는 눈만 뜨면 세인트제임스가에 있는 클럽의 창가에서 시간을 죽이고 있었는데, 그는 이 큰 도시의 수신기이자 발신기 역할을 했습니다. 그는 호기심 많은 독자들의 취향에 잘 맞는 휴지 조각 같은 신문에 스캔들 내용을 기고하여 네 자리의 수입을 올리고 있다는 소문이 퍼져 있었습니다. 복잡하고 지저분한 런던 생활의 깊은 곳에서 이상한 움직임이나 소문거리가 생기면 그것은 늘 감시하고 있는 이 인간 계기반 같은 랭데일 파이크에 그대로 접수되었습니다. 홈즈는 아주 신중하게 랭데일에게 정보를 제공하기도 했으며, 때로는 반대로 그의 도움을 받기도 했습니다.

다음날 아침 일찍 베이커가에서 친구를 만났을 때 나는 그의 행동을 보고 모든 일이 잘 풀리고 있다는 것을 알았습니다. 하지만 우리에게는 예기치 않은 기분 나쁜 일이 갑자기 발생했습니다. 이런 전보를 받은 것입니다.

급히 와주시기 바람. 밤 사이에 의뢰인의 집에 도둑이 들어왔음. 경찰이 조사중. _수트로.

홈즈는 휘파람을 불었습니다.

"생각했던 것보다 좀 빠르게 절정으로 가고 있어. 왓슨, 이 사건의 뒤에는 엄청난 힘을 가진 인물이 있거든. 그런데 앞뒤 사정을 알게 되면 그렇게 놀랄 일은 아니야. 물론 전보를 보낸 수트로는 부인의 변호사지. 밤에 그 집을 지켜달라고 자네에게 부탁을 하지 않은 것은 분명히 나의 실수야. 알고 보니 그 변호사는 부러진 피리처럼 쓸모가 전혀 없는 인간이더라고. 이제는 해로 월드에 가보는 것 말고는 별다른 방법이 없어."

세 박공 집에 도착했더니 집안 살림이 깔끔하게 정리된 그 전날의 모습과 똑같았습니다. 정문 앞에는 할 일이 없는 구경꾼 몇 명이 서성이고 있었으며, 경관 두 명이 제라늄 화단을 수색하고 있었습니다. 우리는 그 저택 안으로 들어가 자신을 변호사라고 소개한 노신사와 부산스럽고 혈기왕성한 경위 한 명을 만났습니다. 경위는 홈즈를 보자 옛 친구를 만난 것처럼 반갑게 인사를 했습니다.

"홈즈 선생, 이 사건에서는 선생이 능력을 펼쳐 보일 기회가 없을 것 같습니다. 늙은 경찰이 해결해도 충분할 만한 흔한 절도 사건 중 하나일 뿐이랍니다. 전문가가 올 필요까지는 없는 거죠."

"그렇군요. 유능한 분이 사건을 담당하시는군요. 단순한 절도 사건이라는 거죠?"

"맞습니다. 우리는 범인이 누구인지 어디로 가면 그들

을 만날 수 있는지 잘 알고 있답니다. 체격 좋은 흑인이 낀 바니 스톡데일 일당의 짓입니다. 이 부근에서 그들을 본 사람들이 있어요."

"대단하시군요. 그런데 그들이 무엇을 가져 갔나요?"

"훔쳐간 물건은 많지 않습니다. 매버리 부인은 클로로 포름으로 마취를 당했고, 집은……, 아 저기! 부인이 오시네요."

노부인은 많이 지치고 아픈 표정으로 어린 하녀의 부축을 받으면서 방으로 들어왔습니다.

"홈즈 선생님, 선생님의 충고가 맞았어요."

부인은 미안해 하는 듯한 미소를 지었습니다.

"어쩌면 좋지요. 내가 시키는 대로 하지 않았어요. 수트로 씨에게 신세를 지고 싶지 않아서 아무 조치를 취하지 않았거든요."

"나는 오늘 아침이 되어서야 그 얘기를 들었습니다."

변호사가 말했습니다.

"홈즈 선생이 집에 친구를 불러 자게 하라고 했었어요. 그런데 내가 그 충고를 그냥 흘려 넘겼고 결국에는 그 대가를 치른 겁니다."

"몸이 아직도 불편하신 것 같군요. 간밤에 있었던 일을 설명해 주시기 힘드시겠지요."

홈즈는 말했습니다.

"그건 여기에 다 있습니다."

경위는 두꺼운 노트를 톡톡 치면서 말했습니다.

"그래도 부인이 여력만 있으시다면 직접……."

"특별히 할 얘기는 별로 없습니다. 나쁜 수장이 도둑들을 끌어들인 것 같아요. 그들은 우리 집 곳곳을 훤히 들여다보듯 알고 있었던 것 같아요. 나는 순간적으로 누군가가 클로로포름을 묻힌 수건으로 입을 막는다는 것을 알았지만 그만 정신을 잃었지요. 다시 의식을 차렸을 때 눈을 떠 보니, 한 남자가 침대 옆에 서 있었고 또 다른 한 남자는 내 아들의 가방 속에서 뭔지 모르는 것을 한 뭉치 집어 들고 일어나려는 참이었습니다. 아들의 가방은 반쯤 열린 채로 바닥에 내팽개쳐져 있었어요. 나는 벌떡 일어나서 그놈을 붙잡았어요."

"위험한 일을 하셨네요."

경위가 말했습니다.

"그놈에게 필사적으로 매달렸지만 그놈이 나를 뿌리치더군요. 그런데 다른 한 놈이 나를 때렸는지 그 다음부터는 기억이 없어요. 하녀 메리가 큰 소리로 창 밖을 향해 소리쳤어요. 그래서 경찰이 왔는데 범인은 이미 도망치고 없었던 겁니다."

"놈들이 가져 간 것은 무엇인가요?"

"글쎄요. 없어진 것들 중 비싼 물건이 있는지에 대해서는 잘 모릅니다. 아들의 가방에 그런 건 없었던 것 같아요."

"놈들이 남긴 어떤 흔적은 없나요?"

"종이 한 장이 있었어요. 내가 한 놈을 붙잡고 늘어질 때 그때 찢어져 나온 것 같아요. 심하게 구겨진 채 바닥에 떨어져 있었어요. 종이에 씌어진 글은 아들의 글씨였습니다."

"그 종이 조각은 그다지 가치가 없는 거지요. 그게 도둑의 글씨였다면 몰라도……."

경위가 말했습니다.

"맞아요. 그 정도는 상식 아니겠소. 그래도 나는 보고 싶은데요."

홈즈가 말했습니다.

그러자 경위가 수첩에서 잘 접어놓은 종이를 꺼냈습니다.

"나는 절대 그냥 지나치지 않습니다. 아무리 하찮은 거라도 말입니다."

경위는 좀 거만한 투로 말했습니다.

"홈즈 선생, 내가 한 가지 충고를 해주고 싶은 게 바로
이겁니다. 지난 25년간 경험을 통해 얻은 교훈이거든요.
이런 종이는 지문 같은 것이 남아 있을 가능성이 크지요."

홈즈는 종이를 세심하게 보았습니다.

"경위, 이것에 대해서는 어떻게 생각하시는지요?"

"좀 야릇한 소설 결말 부분 같지 않나요?"

"아마도 분명히 그런 야릇한 이야기의 끝 부분일 겁니
다."

홈즈는 말했습니다.

"맨 위에 적힌 숫자를 보았을 거요. 이건 255쪽입니다.
그런데 254쪽까지는 어디로 갔을까요?"

"그 도둑들이 가져갔을 테지요. 꽤 쓸모가 있을 겁니
다."

"아니 이런 종이 뭉치를 훔치려고 도둑질을 감행했다
니 좀 묘한 일이군요. 경위, 뭐 감이 짚히는 게 없소?"

"음. 그건 범인들이 시간이 없으니까 아무거나 대충 들
고 나갔다는 것을 뜻하지요. 가져간 후 정신을 차리고 자신
들이 갖고 있는 물건을 확인해 보면 기분 참 좋을 겁니다."

"그놈들이 우리 아들의 유품에 왜 손을 댄 걸까요?"

매버리 부인이 물었습니다.

"아, 놈들이 쓸 만한 물건을 찾지 못하니까 위층으로 올라온 거겠지요. 제가 보기에는 그런 것 같은데 홈즈 선생, 선생 생각은 어떻습니까?"

"경위, 나는 생각을 좀 해봐야겠는데요. 왓슨, 이쪽 창가로 좀 와."

창가에서 홈즈는 종이에 씌어진 글을 소리 내어 읽었습니다. 문장 중간부터 시작되는 글은 이러했습니다.

…… 두들겨 맞는 얼굴에서는 피가 철철 흘러내렸다. 그러나 자신의 고통과 치욕을 내려다보고 있는 그 사랑스러운 얼굴을 보는 동안 그의 가슴에서는 흘러내린 피에 비하면 그것은 말할 건덕지도 없었다. 전에 그는 저 얼굴을 위해 목숨도 바치려고도 했었다. 그녀는 살짝 웃었다. 그랬다! 그녀를 올려다보는 동안 그녀는 잔인한 악마처럼 웃었다. 바로 그 순간 사랑은 사라지고 증오가 꿈틀댔다. 남자의 인생에는 반드시 어떤 목표가 있는 법이다. 나의 연인이여, 이제는 당신을 포옹하는 것이 아니라 그대를 파멸시키고 온전히 복수하는 것만이 내 삶의 목표가 될 것이다.

"참 특이한 문장이오."

홈즈는 종이를 경위에게 다시 주면서 씩 웃었습니다.

"'그'가 갑자기 '나'로 바뀐 것을 보았소? 작가는 자기 이야기에 너무 몰두한 나머지 대단원에서 자신을 주인공으로 착각했구려."

"문장 실력이 아주 형편없네요."

경위는 그 종이를 다시 수첩에 끼워 넣으면서 말했습니다.

"홈즈 선생, 아니 이렇게 일찍 가시려고요?"

"유능하신 분이 사건을 맡고 계신데 내가 할 일이 있겠소? 참 매버리 부인, 여행을 떠나고 싶다고 하셨죠?"

"홈즈 선생님, 내가 늘 간직해온 꿈입니다."

"어디로 가고 싶으세요? 카이로, 마데이라, 아니면 리비에라?"

"돈만 있으면 어디든지 가고 싶어요. 세계 일주라도."

"그러시군요. 세계 일주 좋지요. 잘 알겠습니다. 저녁에 소식을 전할 수도 있을 겁니다."

창문 앞을 지나가는데 경위가 웃으면서 고개를 살살 흔들어대는 모습이 보였습니다. '잘난 척하는 친구들에게는 좀 웃기는 구석이 있어. 경위의 웃는 모습에서 그런 느낌이 들었다.

"왓슨, 우리가 마지막으로 들러야 할 곳이 있네."

런던 시내의 굉음 속으로 다시 돌아오자 홈즈가 말했습니다.

"조금이라도 빨리 사건을 매듭짓는 게 좋겠어. 자네가 같이 가주었으면 좋겠는데. 이사도라 클라인 같은 숙녀를 대할 때는 누군가 증인이 필요하거든."

우리는 마차를 타고 그로스브너 광장의 한 저택을 향해 성급하게 달렸습니다. 홈즈는 생각에 잠겨 있다가 갑자기 일어나면서 마차를 세웠습니다.

"이보게 왓슨! 자네는 다 알고 있지?"

"아니, 장담할 수는 없어. 나는 단지 우리가 이 사건의 배후에 있는 여성을 만나러 가는 중이라는 생각만 했을 뿐이야."

"바로 그거야. 그런데 이사도라 클라인이라는 이름을 듣고 나서 뭔가 떠오르는 게 없는가? 그 여자는 엄청난 미인이잖아. 그 여자와 비교할 정도의 미인은 없다고. 스페인 정복자의 혈통을 물려받은 완전한 스페인계 여자인데 그 여자의 가문은 몇 대에 걸쳐 브라질 페르남부쿠 주를 장악하고 있어. 그녀는 독일의 늙은 설탕왕, 클라인과 결혼했는데 결국에는 세상에서 가장 아름답고 돈 많은 과부가 되었지. 사람들 얘기를 정리해 보면 매버리와의 관계는 불장난 수준 이상의 것이었던 것 같아. 그 청년은 사교계의 불나방이 아니라 자신의 모든 열정을 다 쏟아부으면서 상대에게도 모든 것을 원했던 강하고 진실한 남자였어. 그러나 그녀는 소설 속의 '동정 없는 미녀'일 뿐이지. 그녀가 싫증을 느끼게 되면 사랑은 깨지는데 상대 남자가 그걸 받아들이지 못할 때는 어떤 식으로 마무리를 해야 한다는 것을 잘 알고 있는 여자야."

"그렇다면 그 종이는 매버리 그 자신의 이야기……."

"이제야 감이 오는 거야? 나는 그 여자가 아들 같은 젊은 로몬드 공작과 결혼할 것이라는 얘기를 들었어. 공작의 어머니가 여자의 나이가 많은 것을 이해해 준다고 해도 대형 스캔들은 절대 다른 문제거든. 그래서 그 여자는 결국……, 벌써 다 왔군."

저택은 웨스트엔드에서는 가장 큰 집 중 하나였습니다. 딱딱한 제복 차림의 수위가 명함을 받더니 마님은 집에 없다는 말과 함께 명함을 돌려 주었습니다.

"우리는 마님이 집에 올 때까지 기다리겠소."

홈즈는 화통하게 웃었습니다.

그러자 그가 반발했습니다.

"집에 없다는 얘기는 두 분에 대해서만큼은 그렇다는 말입니다."

수위가 말했습니다.

"그래?"

홈즈는 대답했습니다.

"더 이상 기다릴 필요가 없겠군. 그럼, 마님에게 이것을 전해 주게나."

그는 수첩을 한 장 찢어 뭐라고 적은 다음 접어서 수위에게 주었습니다.

"홈즈, 뭐라고 쓴 거야?"

나는 궁금해서 물었습니다.

"그냥 간단하게. '그럼 경찰을 부를까요?' 라고. 우리는 들어갈 수 있을 거야."

홈즈의 말대로 우리는 들어갈 수 있었습니다. 그것도 아주 놀라울 정도로 빠르게 말입니다. 1분 후 우리는 아라비안나이트에 나오는 것 같은 넓고 호화로운 거실로 들어갔습니다. 분홍빛 전등을 곳곳에 켜 놓은 그곳은 조금 어두운 듯했습니다. 나는 이 집의 여자가 조금 어두운 조명을 좋아할 나이가 된 것이고 짐작했습니다. 아무리 자존

MYSTERY **123**
걸작선

심이 센 미인이라 할지라도 나이는 피해갈 수 없는 법입니다. 우리가 안으로 들어가자 큰 키에 여왕 같은 자태를 하고 사랑스러운 가면 같은 얼굴과 스페인계의 예쁜 눈이 마치 우리를 잡아먹을 것처럼 노려보고 있었습니다.

"예의 없는 일방적인 방문과 이 모욕적인 편지는 뭐죠?"

그녀는 메모를 들고 말했습니다.

"부인, 굳이 설명을 할 필요가 있을까요? 나는 부인의 뛰어난 두뇌를 존경하고 있거든요. 하지만 진실을 말한다면 요즘 들어 부인의 머리는 이상하게도 흐려지고 있습니다."

"대체 무슨 말이시죠?"

"깡패를 시켜서 일에서 손을 떼라고 나를 협박하지 않았나요? 내가 모험을 즐거워하지 않았다면 이런 일은 선택하지 않았을 거요. 내가 매버리 청년의 사건에 관여한 것은 부인의 그런 노력 덕분이지요."

"선생이 지금 무슨 말을 하는 것인지 알 수가 없군요. 깡패와 내가 어떤 상관이 있다는 것인지."

홈즈는 피곤한 듯 돌아섰습니다.

"내가 부인 두뇌를 과소평가했어요. 그럼 안녕히 계십

시오!"

"이봐요! 지금 어딜 가려는 거죠?"

"런던 경찰국."

우리가 문을 향해 절반도 나가기 전에 그녀가 뒤쫓아 와서 홈즈의 팔을 붙들었습니다. 그리고 순식간에 그녀의 얼굴이 강철에서 벨벳으로 변했습니다.

"두 분, 이리로 오시지요. 그 문제에 대해 얘기를 하는 게 좋겠어요. 홈즈 선생, 선생 앞에서는 사실을 말해도 좋을 것 같은 느낌이네요. 여자의 본능은 그런 걸 정말 빨리 느끼지요. 나는 지금부터 선생을 친구로 여기겠어요."

"부인, 저는 같은 약속을 할 수는 없어요. 내가 비록 경찰은 아니지만 시원찮은 능력이 허락하는 한도 내에서는 정의를 대변하거든요. 얘기를 들을 준비는 되어 있습니다. 어떻게 마무리지을 것인지는 그 후에 말하지요."

"선생처럼 정직한 분을 협박한 것은 정말 나의 실수였어요."

"부인, 더 큰 실수는 부인에게 거짓말을 하고 밀고할 수도 있는 나쁜 놈들에게 부인 자신을 내맡긴 겁니다."

"그렇지 않아요. 난 그렇게 쉬운 여자가 아니거든요. 선생 앞에서 솔직하겠다고 했으니 말하지만 바니 스톡데일과 그의 아내 수잔을 빼고는 내가 이 일을 지시했다는 사실을 아는 사람은 없지요. 스톡데일 부부를 말한다면 사실 이번이 처음은 아닙니다."

그녀는 살며시 웃으면서 고개를 숙였는데 교태가 철철 흘러내리는 매혹적인 자태였습니다.

"알겠습니다. 그들 부부를 이용한 것이 처음은 아니라는 거군요."

"그들 같은 사냥개들은 자신을 챙겨주는 주인의 손을 물어뜯기도 합니다. 이번 절도 사건으로 그들은 체포될 거예요. 경찰은 이미 그들을 찾아 나섰거든요."

"스톡데일 부부는 그 정도까지는 감수할 겁니다. 그렇게 하라고 돈을 준 거니까요. 이번 일에서 나라는 사람은 거론되지 않을 겁니다."

"내가 부인을 보호해 준다면 그렇겠지요."

"뭐 그럴 필요까지 있겠어요. 선생은 신사잖아요. 이건 여자의 비밀이랍니다."

"그럼, 먼저 원고를 돌려주시지요."

그녀는 깔깔대고 웃으면서 벽난로 앞으로 가서 부지깽이로 잿더미를 건드렸습니다.

"이것을 돌려드릴까요?"

그녀가 물었습니다. 도전적인 미소를 던지며 서 있는 그 여자는 아주 장난스러우면서도 우아해 보였습니다. 그래서 나는 홈즈가 수많은 범죄자들을 만났지만 이 여자처럼 대하기 어려운 상대는 아마도 처음일 거라는 생각을 했습니다.

하지만 홈즈는 애초부터 감정에는 흔들리지 않는 기질이 굳어져 있었습니다.

"부인은 본인의 운명을 스스로 잘 결정했군요."

홈즈는 아주 냉정하게 말했습니다.

"부인은 본래 행동이 빠른 편이지만 이번은 도가 지나쳤습니다."

그녀는 부지깽이를 던져버렸습니다.

"정말이지 지독한 분이군요."

그녀는 소리쳤습니다.

"사실을 다 말씀드릴까요?"

"그런 말은 저도 할 수 있어요."

"하지만 선생은 저의 시각에서 보아야 합니다. 일평생의 야망이 결정적인 순간에 좌절되는 것을 보게 된 여자의 관점에서 사건을 바라보아야 합니다. 아니 여자가 자신을 지키려고 노력한 것이 과연 비난을 받을 일인가요?"

"처음부터 죄가 있는 사람은 부인이었지요."

"맞아요. 인정해요. 더글러스, 그는 귀여운 청년이었지만 내 인생 계획과는 맞지 않았어요. 그는 결혼을 원했어요. 결혼, 가난한 평민과 결혼을 어떻게 해요. 오직 그것만을 원했거든요. 나중에는 아주 집요해졌어요. 늘 나한테 받기만 했기 때문인지 그는 계속해서 받아야만 한다고 생각하고 있었지요. 오로지 자기 한 사람만요. 난 참을 수가 없었어요. 그래서 그를 스스로 깨닫게 해줘야 한다고 결정했지요."

"깡패를 고용해서 부인의 집 창문 아래서 폭력을 휘두르게 한 거요."

"선생은 정말 모르는 게 없군요. 맞아요. 사실이에요. 바니가 패거리들을 데리고 와서 그를 끌어냈어요. 그 과정에서 약간의 폭력이 있었던 것은 인정합니다. 하지만 그 후에 그가 어떻게 했는지 아세요. 신사가 그런 행동을 할 거라고는 상상도 못했어요. 그는 제 경험을 책으로 썼어요. 당연히 책에서 나는 늑대이고 그는 양이었지요. 모든 얘기를 다 썼더군요. 아무리 가명을 쓴다 한들 누가 눈치를 못 채겠어요. 홈즈 선생은 어떻게 보세요?"

"글쎄요. 책 쓰는 거야 자유 아닌가요?"

"더글러스의 피에 이탈리아의 공기가 들어가면서 과거 이탈리아인의 잔인한 정신도 같이 섞여들어 간 것 같더군요. 나한테,편지를 보내면서 책의 사본을 동봉했어요. 나로 하여금 미래를 생각하면서 미리부터 고통을 겪어보라는 셈이지요. 그는 사본은 나한테 보내고 원본은 출판사에 보낼 거라고 했어요."

　"출판사에 아직도 책이 도착하지 않은 것은 어떻게 아셨지요?"

　"나는 그가 거래하는 출판사를 잘 알고 있었지요. 그가 소설을 쓴 것이 이번이 처음은 아니거든요. 그런 상황에서 더글러스가 급사한 겁니다. 하지만 저로서는 원본이 남아 있는 한 마음이 편할 수 없는 거죠. 원고는 당연히 그의 유품 속에 들어 있을 테고 결국 유품은 그의 어머니에게 전해질 게 뻔한 일이지요. 그래서 나는 일을 진행시킨 거지요. 그 중 하나가 수잔을 하녀로 그 집에 들여보낸 거구요. 사실 나는 일을 깨끗하게 진행하고 싶었어요. 정말이에요. 그렇기 때문에 그 집에 있는 모든 물건을 포함시켜 집을 통째로 사려고 했고요. 값은 얼마를 부르든지 다 주려고 했고요. 이렇게까지 내가 노력을 기울였는데도 모든 게 허사가 되었어요. 그래서 하는 수 없이 마지막 방법을 동원한 겁니다. 홈즈 선생, 내가 더글러스에게 약간 심하게 굴었던 것은 사실입니다. 하느님도 그 점에 대해서는 내가 뉘우치고 있다는 것을 아실 겁니다. 그러나 내 인생을 다 망쳐버릴 것 같은데 내가 어떻게 지켜보고만 있겠습니까?"

홈즈는 어깨를 들어 올렸다 내렸습니다.

"잘 알았습니다. 늘 그랬듯이 합의로 마무리지어야 하겠군요. 최고급으로 세계 일주를 하려면 비용이 어느 정도나 드나요?"

그녀는 알 수 없다는 표정을 지으며 홈즈를 보았습니다.

"오천 파운드 정도는 들지 않을까요?"

"아마 그 정도는 들 거예요. 네 그 정도는……."

"좋습니다. 수표에 그 금액을 적어주시면 매버리 부인에게 전해드리지요. 부인으로서는 매버리의 어머님에게 그 정도 기분 전환은 서비스해야 합니다. 당연한 것이지요. 그런데 부인."

그는 경고 표시로 집게 손가락을 흔들었습니다.

"조심! 조심하세요! 날카로운 도구를 갖고 자꾸 장난을 치다가는 부인의 고운 손을 다칠 수도 있습니다."

흡혈귀
난동

SHERLOCK HOLMES
BEST

흡혈귀 난동

홈즈는 집배원이 마지막으로 전해 준 편지를 천천히 읽고 있었습니다. 그러다 갑자기 폭소를 터뜨리는 것처럼 건조한 목소리로 큭큭 거리면서 편지를 나에게 건네 주었습니다.

"현대와 중세, 실용과 허영의 결합에 있어서 이것은 정확한 한계가 될 것 같은데. 왓슨, 자네는 어떻게 생각하나?"

나는 편지를 읽어 보았습니다.

올드 주얼리. 46번지

11월 19일

흡혈귀에 관한 건

홈즈 선생,

저의 법률 사무소의 고객이신 민싱레인의 차(茶) 중개상 퍼거슨 앤 뮤어헤드 사의 로버트 퍼거슨 씨는 위와 같은 날에 우리에게 흡혈귀에 관한 조사를 요청했습니다. 그러나 우리는 기계류의 자산 평가를 전문으로 하는 법률 사무소이기에 이런 사안은 우리 분야가 아니며 그리하여 퍼거슨 씨에게 선생을 방문하여 논의할 것을 권유했습니다. 우리는 선생이 마틸다 브릭스 사건을 잘 해결했다는 사실을 기억하고 있답니다.

— 모리슨, 모리슨, 앤 도드 사무소
E. J. C. 드림

"왓슨, 마틸다 브릭스는 젊은 여성의 이름이 아니잖아."

홈즈는 추억을 더듬는 듯한 목소리로 말했습니다.

"그건 수마트라의 큰 쥐와 관련된 배를 뜻하는데 아직은 그 사건을 드러내 보이는 게 너무 이르다고 보거든. 그런데 우리가 흡혈귀에 대해 알고 있는 게 있나? 그게 우리

분야에 해당하는 것이냐고. 무슨 일이든 없는 것보다는 좋지만 왠지 그림 형제의 동화세계 속에 끼어드는 것 같은데. 왓슨, (V) 항목에 뭐가 있는지 보게. 책 좀 내려다 주게나."

나는 몸을 젖혀서 친구가 얘기한 커다란 색인집을 내렸습니다. 홈즈는 그것을 무릎 위에 올려놓고는 과거의 사건 기록과 다년간 일생 동안 수집한 정보를 모아놓은 색인집을 만족스러운 눈빛으로 훑어보았습니다.

"'글로리아 스콧 호의 항해'."

그는 소리 내어 읽었습니다.

"그건 무척 안 좋은 사건이었어. 왓슨, 자네가 그 사건 기록을 발표했던 게 생각나네. 내가 비록 그 결과에 대해 축하해 주지는 않았지만. '사기꾼 빅터 린치', '독 도마뱀', 이건 정말 별난 사건이었어. '서커스단의 미녀 비토리아', '반더빌트와 금고털이', '북 살무사', '해머스미스의 불가사의 비거' 여기 찾았다! 들어보라고, 왓슨. '헝가리의 흡혈귀' 또 있는데 '트란실바니아 지방의 흡혈귀'."

그는 열심히 페이지를 넘겼지만 잠시 집중해 읽더니 낭패스럽다는 듯 소리를 지르면서 책을 던져버렸습니다.

"왓슨, 이건 정말 쓰레기나 다름없어, 쓰레기라고! 심장에 말뚝을 박아놓아야 무덤에서 꼼짝 못한다는, 움직이는 시체가 우리와 무슨 상관이 있냐고? 정말이지 한심한 얘기야."

"그렇지만 친구, 흡혈귀가 반드시 죽은 사람이라는 법칙은 없잖아? 살아 있는 인간이 그런 흉측한 습관을 가질 수도 있는 거지. 이를 테면 청춘을 되찾으려고 아이들의 피를 빨아먹는다는 노인 얘기를 내가 들은 적이 있거든……."

"맞다. 자네 말이 옳아. 이 참고도서에도 나오는 전설이잖아. 그러나 우리가 그런 얘기에 귀를 기울여야 할까? 탐정사무소란 아주 현실적인 일을 다루는 곳이고, 또 그렇게 해야만 되거든. 세상은 넓고 할 일은 무척 많거든. 이런 상황에서 귀신들까지 끼어들게 할 필요는 없지 않을까? 로버트 퍼거슨 씨의 의뢰를 받아들이기는 곤란할 것 같다. 한데 이 편지는 그 사람한테서 온 것인지도 모르지. 이걸 보면 뭐가 문제인지 알 수 있을 것 같은데?"

홈즈는 법률사무소에서 온 편지를 보는 동안 책상 위에 내버려 두었던 다른 편지를 집어 들었습니다. 그는 실없이 웃으면서 읽어내려 가더니 점점 웃음이 사라지고 흥미가 생기는 듯한 표정으로 바뀌었습니다. 편지를 다

읽은 그는 편지를 손에 들고서 뭔가 생각에 잠겼습니다. 그러다 갑자기 소스라치게 놀라면서 꿈에서 깨어나는 듯 했습니다.

"램벌리 치즈맨 가이거든. 램벌리가 어디에 있지, 왓슨?"

"호섬 남부, 그러니까 서섹스에 있지."

"뭐 엄청나게 먼 곳은 아니잖아. 안 그래? 그럼 치즈맨 저택은?"

"홈즈, 내가 그쪽 지방을 좀 알고 있거든. 그 동네에는 오래 된 집들이 많은데 몇 백 년 전에 그 집을 지었던 사람의 이름으로 집 이름을 부르더라고. 이를 테면 이런 거지. 올디 가, 하비 가, 캐리턴 가 하는 식이야. 사람은 죽어도 집 지은 사람의 이름은 집과 함께 영원히 존재하는 거야."

"그렇구나."

홈즈는 쌀쌀맞게 말했습니다. 본래 자부심이 강하고 말이 적은 홈즈는 새로운 정보를 남모르게 머릿속에 차곡차곡 담으면서도 정작 정보를 제공한 사람에게는 절대로 티를 내지 않았습니다.

"램벌리의 치즈맨 가에 대해서는 조금 있으면 상세하게 알게 될 것 같은데. 편지는 내가 생각한 대로 로버트 퍼거슨에게서 온 거야. 그가 자네하고 아는 사이라고 말하던데."

"나하고 말이야?"

"자네가 직접 읽어보면 되잖아."

홈즈는 나에게 편지를 건네주었습니다. 편지 맨 위 쪽에는 앞에서 말한 주소가 적혀 있었습니다.

홈즈 선생께,

변호사로부터 선생을 추천받았지만 구체적인 내용이 워낙 미묘하고 별나서 말하기가 참 어렵습니다. 저는 친구의 대리인 역할을 하고 있거든요. 친구는 5년 전 질산염의 수입 관계로 만난 페루 상인의 딸과 혼인을 했습니다. 페루 출신의 여인은 아주 미인입니다만 나라가 다르고 종교가 다르다보니 두 사람은 서로의 차이를 느끼면서 애정도 식어갔고 급기야 친구는 결혼을 후회하는 지경에 이르렀습니다. 친구는 아내에 대해 도무지 알 수 없는 점도 있고, 아내의 성격에 대해 이해할 수 없는 면이 많다는 입장입니다. 그런데 아내는 정말 애정이 많은데다 모든 면에서 헌신적인 그런 여자여서 더욱 고통스러워하는 것 같습니다.

자세한 것은 만나서 말씀드리겠습니다. 이 편지는 상황만 대충 알려드리고 선생이 이 일을 맡아줄 것인지 알아보려는 것입니다. 친구의 아내는 처음에 보여준 상냥하고 유순한 성격과는 달리 요즘 이상한 면모를 드러내고 있습니다. 친구에게는 그녀와의 결혼이 재혼이어서 그에게는 전처와의 사이에서 낳은 아들이 하나 있습니다. 그 아이는 열다섯 살이며, 아주 착하고 귀여운 아이지만 안타깝게도 소년은 어렸을 때 사고를 당했습니다. 그런데 페루 여인은 아무 이유 없이 그 아이를 때리다가 두 번이나 그 현장이 들통이 났습니다. 한 번은 아이를 나뭇가지로 때려서 팔에 심한 자국이 남기도 했습니다.

그러나 그 정도는 이제 돌도 안 지난 친자식에게 한 짓과 비교하면 아주 약한 거랍니다. 한 달 전이었습니다. 유모가 잠시 자리를 비운 사이 아기가 심하게 울어서 아기방으로 들어가보았더니 그 여자가 아기한테 붙어서 아기의 목을 물어뜯는 것이었어요. 아기 목에 상처가 나 있었고 피가 줄줄 흐르고 있었답니다. 유모가 너무 놀라서 아기의 아버지를 부르려 했지만 그녀는 부르지 말라고 사정을 하면서 소문을 내지 않는 대가로 5파운드를 주었답니다. 대체 그녀가 왜 그런 짓을 했는지에 대해서는 확실한 이유가 밝혀지지 않은 채 그냥 넘어갔습니다.

하지만 그런 일을 겪고 난 후 유모는 무서운 나머지 안주인인 그 여자를 유심히 지켜보면서 아기 곁을 절대 떠나지 않았답니다. 유모 입장에서는 마치 자신과 그 여자가 서로를 감시하고 있는 듯한 느낌을 받았고, 그 때문에 자신이 잠깐만이라도 아기 곁을 벗어나면 그 여자가 곧장 아기에게 달려들 것 같은 생각이 들었답니다. 하루 24시간 내내 유모는 아기를 자신의 곁에 두었고, 말없는 그 여자 역시 밤낮으로 그 주위를 맴돌았던 겁니다. 이건 마치 늑대가 양을 덮칠 기회만 노리는 것과 다를 바가 없는 일이지요.

선생님은 이 편지를 보시면서 쉽게 믿기지 않으시겠지만 그러나 아기의 생명과 한 남자의 인생이 걸린 문제인 만큼 신중하게 고려해 주셨으면 합니다.

그런데 결국 무시무시한 일이 터지면서 나의 친구도 그 여자의 이상한 짓에 대해 알게 되었습니다. 시간이 흐르면서 유모는 신경이 예민해질 대로 예민해져 내 친구에게 모든 사실을 털어놓은 겁니다. 지금 선생님이 이 내용을 쉽게 믿지 못하는 것처럼 내 친구 역시 유모의 얘기를 말도 안 되는 얘기로 치부했습니다. 그는 아내가 애정이 많은 엄마라는 생각뿐이었습니다. 그러니 '엄마가 왜 사랑하는 아기에게 상처를 입히겠는가? 이해할 수 없다' 라고 생각한 겁니다. 그래서 그는 유모가 정신이 나간 거라고 여기고 그런 의심을 하는 것은 자신의 아내를 모욕하는 것이므로 참을 수가 없다며 화를 내고 있었습니다. 두 사람이 이런 얘기로 심각해 있는 상황이었는데, 마침 그때 아기가 기절할 정도 우는 소리가 들린 겁니다. 유모와 친구 두 사람은 아기 방으로 달렸지요. 선생님, 그의 아내가 아기 침대 옆에 무릎을 꿇고 있다가 일어나자 아기 목과 이불에 피가 묻어 있는 것을 본 제 친구의 심정이 어떠했을까요? 이건 상상조차 하기 힘든 일입니다. 그는 너무 놀라서 소리를 치며 아내의 얼굴을 보았는데 그녀의 입가에 피가 잔뜩 묻어 있더랍니다. 그녀가 아기의 피를 빨아먹었다는 것이 속일 수 없는 사실로 증명된 겁니다.

문제는 이렇게 발생한 겁니다. 친구의 아내는 지금 방에서 나오지 않고 있습니다. 그런데 입을 닫고 있다고 합니다. 저의 친구는 지금 거의 반은 미친 듯한 상태입니다. 친구나 저나 흡혈귀에 대해서는 이름만 들어보았을 뿐 아는 게 없습니다. 우리는 그저 어느 먼 나라의 씨도 먹히지 않는 그런 얘기로만 생각하고 있었습니다. 하지만 그것은 현실로 나타났고 여기는 영국 서섹스 주의 한복판입니다.

내일 아침 선생님을 찾아뵙고 모든 얘기를 밝히겠습니다. 저를 만나주시겠지요? 선생님의 놀라운 능력으로 지금 혼란에 빠진 한 남자를 구해 주시겠습니까? 그럴 생각이 있으시다면 부디 램벌리 치즈맨 가, 퍼거슨에게 전보를 보내주십시오. 전보가 오면 열시까지 댁으로 찾아뵙겠습니다.

                                            – 로버트 퍼거슨

추신.

제가 리치먼드 럭비 팀의 스리쿼터백으로 활약할 때 선생님의 친구인 왓슨은 블랙히스 럭비 팀 소속 선수였던 것으로 압니다. 선생님과의 개인적인 친분은 이것뿐입니다.

"그래 나도 이 친구를 기억하는데."

나는 편지를 내려놓으면서 말했습니다.

"이름이 거인 봅 퍼거슨일 거야. 리치먼드 팀의 역대 스리쿼터백 중에서 가장 뛰어난 선수였어. 언제 봐도 좋은 사람이었었지. 친구의 일로 이렇게 고생을 하다니 역시 그 사람답군."

홈즈는 생각에 잠긴 얼굴로 나를 바라보더니 고개를 흔들었습니다.

"왓슨, 자네에게는 한계가 어디까지인지 모르겠는데. 난 아직도 자네에 대해 모른 것이 많아. 좋은 친구답게 전보를 쳐주게. '귀하의 사건 조사에 응하겠음' 이라고 써 보내."

"뭐라고? '귀하의 사건' 이라고?"

"그래, 우리는 이 사람에게 우리의 탐정 사무소가 마음여린 사람들의 편안한 휴식처 같은 이미지를 심어주어서는 절대 안 된다고. 물론 사건 당사자는 그의 친구이지만. 일단 그렇게 전보를 보낸 다음 내일까지 미루어 놓기로 하지."

다음날 아침 정각 열시에 퍼거슨이 방으로 들어왔습니다. 내가 기억하기에는 그가 키 크고 늘씬한 몸에 팔다리가 유연해서 아주 놀라운 속도로 방향을 바꾸어 상대 팀의 수비수들을 빼돌릴 정도였다는 것입니다. 전성기 시절 알고 지내던 건장한 운동선수가 나이들어 망가진 몸매를 보는 것만큼 힘든 일은 없을 겁니다. 체격이 컸던 그 친구는 살이 쏙 빠졌고 머리숱도 적었으며, 양 어깨는 구부정했습니다. 아마 그 역시 나를 보고 비슷한 느낌이었을 겁니다.

"왓슨, 정말 오랜만이야."

그의 목소리는 변함없이 굵고 정겨웠습니다.

"내가 올드 디어 파크에서 자네를 번쩍 들어서 관중 속으로 날린 적도 있었지. 그런데 그때의 모습과는 전혀 다른 사람 같군. 나도 많이 변했지? 나는 지난 며칠 사이에 십 년은 더 늙은 것 같네. 홈즈 선생님, 선생님이 보내주신 전보를 받고 제가 다른 사람의 대리인인 척해 보아야 아무 의미 없다는 것을 알았습니다."

"당사자와 직접 처리하는 것이 간단하겠지요."

홈즈가 말했습니다.

"물론 그럴 겁니다. 그러나 선생님도 자신이 늘 챙기고 아껴야 하는 여자를 놓고 이런 말을 해야 한다는 게 얼마나 고통스러운 일인지를 잘 아실 겁니다. 그러나 어쩔 도리가 없습니다. 게다가 이런 애기를 경찰에 할 수도 없는 일이잖아요? 자식들은 지켜야 하거든요. 홈즈 선생님, 그게 정신병일까요? 아니면 유전적인 걸까요? 혹시 비슷한 사건을 다루신 적은 있으신가요? 아, 제발 부탁드립니다. 저는 어떻게 하면 좋습니까?"

"퍼거슨 씨, 물론 그러시겠지요. 일단 앉아서 마음을 안

정시키시고 제가 하는 말에 정확하게 답해 주시기 바랍니다. 다시 말씀드리지만 저는 지금 혼란스러운 상태가 아니며 반드시 어떤 해결책을 찾을 수 있을 거라고 봅니다. 제일 먼저 당신이 어떤 조치를 취했는지 궁금합니다. 부인은 여전히 아이들 곁에 있나요?"

"기억하고 싶지 않은 고통이 일어났습니다. 홈즈 선생님, 아내는 정말이지 애정이 많은 여자입니다. 그 어떤 여자보다도 열렬한 마음으로 저를 사랑한답니다. 하지만 제가 믿기지 않을 만큼 그 무서운 비밀을 알게 되었기에 그녀는 마음에 깊은 상처를 받았습니다. 그녀는 지금 저와 아예 말을 하지 않습니다. 아내는 제가 잘못을 꾸짖는 소리를 듣고 나서 정신 나간 사람처럼 절망적인 눈으로 저를 바라볼 뿐 말이 없었습니다. 그리고 나서 방으로 들어가 문을 걸어 잠그고 그때부터 아내는 저를 피하고 있는 중입니다. 아내에게는 결혼하기 전부터 같이 살아온 하녀가 있습니다. 돌로레스라고 하는데 그녀는 아랫사람이라기보다는 거의 친구 같은 여자입니다. 그녀가 아내에게 음식을 가져다주고 있습니다."

"아이는 지금 위험하지 않나요?"

"유모인 메이슨 부인이 잠시도 아이 곁을 떠나지 않겠

다는 맹세를 했습니다. 유모는 완벽하게 믿을 수 있는 사람입니다. 저로서는 불쌍한 우리 잭이 더 걱정입니다. 편지에서도 말했듯이 그 애는 새엄마한테 두 번이나 두들겨 맞았습니다."

"상처는 없었나요?"

"네. 그렇지만 아내는 그 애를 아주 심하게 때렸습니다. 그 애는 남에게 해를 주지 못하는 불쌍한 장애아이기 때문에 더 속이 상합니다."

아들의 이야기를 하는 동안 퍼거슨의 마른 얼굴은 부드럽게 보였습니다.

"우리 아들은 누가 봐도 안 되었다는 마음을 갖게 될 겁니다. 어렸을 때 높은 곳에서 떨어져서 척추가 휘어졌습니다. 그러나 홈즈 선생님, 그 아이는 마음만큼은 그 누구보다도 착하고 정이 많습니다."

홈즈는 어제 온 편지를 다시 읽었습니다

"퍼거슨 씨, 집에 다른 식구들은 없습니까?"

"새로 들어온 하인 두 명이 더 있지요. 마구간에서 일하는 마이클은 집에서 먹고 잡니다. 그리고 아내, 저, 아들 잭, 아기, 돌로레스, 메이슨 부인이 있지요, 이게 다지요."

"그러면 결혼 당시 부인에 대해서는 잘 알지 못했겠군

요. 안 그런가요?"

"그녀를 만난 지 몇 주일도 안 되어 결혼을 했습니다."

"돌로레스라고 하는 하녀는 부인과 얼마나 오랫동안 함께 지냈습니까?"

"여러 해 될 겁니다."

"부인의 성격에 대해서는 당신보다도 그녀가 더 잘 알지도 모르겠네요?"

"아마 그럴 겁니다."

홈즈는 메모를 하고 말했습니다. 그리고 나서 잠시 생각에 잠겼습니다.

아무래도, 여기보다는 램벌리로 가는 것이 나을 것 같습니다. 이건 사립 탐정에게 아주 좋은 사건입니다. 부인께서 방에 틀어박혀 계신다면 우리가 간다고 해도 부인에게 폐가 되지는 않을 겁니다. 물론, 우린 여관에 있을 것입니다.

퍼거슨은 안심을 하고 있었습니다.

"홈즈 선생님, 그건 제가 원하던 것입니다. 시간이 되신다면 오후 두시에 빅토리아 역에서 특급 열차가 있습니다."

"물론 우린 갈 수 있습니다. 요즘은 일이 뜸하거든요.

당연히 왓슨도 우리와 함께 갈 겁니다. 그런데 출발하기 전에 확인하고 싶은 것이 한두 가지 있습니다. 제가 이해한 것이 맞다면 가엾은 부인은 친자식과 의붓자식을 똑같이 폭행했습니다. 맞나요?"

"네, 맞습니다."

"하지만 그 폭행은 서로 다른 형태를 하고 있습니다. 그렇지 않습니까? 부인은 의붓아들을 때린 것입니다."

"네, 한 번은 막대기로, 또 한 번은 손으로 매우 심하게 때렸습니다."

"아드님을 때린 이유에 대해 부인은 뭐라 하던가요?"

"그 애가 밉다는 얘기만 하더군요. 반복해서 그 얘기만 했지요."

"좋습니다. 그건 계모들에게 일반적인 증상입니다. 다시 말해 죽은 전처에 대한 질투지요. 부인은 원래 질투심이 많은 성격입니까?"

"예, 질투심이 아주 강합니다. 열대 지방 여자답게 사랑도 불같이 하는 만큼 질투심도 아주 강해요."

"그러나 아이는……, 아이는 열다섯 살이라고 했는데, 그 나이라면 몸은 부자유스러워도 상황 판단을 할 수 있다고 생각됩니다. 아드님은 새엄마한테 왜 맞았다고 하던가요?"

"아무 이유 없이 맞았답니다."

"평소에는 새엄마와 아드님 사이가 좋았습니까?"

"그렇진 않습니다. 둘은 서로를 좋아한 적이 없어요."

"하지만 아드님은 정이 많다면서요?"

"세상에 그렇게 아빠를 따르는 아들은 없을 거예요. 그 애한테는 아빠의 인생이 곧 자기 인생이지요. 제 말 한 마디, 행동 하나 놓치지 않거든요."

홈즈는 다시 메모했습니다. 그리고 잠시 뭔가를 생각하였습니다.

"당신이 재혼하기 전까지는 당신과 아들 두 사람은 사이가 아주 좋았겠군요. 아드님과 매우 살갑게 지내셨지요? 그런가요?"

"당연하지요."

"정 많은 아드님은 지금은 저세상에 있는 엄마를 아주 좋아했겠지요?"

"그렇고 말고요."

"아드님은 무척 재미있는 소년일 것 같은데요. 부인이 아들을 때린 것에 대해 궁금한 것이 조금 있습니다. 부인이 아기의 목을 뜯은 일과 아드님을 때린 일이 같은 시간에 일어났습니까?"

"첫 번째는 그렇습니다. 아내가 어떤 망상에 빠져서 아이들에게 분을 풀어버린 것 같은 느낌이었습니다. 두 번째는 큰 애만 맞았습니다. 그때는 메이슨 부인이 아기에 대한 얘기는 하지 않았으니까요."

"문제가 참 복잡해지는데요."

"홈즈 선생님, 그게 무슨 말씀이신지요?"

"제 생각이 틀릴 수도 있습니다. 물론 가설을 세워놓아도 시간이 경과함에 따라 자료와 더많은 정보를 수집하게 되면 무용지물이 되기도 하니까요. 그다지 좋은 습관은 아니지요. 하지만 인간은 완벽한 존재는 아니니까요. 옆에 있는 당신의 옛 친구는 나의 과학적 방법론을 너무 추켜세우고 있는 것 같습니다. 그러나 지금 단계에서는 이 사건에 대한 해결이 가능할 것 같다는 것과 두 시까지 빅토리아 역으로 가겠다는 말씀만 드리지요."

우리는 약간 어둡고 안개가 자욱한 11월 저녁에 램벌리의 체커스에 도착하여 짐을 풀어놓고 나서 차를 타고 서섹스의 길고 굽은 비포장도로를 달려서 퍼거슨이 사는 외떨어진 오래 된 농가에 도착했습니다. 오래 되어 허름한 안채의 양쪽으로 새 건물을 이은 크고 복잡한 집이었습니다. 튜더 양식의 굴뚝이 솟아 있었고, 호섬의 석판을 덮은 높은 지붕에는 이끼들이 뒤덮여 있었습니다. 현관 계단은 닳아서 내려 앉았고, 오래 된 타일에는 건축주인 치즈맨의 이름에서 아이디어를 얻은 치즈와 사람의 그림과 글이 새겨 있었습니다. 집 안의 천장에서는 굵직한 참나무 들보가 물결 무늬처럼 자리해 있었고, 울퉁불퉁한 마룻바닥은 곳곳이 내려 앉아 있었습니다. 세월과 부패의 냄새가 오래 된 집의 곳곳에 스며들어 있었습니다.

퍼거슨 씨는 우리를 중앙의 큰 방으로 안내했습니다. 그 방에는 철재 가리개가 달린 옛날식의 벽난로가 있었는데, 뒤로 '1670' 이라는 연도가 적혀 있었습니다. 벽난로 안에서는 장작불이 톡톡 소리를 내면서 잘 타고 있었습니다.

방 안을 둘러보니 다양한 시간과 공간이 절묘하게 뒤엉켜 있는 것 같았습니다. 아랫부분에 나무판자를 댄 벽면은 이 집을 지은 17세기 농민이 사용한 그 재료가 그대로 있는 것 같았습니다. 그러나 아랫부분의 판자벽에는 신경 써서 고른 현대의 수채화들이 줄지어 걸려 있었으나 참나무 대신 노란 벽토를 바른 벽 윗부분은 성이나 요새를 만들 때 쓰는 기구인 멋진 남미산 성구와 무기 한 벌로 장식되어 있었습니다. 그것은 2층의 페루 출신 여인이 가져온 물건이라는 생각을 굳히게 했습니다. 홈즈는 호기심 어린 표정으로 벌떡 일어서서 벽의 장식품들을 세심하게 살펴보았습니다. 그리고 뭔가 생각하는 듯한 표정을 지으며 돌아와 앉았습니다.

"어, 저건 뭐야?"

그가 소리쳤습니다.

구석의 바구니에 앉아 있던 스패니얼이 절룩거리면서 주인을 향해 걸어오고 있었습니다. 뒷다리는 움직임이 거북스러워 보였고, 꼬리는 바닥에 질질 끌렸습니다. 개는 퍼거슨의 손을 핥았습니다.

"홈즈 선생님, 왜 그러시죠?"

"그게 있잖습니까. 개가 뭔가 문제 있는 것 아닌가요?"

"수의사가 원인을 몰라 당황해 하더라고요. 마비 증세 그런 거랍니다. 처음에 수의사는 스패니얼이 뇌막염에 걸렸다고 생각하더군요. 그러나 그건 일시적인 것일 겁니다. 앞으로 좋아지겠지요. 안 그래, 칼로?"

개는 주인의 말에 답하는 듯 축 처진 꼬리를 흔들었습니다. 개는 슬픈 눈으로 우리를 번갈아가며 바라보았습니다. 우리가 자기 얘기를 하는 줄 아는 것 같았습니다."

"한순간에 이렇게 되었나요?"

"하룻밤 사이에 그랬습니다."

"언제였나요? 그때가."

"4개월 정도 되었을 겁니다."

"특이한 일이군요. 참 알 수 없는 일입니다."

"홈즈 선생님, 개가 그렇다는 말씀이신가요?"

"덕분에 예상했던 것이 사실화되는 것 같습니다."

"도대체 무슨 말씀인지 모르겠군요. 홈즈 선생님, 대체 무슨 상상을 하셨기에. 선생님께는 이 일이 머리를 깨워주는 그저 그런 수수께끼일지도 모르지만 저에게는 생사가 달려 있는 문제입니다. 제 아내가 살인자일지도 모르고, 제 아이는 목숨이 안전하지 못합니다. 홈즈 선생님, 이번 일을 너무 쉽게 생각하시면 곤란합니다. 현재 상황은 최악입니다."

럭비 팀 스리쿼터백 출신의 키 큰 그가 온몸을 떨고 있었습니다. 홈즈는 정겹게 그의 팔에 손을 올려놓았습니다.

"퍼거슨 씨, 일이 어떻게 풀리든 간에 마음은 괴로우실 겁니다. 물론 최대한 고통을 덜어드리고자 애쓰겠습니다. 지금 당장 할 말은 없습니다만 이 집을 떠나기 전에는 구체적인 결론이 나올 것이라고 믿습니다."

"제발 그렇게 된다면 얼마나 좋을까요. 두 분 죄송하지만 저는 제 방으로 좀 올라가서 그간 무슨 일은 없었는지 알아보고 와야겠습니다."

퍼거슨 씨는 잠시 자리를 비웠으며, 홈즈는 벽에 걸려 있는 골동품들을 유심히 살펴보았습니다.

퍼거슨 씨가 다시 돌아왔을 때 그는 기운이 빠져 있는 표정이었습니다. 상황이 더 좋아지진 않은 것 같았습니다. 그는 키가 크고 날씬한 갈색 피부를 지닌 소녀를 데리고 왔습니다.

"돌로레스, 차는 있다."

퍼거슨이 말했습니다.

"마님한테 뭐 필요한 것이 없는지 가서 살펴드려라."

"마님이 많이 아프세요."

소녀는 화난 눈으로 퍼거슨을 바라보며 서툰 영어로 크게 말했습니다.

"마님 음식 안 먹어요. 많이 아파요. 의사 필요해요. 의사 없이 마님과 둘이만 있는 거 무서워요."

퍼거슨은 자신의 아내를 봐줄 수 있느냐는 부탁이 담긴 눈으로 나를 쳐다보았습니다.

"내가 도움을 줄 수만 있다면 좋겠네."

"마님이 왓슨 박사를 만나 주실까요?"

"나랑 같이 가요. 허락 필요 없어요. 의사가 필요해요."

"그래. 지금 나와 같이 가자."

나는 흥분된 감정으로 떨고 있는 소녀를 따라서 계단을 올라갔습니다. 오래 된 복도를 내려가니 끝에 무쇠 꺾쇠를 박은 큰 문이 나왔습니다. 그 문을 보는 순간 퍼거슨이 억지로 아내 곁으로 가는 것은 좀 힘든 일이 아닐까 하는 생각이 들었습니다. 소녀가 주머니에서 열쇠를 꺼내 자물쇠를 열자 육중한 참나무 문이 낡은 경첩에서 소리를 내며 움직였습니다. 내가 들어가자 소녀는 뒤따라 들어온 후 재빨리 문을 잠갔습니다.

침대 위에는 고열로 고통 받고 있는 여인의 누워 있었습니다. 그녀는 정신이 없는 듯했지만 내가 들어가자 겁을 먹었으면서도 여전히 아름다운 눈으로 불안하게 쳐다보았습니다. 그리고 나서 낯선 사람이라는 것을 알고는 오히려 마음이 놓인 듯 한숨을 쉬면서 베개에 얼굴을 묻었습니다. 나는 그녀에게 다가가서 짧은 말로 안심을 시킨 다음 맥박과 체온을 쟀습니다. 둘 다 높았지만 그녀가 실제로 병에 걸렸다기보다는 정신적 흥분 때문에 상태가 나빠진 것 같은 느낌이 들었습니다.

"날마다 이렇게 누워 있어요. 마님 죽을까 무서워요."

소녀가 말했습니다.

여인은 붉게 달아오른 얼굴을 내게로 돌렸습니다.

"남편은 어디 있나요?"

"아래층에 있습니다. 부인을 보고 싶어 합니다."

"싫어요. 나는 그이를 만나지 않을 겁니다. 싫어요."

그런데 그녀는 갑자기 정신 이상 증세를 보였습니다.

"마귀! 악마! 아, 저 마귀를 어떻게 해요?"

"부인, 제가 뭐 도와드릴 일이 없습니까?"

"없어요. 누구도 날 도와주지 못해요. 끝났습니다. 이제는 모든 게 끝난 겁니다."

여인은 알 수 없는 어떤 망상에 사로잡혀 있는 게 분명했습니다. 정직한 봅 퍼거슨이 악마처럼 보이지는 않았기 때문입니다. 나는 말했습니다.

"부인, 남편은 부인을 아주 많이 사랑한답니다. 무슨 일로 이렇게 괴로워하시나요?"

여인은 정말 아름다운 눈을 들어 다시 나를 바라보았습니다.

"그 사람은 날 사랑하죠. 맞아요. 그런데 내가 그이를 사랑하지 않아요. 사랑하는 사람이 힘들어할까 봐 내가 희생되는 쪽을 택하는 것 그게 진짜 사랑이 아닐까요? 그 사람은 아이에 대해 어떤 생각을 갖고 있고, 또 어떤 식으로 말하던가요?"

"남편은 지금 많이 괴로워하고 있지만 뭐가 어떻게 된 것인지에 대해 그 영문을 모르고 있습니다."

"그렇군요. 그 사람은 이해 못할 겁니다."

"남편을 만나 보시는 건 어떨까요?"

나는 권유했습니다.

"싫어요. 나는 그 사람의 무서운 말과 표정을 잊을 수 없답니다. 그 사람을 만나는 건 싫어요. 그만 가세요. 선생님이 나를 도와줄 것은 하나도 없습니다. 단 그 사람한테 이 말만 전해 주세요. 내 아이를 원한다고요. 나는 내 아이에 대한 권리가 충분히 있습니다. 내가 하고 싶은 말은 이게 다입니다."

여인은 벽 쪽으로 돌아 누우면서 입을 다물었습니다. 아래층으로 내려가자 홈즈와 퍼거슨은 여전히 난롯가에 앉아 있었습니다. 퍼거슨은 불안한 얼굴로 내가 부인을 만나고 온 이야기에 대해 귀를 세웠습니다.

"내가 어떻게 아기를 아내에게 보낼 수가 있습니까?"

그는 말했습니다.

"아내가 또 어떤 이상한 충동을 느낄지 모르는데? 아내가 입에 피를 묻히고 아기 침대 옆에서 일어서던 그때의 모습을 잊을 수 있겠습니까?"

그는 당시 상황을 떠올리면서 몸을 떨었습니다.

"아기는 유모가 잘 보살피고 있어요. 아기는 반드시 유모와 함께 있어야 해요."

똑똑하게 생긴 하녀가 차를 내왔습니다. 그녀는 이 집에서 유일하게 신식 인물이었습니다. 그녀가 차를 따르는데 그때 문이 열리더니 소년이 방으로 들어왔습니다. 한눈에 들어오는 그런 아이였습니다. 창백한 얼굴에 머리는 금발이고 감성적인 푸른 눈은 자신의 아버지를 보자 매우 기뻐하는 것 같았습니다. 소년은 달려와서 사랑에 빠진 소녀처럼 열정적으로 아버지의 목에 매달리면서 말했습니다.

"아빠, 아빠가 올 때가 된 것을 몰랐어요. 내가 와서 기다리고 있어야 했는데. 아, 아빠 보니까 좋아요."

퍼거슨은 조금은 당황해 하는 표정을 지으면서 아들의 팔을 풀었습니다.

"응, 아빠는 여기 계신 홈즈 선생님과 왓슨 박사가 오신다고 해서 일찍 왔지."

"저분이 명탐정인 홈즈 선생님이세요?"

"그래. 그렇단다."

소년은 우리를 진지하게 살펴보았는데 왠지 모르게 녀석의 눈빛에서는 뭔가 적의가 느껴졌습니다.

홈즈가 물었습니다.

"퍼거슨 씨, 아기는 어디 있지요? 아기를 한번 볼 수 있을까요?"

"메이슨 부인에게 아기를 데려 오라고 해주겠니?"

퍼거슨이 말했습니다. 소년은 약간 비틀거리는 걸음으로 방을 나갔는데 의사의 관점에서 볼 때 척추에 문제가 있는 것 같았습니다. 소년은 바로 돌아왔고, 키가 큰 마른 여인이 아주 귀여운 아기를 안고 뒤따라 들어왔습니다. 아기의 검은 눈과 금발 머리는 색슨 족과 라틴 족의 환상적인 결합을 보여주고 있었습니다. 퍼거슨은 아기를 아주 예뻐하는 듯 아기를 받아 안고 살며시 말했습니다.

"누가 이렇게 예쁜 우리 귀염둥이를 해칠 생각을 다 한 거야."

그때 나는 무심코 홈즈의 얼굴을 바라보았는데 그는 뭔가에 빠져 있는 듯한 표정이었습니다. 그는 상아 조각처럼 굳은 얼굴로 아이와 아버지를 보더니 호기심에 찬 눈으로 방 저편에 있는 무언가를 뚫어지도록 쳐다보았습니다. 나도 그의 시선을 따라서 바라보았습니다. 그는 창문 너머로 빗방울이 떨어지는 음산한 정원을 바라보고 있었습니다. 분명 그가 관심을 주고 있는 것이 창가에 있다는 사실을 확인한 것입니다. 그러면서 그는 살짝 웃으면서 아기에게로 시선을 돌렸습니다. 아기의 토실토실한 목에는 작은 상처가 나 있었습니다. 홈즈는 아무말 없이 그 상처를 들여다보았습니다. 그리고 천천히 움직이는 아기의 작고 귀여운 손을 잡고 흔들어주었습니다.

"아가야 안녕. 너는 벌써 별 이상한 경험을 다 했구나. 유모, 나와 잠시 애기 좀 할 수 있을까요?"

그는 유모를 데리고 한 옆으로 가더니 한동안 열성적으로 말했습니다. 나의 귀에 들린 것은 마지막 애기뿐이었습니다.

"조금만 더 참으면 좋아질 겁니다."

심술궂고 말이 없어 보이는 유모는 아기를 데리고 나갔습니다.

"메인슨 부인은 어떤 사람인가요?"

홈즈가 물었습니다.

"보셨듯이 언뜻 보기에는 인상이 좀 그렇지만 사람은 정말 괜찮습니다. 그리고 아기를 아주 사랑한답니다."

"잭, 너는 유모가 마음에 드니?"

홈즈는 갑자기 소년에게 질문을 했습니다. 밝았던 얼굴이 어두워지면서 소년은 고개를 흔들었습니다.

"이 아이는 좋고 싫은 감정이 아주 솔직합니다."

퍼거슨은 아들을 감싸 안으면서 말했습니다.

"다행스럽게도 저는 좋아합니다."

소년은 사랑스러운 몸짓으로 아버지의 가슴에 머리를 기댔습니다. 그러나 퍼거슨은 살며시 아들을 떼어냈습니다.

"이제는 나가주지 않겠니?"

아버지는 말했습니다. 그리고 사랑이 넘치는 듯한 눈으로 나가는 아들의 뒷모습을 바라보았습니다. 아들이 보이지 않자 퍼거슨은 말을 이어갔습니다.

"그런데 홈즈 선생님, 선생님을 모셔온 게 괜한 일을 벌인 것이 아닌가 싶습니다. 사실 선생님께서 저를 위로하시는 것 말고는 뭐 다른 방법이 있겠습니까? 선생님께는 우리 집 일이 지나치게 민감하고 복잡한 사건일 겁니다."

"그렇죠. 민감한 것임에는 틀림없죠."

내 친구는 살며시 웃으면서 말했습니다.

"그런데 저는 지금까지 이 사건이 복잡하다고 생각하지 않았습니다. 연역적 추리가 필요한 사건이긴 하지만 여러 가지 일들을 통해 미리 추론한 내용들이 하나둘씩 실제로 확인되면서 주관적인 생각은 객관적인 현실로 나타났고 이제 사건은 해결된 거나 다름없습니다. 사실 나는 이미 베이커 가에서 결론을 내렸으며, 여기 와서는 확인을 한 셈입니다."

퍼거슨은 큰 손을 주름 잡힌 이마로 가져갔습니다. 그는 쉰 목소리 말했습니다.

"그렇다면, 선생님께서 이 사건에 대해 이미 답이 나와 있다면 왜 저를 이렇게 힘들게 하십니까? 저는 더 이상 버틸 여력이 없습니다. 이제 저는 어떻게 합니까? 진심을 알고 계시다면 어떤 방법으로든 확인시켜주십시오. 문제 삼지 않겠습니다."

"나는 반드시 퍼거슨 씨에게 설명을 해야 하며, 그렇게 할 것입니다. 그러나 내 방식대로 사건을 처리할 수 있게 해주십시오. 왓슨, 우리 부인을 만나러 갈까? 괜찮겠나?"

"그녀는 아프긴 해도 정신은 또렷하네."

"오히려 다행이야. 부인이 있어야만 진실을 밝힐 수 있으니까 2층으로 올라갑시다."

"나를 만나지 않으려고 하는데요."

퍼거슨은 큰 소리로 말했습니다.

"아닙니다. 부인은 만나주실 겁니다."

홈즈는 말을 끝내고 종이에 몇 글자 적었습니다.

"왓슨, 자네는 들어갈 수 있네. 미안하지만 이 쪽지를 부인에게 전해 줬으면 좋겠어."

나는 다시 위층으로 올라가 문을 살짝 열고 얼굴을 내민 돌로레스에게 쪽지를 전해 주었습니다. 그리고 잠시 후 방 안에서 기쁨에 가득 찬 놀란 듯한 목소리가 터져 나왔습니다. 돌로레스가 달려 나왔습니다.

"마님께서 만나신답니다. 들으시겠답니다."

퍼거슨과 홈즈는 내가 부르자 2층으로 올라왔습니다. 방으로 들어섰지만 퍼거슨은 아내 앞으로 두세 발짝 떼어놓았습니다. 그런데 몸을 일으켜 앉아 있던 아내는 퍼거슨에게 가까이 오지 말라고 손을 내저었습니다. 퍼거슨은 안락의자에 주저앉았고, 홈즈는 놀란 듯이 두 눈을 크게 뜨고 자신을 쳐다보는 부인에게 고개를 숙여 인사를 한 후 퍼거슨 옆에 앉았습니다.

"퍼거슨 씨, 돌로레스를 잠깐 밖으로 내보내는 게 좋을 듯한데……."

홈즈가 말했습니다.

"아, 좋아요. 부인. 돌로레스가 옆에 있는 게 편하시다면 그렇게 하시죠. 자, 퍼거슨 씨. 나를 찾는 사람들이 많아서 바쁜 몸이니 곧장 말하겠습니다. 수술을 빨리 끝낼수록 고통도 줄어듭니다. 우선 위로가 될 만한 얘기를 하겠습니다. 부인께서는 아주 착하고 애정이 많은 분인데도 불구하고 부당한 오해를 받으셨습니다."

퍼거슨이 기뻐서 소리를 지르면서 일어났습니다.

"홈즈 선생님, 그렇다면 증거를 보여주십시오. 이 은혜평생 두고두고 보답하겠습니다."

"그러지요. 그러나 퍼거슨 씨에게는 다른 한편으로 상처를 받게 될 겁니다."

"저 사람의 죄 없음이 밝혀지기만 한다면 괜찮습니다. 세상에 그보다 더 소중한 것은 없으니까요."

"이제부터 베이커 가에서 제가 떠올린 논리의 연쇄에 대해 말하겠습니다. 흡혈귀 얘기는 정말 터무니없는 것입니다. 영국 범죄 역사상 그런 일은 존재하지 않습니다. 그런데 퍼거슨 씨가 보았던 것은 분명히 사실이었습니다. 당신은 부인이 입가에 피를 묻히고 아기 침대 옆에서 일어나는 것을 보았으니까요."

"맞습니다."

"그런데 피가 나는 상처 그러니까 피를 마시기 위해서

가 아니라 다른 이유로 아기의 상처를 빨았다는 생각은 해보지 않으셨나요? 영국 역사에는 상처의 독을 뽑아내기 위해 피를 빤 왕비도 있었잖습니까?"

"독이라구요?"

"퍼거슨 씨의 부인은 남미가 고향입니다. 아래층 벽에 걸린 무기를 보기 전부터 저는 본능적으로 느끼고 있었습니다. 독은 다른 것이었는지 모르지만 나는 그런 쪽으로 마음을 정했습니다. 새 잡는 작은 활 옆에 걸려 있던 텅 빈 화살통을 보는 순간 내 예상이 맞았다는 것을 알았습니다. 아기가 큐라레나(인디언이 사용하는 화살촉에 묻히는 식물성 독.─옮긴이) 다른 맹독이 묻은 화살을 맞았다면 그 독을 빨아내는 것 말고는 목숨을 구할 다른 방법이 없을 것입니다.

그리고 개 보셨지요. 누군가 그런 화살 독을 사용하려고 했다면 그것이 독성을 제대로 발휘하는지 시험을 해보았을 겁니다. 나는 개에 대해서는 생각도 못했는데 그런 사례가 있다는 것은 알고 있었거든요. 개는 내 가설에 완벽하게 맞아떨어졌습니다.

그렇다면 제가 무슨 얘기를 하는지 이해가 되십니까? 부인께서는 화살 공격을 두려워 하고 있었습니다. 아기가 화살에 맞는 것을 보고 아기의 목숨을 구하고자 했는데 남편에게 그 사실을 털어놓을 기회를 갖지 못했던 겁니다. 이유는 남편이 큰 애를 무척 사랑하기 때문에 그 같은 사실을 알게 되면 충격을 받을 것이란 걸 잘 알고 있기 때문이었습니다."

"잭이 그랬다고요?"

"나는 당신이 조금 전 아기를 안고 어르는 동안 큰 애 얼굴을 바라보았습니다. 덧문이 내려진 덕에 거울처럼 된 창문의 유리에 아드님 얼굴이 비쳤습니다. 나는 지금까지 아이들의 얼굴에서 그런 질투와 증오심, 그리고 미움을 본 적이 없었습니다."

"오! 우리 잭이 어떻게……."

"퍼거슨 씨, 사실을 인정해야 합니다. 잭이 그런 행동을 한 것은 아버지에 대한 또 죽은 어머니에 대한 편집증이나 다름없는 비뚤어진 사랑 때문입니다. 그래서 더 안타까운 일입니다. 잭은 건강과 외모에서 자기가 지닌 허약함과 정 반대되는 아주 건강하고 잘 생긴 이복동생에 대한 증오심으로 가득 차 있었습니다."

"오, 맙소사. 어찌 이런 일이 잭에게."

"부인, 제 말이 옳지 않나요?"

부인은 베개에 얼굴을 파묻은 채 울고 있었습니다. 드디어 그녀가 남편을 향해 얼굴을 돌렸습니다.

"여보, 차마 내 입으로는 그런 말을 할 수가 없었습니다. 당신이 큰 충격을 받을 거라는 사실을 잘 알고 있었으니까요. 차라리 좀 기다렸다가 다른 사람을 통해 알게 되는 게 다 나은 거지요. 정말 마술 같은 힘을 지닌 이분이 다 알고 있다고 쓴 메모지를 건네받았을 때 나는 너무 기뻤답니다."

"내 생각으로는 잭에게 1년 동안의 선박 여행을 갔다 오게 하는 게 좋을 듯합니다."

홈즈는 일어나면서 말했습니다.

"마담, 그런데 한 가지 궁금한 게 있습니다. 부인이 잭을 때린 것은 충분히 이해가 됩니다. 어머니의 인내심에도 한계가 있는 법이니까요. 그러나 어제 오늘 어떻게 아기를 그냥 내버려둘 수 있었나요?"

나는 메이슨 부인에게 말했습니다.

"유모는 알고 있거든요."

퍼거슨은 침대 옆에서 솟구치는 눈물을 참으면서 두 팔을 벌린 채 못 참겠다는 듯 떨고 있었습니다.

"왓슨, 이제 나갈 때가 되지 않았나."

홈즈는 귓속말로 속삭였습니다.

"우리 양쪽에서 눈치 없을 만큼 충성스러운 돌로레스의 팔을 잡고 나가자고. 알았지?"

홈즈는 방문을 닫은 후 말했습니다.

"나머지 부분은 부부가 알아서 해결할 일이야."

나에게는 이 사건과 관련된 편지가 한 장 더 있습니다. 서두에 인용한 편지에 대한 홈즈의 답장입니다.

베이커 가,

11월 21일

흡혈귀에 관한 건

귀하:

귀하의 19일자 서신에 관해 본인은 귀하의 고객인 민싱 레인의 중개상, 퍼거슨 앤 뮤어헤드 사의 로버트 퍼거슨 씨가 부탁한 사건을 조사한 결과 문제가 속 시원하게 해결되었다는 사실을 전해드립니다. 본인을 추천하신 것에 대해 진심으로 감사드립니다.

– 셜록 홈즈

동명 3인
개리뎁

SHERLOCK HOLMES
BEST

SHERLOCK HOLMES
동명 3인 개리뎁

　그게 즐거운 일이었는지 슬픈 일이었는지는 잘 모르겠습니다. 하지만 그 일 때문에 한 사람은 골치가 아팠고, 나는 피를 약간 흘렸으며, 또 다른 한 사람은 법의 심판을 받아야 했습니다. 단, 장담하건대 그 사건에는 분명 즐거운 요소가 있었습니다. 물론 독자들이 알아서 판단할 일입니다.

　나는 그날을 정확하게 기억합니다. 왜냐하면 홈즈가 어떤 봉사에 대한 답례로 기사 작위를 수여받았지만 그것을 거부한 것이 바로 그 달이었거든요. 이것에 대해서는 다시 또 말하게 될지도 모르지만 일단 여기서는 간단하게 얘기하고 가겠습니다. 그의 동료이자 가장 가까운 친구로서 나는 경솔한 행동을 하지 않도록 신중을 기해야 하기 때문이지요. 어찌 됐든 나는 그 덕에 1902년 6월 말이라는 날짜를 기억할 수 있었는데, 당시는 남아프리카 전쟁이 종전된 직후였습니다. 홈즈는 습관처럼 가끔씩 며칠간 침대에 누워 뒹굴며 보내곤 했었습니다. 그날 아침에는 긴 서류를 손에 들고 강직한 회색 눈은 너무도 흥미롭다는 듯한 표정을 지으며 거실로 나왔습니다.

"왓슨, 자네가 돈을 만져볼 수 있는 기회가 생겼네. 자네 '개리뎁'이라는 성을 들어본 적이 있는가?"

나는 그런 이름은 처음 듣는다고 솔직하게 말했습니다.

"저기 만일 자네가 개리뎁 씨를 찾아내기만 한다면 그 자체가 돈이라고."

"어떻게 돈이 된다는 건가?"

"글쎄 말하자면 좀 길어. 특이한 얘기인데 우리는 그간 인간의 복잡성에 대한 탐구를 해왔지만 이것보다 더 특이한 사건은 없었을 거야. 조금 있으면 그 사람이 의논하러 찾아올 건데 내가 미리 그 사건을 밝힐 생각은 없지. 그러나 기다리는 동안 그런 성씨가 있는지는 찾아볼 필요가 있을 걸세."

172

내 앞의 탁자 위에는 전화 번호부 책이 놓여 있었기에 나는 그냥 책을 뒤적였습니다. 놀랍게도 그 특이한 성이 한 자리를 차지하고 있었습니다. 나는 기분 좋게 소리쳤습니다.

"홈즈! 내가 찾았어. 여기 보게."

홈즈는 내 손에서 책을 가져다가 큰 소리로 읽었습니다.

"'개리뎁, N, 서구, 리틀 라이더가, 136번지.' 이봐. 자네를 실망시켜 미안하긴 한데 이 사람은 나의 의뢰인이야. 그가 보낸 편지에 이 주소가 써 있었다고. 우리는 다른 사람을 찾아야만 하네."

허드슨 부인이 명함을 올려놓은 쟁반을 들고 들어왔습니다. 나는 그걸 집어서 살짝 보았습니다.

"홈즈. 여기 있네."

나는 놀라워 하며 다시 소리쳤습니다.

"이번에는 다른 사람이야. '존 개리뎁, USA, 캔자스, 무어빌, 변호사.'"

홈즈는 명함을 보더니 살며시 웃었습니다.

"왓슨, 자네는 이번에도 다른 사람을 찾아보아야 할 것 같은데. 이 사람도 이미 알려진 사람이야. 내가 오늘 아침에 이 사람을 만나게 될 줄은 몰랐지만 말이야. 하지만 이 사람은 내가 알고 싶은 것에 대해 많은 것을 알려줄 만한 인물이야."

잠시 후 명함의 주인공이 방으로 들어왔습니다. 변호사인 존 개리뎁 씨, 그는 작은 키에 통통하며 정력이 넘쳐나는 남자였습니다. 미국의 수많은 실리주의 인간들이 그렇듯이 얼굴은 둥글둥글하고 생기가 넘쳐나며 깔끔하게 면도를 한 모습이었지요. 전체적으로 통통한데다 어려 보이는 얼굴이어서 그런지 활짝 미소를 담고 있는 얼굴은 매우 젊어 보인다는 느낌을 받았습니다. 하지만 눈은 아주 인상적이었지요. 눈은 빛나고 강렬했으며, 생각의 변화를 예민하게 드러냈습니다. 목소리 톤은 미국식이었지만 특별한 미국식 말투를 사용하지는 않았습니다.

"어느 분이 홈즈 선생이시죠?"

그는 우리를 번갈아가며 보고 말했습니다.

"아, 알겠습니다. 사진과 크게 다르지 않으시네요. 저와 성이 같은 네이션 개리뎁 씨로부터 편지를 받으셨을 겁니다. 맞습니까?"

"일단 앉으시죠."

셜록 홈즈가 말했습니다.

"하실 말씀이 많으실 것 같으니 그렇게 하죠."

그는 편지를 집어 들었습니다.

"이 편지에서 말하는 존 개리뎁 씨는 당연히 당신이지요. 한데 영국에 오신 지 오래 되셨군요."

"홈즈 선생, 그런 말씀을 하는 의도가 궁금하군요."

상대방의 표정과 풍부한 눈이 잠시 의심의 눈초리로 변한 것 같았습니다.

"옷차림이 영국 스타일이어서요."

개리뎁 씨는 불편한 웃음을 보였습니다.

"홈즈 선생, 나는 당신의 재능에 대해서는 이미 잘 알고 있습니다만 내가 당신의 분석 대상이 되리라고는 생각해 본 적이 없었습니다. 대체 어디서 그런 느낌을 받았나요?"

"재킷의 어깨 선, 구두의 앞 축……, 다른 누가 보아도 금방 알겠네요."

"그렇군요. 그런데 나는 내가 그렇게 평범한 영국인으로 보이는 줄은 몰랐네요. 하지만 나는 비즈니스 때문에 얼마 전 영국에 왔기 때문에 당신 말대로 옷이 온통 런던 것입니다."

"그거야 그렇다고 치고, 당신은 매우 바쁜 사람인 것 같은데 양말짝 선 따위에 대해 토론을 하러 여기에 온 것은

아니니까 일단 들고 있는 편지에 대한 본론적인 얘기를
하는 게 좋겠지요?"

그는 홈즈 때문에 기분이 상했는지 통통한 얼굴에서는
처음과 같은 부드러운 표정을 찾아볼 수가 없었습니다.

"개리뎁 씨! 이해하십시오."

홈즈는 그를 달래는 듯한 목소리로 말했습니다.

"왓슨 박사한테 물어보시면 알겁니다. 저 같은 경우 이
런 사소한 것들이 문제 해결에는 아주 큰 영향을 준 적이
자주 있었습니다. 그런데 네이선 개리뎁 씨는 왜 같이 오
지 않았나요?"

"대체 그 사람이 왜 당신을 끌어들였는지 모르겠군요."

그는 순간 화를 내면서 말했습니다.

"아니 당신이 우리의 일과 무슨 관련이 있는지 모르겠
군요. 우리 두 사람 사이의 비즈니스 상 풀어야 할 문제가
있다고 해서 탐정을 부른다는 것은 이해가 안 되네요. 오
늘 아침 나는 그를 만났다가 이런 멍청한 짓을 했다는 말
을 듣고 여기에 찾아 온 거요. 여하튼 기분이 유쾌하지는
않네요."

"개리뎁 씨, 내가 받은 편지 내용에는 당신을 헐뜯는 그
런 얘기는 없습니다. 그 양반은 그저 목표를 달성하겠다

는 생각으로 그랬던 것 같은데, 사실 나는 그 목표가 두 분 모두에게 중요한 것으로 여기고 있었습니다. 네이선 씨는 나에게 정보를 수집할 방법이 있다는 사실을 잘 알고 있었기 때문에 당연히 도움을 요청한 것이지요."

그의 화난 표정은 조금씩 부드럽게 변하고 있었습니다.

"그런데 듣고 보니 얘기가 좀 다른 방향으로 흘러가는군요. 아침에 나는 그 사람한테 갔다가 탐정한테 부탁했다는 말을 듣고 주소를 물어서 여기에 왔어요. 경찰이 사적인 일에 관여하는 것은 난 원치 않습니다. 그러나 당신이 사람을 찾는 데 도움을 주겠다는 입장이라면 문제가 될 일은 아니군요."

"네, 얘기는 그렇게 된 겁니다."

홈즈는 말했습니다.

"어차피 여기에 오셨으니 직접 얘기를 들어보는 것이 좋을 것 같은데요. 여기 제 친구는 이번 일에 대해 아는 것이 전혀 없습니다."

개리뎁 씨는 조금은 불편해 하는 시선으로 나를 바라보았습니다.

"이분까지 알 필요가 있나요?"

"우리는 같이 일을 할 때가 많습니다."

"뭐, 누구에게든지 감춰야 할 이유는 없습니다. 가능한 간단하게 사정 얘기를 하면 이렇습니다. 두 분이 캔자스 출신이라면 알렉산더 해밀턴 개리뎁이 누군지 설명할 필요까지는 없겠지요. 그 양반은 초기에는 부동산에서, 그리고 나중에는 시카고에서 밀가루 판매로 많은 돈을 벌었습니다. 그리고 그 돈으로 아칸소 강 연안에 당신들 주만한 크기의 땅을 사는 데 투자했습니다. 그분이 사들인 땅은 목초지, 벌목지, 경작지, 광산 등을 비롯해 돈이 되는 다양한 종류의 땅이 포함되어 있습니다.

그런데 그 양반은 혼자랍니다. 뭐 친척이 있었는지는 모르겠지만 그런 얘기를 들어본 적은 없고요. 그분은 '개리뎁'이라는 찾아보기 드문 성씨를 가진 것을 어떤 자부심으로 삼고 있었습니다. 그 때문에 우리는 만나게 되었지요. 나는 토프카에서 변호사로 일하고 있었는데 한번은 그 양반이 찾아와서 자신과 성이 같은 사람을 만나고 싶었다고 말했습니다. 좀 특이하다는 생각을 했지만 그분은 세상에서 개리뎁 씨가 더 있다면 꼭 찾아보겠다는 마음을 갖고 있더군요. '개리뎁을 더 찾아주면 좋겠네'라고 말했습니다. 나는 내 일만으로도 바쁘기 때문에 그런 일로 세계를 돌아다닐 수 없는 입장이라고 했지요. 그런데도 그분은 '내 계획대로만 된다면 당신은 그렇게 할 수밖에 없을 거야.' 라고 말했어요. 처음에는 농담을 하는 줄로만 여겼는데 그 이면에는 깊은 뜻이 숨어 있다는 것을 알게 되었지요.

그 양반은 나한테 그런 말을 한 지 1년 만에 죽었고, 유언을 남겼습니다. 그때까지만 해도 캔자스 주에 접수된 유언 중에 그의 유언처럼 특이한 것은 없었습니다. 그분은 재산을 3등분으로 나누어서 그 중 하나를 저에게 남겨주었습니다. 단 그 대신 남은 두 개는 다른 두 명의 개리뎁에게 주라고 했습니다. 그리하여 세 명의 개리뎁은 각각 오백만 달러씩 나눠 갖게 되었는데 또 한 가지 특이한 것은 셋이 모여 동시에 나눠 갖지 않으면 그 돈은 나눠가질 수 없게 해놓았더라고요."

그건 정말 돈 되는 일이었고 마침 내가 하던 일이 잘 풀리지 않아서 나는 다른 개리뎁을 찾아나선 겁니다. 미국에는 없더군요. 미국 구석구석을 이 잡듯이 찾아다녔지만 단 한 사람의 개리뎁도 만나지 못했습니다. 그래서 영국으로 와서 찾아보기로 한 겁니다. 아니나 다를까 전화번호부를 보니 런던에는 바로 그 성씨를 가진 사람이 있더군요. 그래서 나는 이틀 전에 그를 찾아가 모든 사실을 털어놓았던 겁니다. 그러나 그 역시 저처럼 혼자였습니다. 여자 친척은 있었지만 남자는 없더군요. 그러나 유언장에는 성인 남자가 셋이라고 기록되어 있습니다. 이쯤 되면 아시겠지요. 한 명의 개리뎁이 더 필요하다는 사실을. 그 사람을 찾는 일을 당신이 도와준다면 그에 대한 사례는 반드시 하겠습니다. "

홈즈는 빙긋 웃으면서 말했습니다.

"왓슨, 내가 별난 일이라고 말한 이유를 이제 알겠지? 개리뎁 씨, 내 생각 같아서는 신문의 개인 광고 지면에 광고를 내는 것이 가장 효과적일 것 같은데요."

"홈즈 선생, 그건 이미 해보았습니다. 아무도 나타나지 않았습니다."

"허허! 정말 재미있는 일이네요. 시간나는 대로 알아보겠습니다. 그건 그렇다 치고 토프카에서 오셨다고 했는데 아주 특별한 인연인 것 같습니다. 거기에는 제가 아는 사람이 있었지요. 지금은 사망했지만 1890년 시장을 지낸 라이샌더 스타 박사라고 들어보셨나요?"

"아, 그 훌륭했던 스타 박사님요."

그는 말했습니다.

"현지에는 아직도 그분을 존경하는 사람들이 많답니

다. 그러면 홈즈 선생, 이제 우리가 할 일은 당신에게 보고하고 조사의 진행 상황을 전하는 일이지요. 하루 이틀 안에 좋은 소식 있으리라고 믿습니다."

그는 이렇게 말하고는 인사를 하고 방을 나갔습니다.

홈즈는 파이프에 불을 붙여 입에 문 후 한참동안 묘한 미소를 짓고 있었습니다.

"왜 그래?"

나는 참을 수가 없어서 물어보았습니다.

"아무것도 아냐. 좀 이상해서."

"뭐가?"

홈즈는 입에서 물고 있던 파이프를 빼냈습니다.

"대체 그 사람이 우리에게 씨도 안 먹히는 그런 거짓말을 한 이유가 뭔지 알 수가 없어. 하마터면 그대로 물어볼 뻔했다니까. 가끔씩은 이런 저런 눈치 보지 말고 단도직입적으로 해결하는 것도 좋은데. 하지만 그 사람이 우리를 속였다고 착각하고 있게 내버려두는 게 오히려 더 나은 방법이라는 생각도 들어. 팔꿈치가 해진 영국산 재킷에 1년은 족히 입어서 무릎이 튀어 나온 바지를 입은 주제에 자기가 미국에서 온 지 얼마 안 되는 사람이라고 했잖아. 게다가 개인 광고란에 그런 광고는 실린 적도 없단 말이야.

자네도 알다시피 나는 광고란만큼은 그냥 보고 넘어 가는 법이 없거든. 신문의 광고란은 새 사냥을 하기에 너무 좋은 공간이야. 수꿩 한 마리가 날아드는 것을 내가 놓칠 리가 있나. 그리고 말이야. 토프카의 라이샌더 스타 박사는 존재하지 않는 인물이거든. 그 친구는 입만 열면 거짓말이 쏟아지더군. 정말 미국인인 것 같지만 억양이 아주 부드러운 것을 보니 런던에서 꽤 살았을 거야. 대체 무슨 속셈이 있는 거지? 아니 왜 개리뎁을 찾겠다고 난리를 치는 걸까? 이거야말로 우리가 주의깊게 지켜볼 일이야. 그 인간이 설령 악한이라 하더라도 복잡하고 독특한 인간인 것은 분명해. 우리에게 편지를 보낸 사람도 사기꾼인지 한번 알아보아야겠어. 왓슨, 그 사람에게 전화 좀 해보게."

나는 전화를 걸었습니다. 그러자 전화선을 타고 가늘게 떨리는 목소리가 들려왔습니다.

"네, 네 제가 네이션 개리뎁입니다. 홈즈 선생님 거기 계신가요? 저는 홈즈 선생님하고 얘기를 좀 하고 싶은데요."

홈즈는 전화 수화기를 건네 받았고 두 사람의 오고 가는 대화가 지속되었습니다.

"네, 좀 전에 이곳을 다녀갔습니다. 그 사람에 대해 잘 아십니까? 어째…… 얼마나 됐다고요……? 이제 이틀요? 네, 네. 그래요. 특별한 일입니다. 오늘 저녁에 집에 계실 거라고요? 미국인 개리뎁 씨가 설마 거기에 가진 않겠죠? 좋아요. 그럼 이따가 뵙지요. 그 사람이 없는 장소에서 대화를 좀 해야 할 것 같습니다……. 왓슨 박사와 같이 갈 겁니다……, 편지를 보니 외출은 잘 안하시는 것 같아서……. 네, 여섯시쯤에 뵙겠습니다……. 좋아요. 안녕히 계십시오."

기분 좋은 저녁이었습니다. 에지웨어로에서 갈라지는 좁은 거리 리틀 라이더가는 불길한 추억이 있는 옛 교수대 자리에서 돌 하나 던지면 닿을 정도로 가까이 있었지만 살포시 내려앉는 저녁 햇살을 받으면서 찬란한 황금빛으로 물들고 있었습니다.

우리가 도착한 집은 고풍스러운 조지 양식 초기의 큰 건물이었으며, 벽돌을 밋밋하게 쌓아올린 집 앞 면은 1층에 깊은 퇴창 두 개만 나 있을 뿐이었어요. 의뢰인이 사는 곳은 그 집 1층이었는데 알고 보니 낮은 창문 두 개가 나 있는 방이 바로 그가 깨어 있을 때마다 늘 나와 있는 거실이었습니다. 개리뎁이라는 이상한 성이 적혀 있는 작은 청동 문패 앞을 지날 때 홈즈는 그것을 손으로 가리켰습니다.

"왓슨, 적어도 몇 년 간은 이것이 이 사람의 본명이었어."

그는 문패의 변색된 표면을 주목하면서 말했습니다.

"그렇군. 기억해두어야 할 만한 것이야."

집에는 공동 계단이 있었고, 홀에는 여러 개의 명패가 걸려 있었습니다. 또 집의 일부는 독신자용 셋방으로 사용하고 있었는데, 그곳은 가정살림을 하는 가구들이 모인 공동 주택이 아니라 자유분방한 독신자들의 주거지에 가까웠습니다. 의뢰인은 직접 문을 열어주면서 파출부가 네 시에 퇴근했다고 변명을 했습니다. 네이선 개리뎁 씨는 큰 키에 등이 굽은 60대의 마른 체형이고, 대머리였지요. 얼굴은 볼품없이 말랐고, 운동이라고는 단 한 번도 해본 적이 없는 사람처럼 안색이 어두웠습니다. 크고 둥근 안경과 숱이 적어 염소수염 같은 수염, 게다가 등이 굽은 자세 때문에 그는 호기심이 많은 사람처럼 보였습니다. 그런데 이상하게도 전체적인 이미지는 온화해 보였습니다.

방은 주인을 닮았는지 특이했습니다. 마치 작은 박물관에 들어온 것 같더군요. 방은 넓고 천장은 높았는데 사방에 걸린 벽장과 유리 진열장에는 지리와 해부학 표본들로 꽉 차 있었습니다. 출입문 양쪽에는 나비와 나방 표본 상자가 쌓여 있었고, 방 한가운데 놓인 커다란 책상 위에는 다양한 종류의 잡동사니들이 널려 있었습니다. 그중 가운데에는 청동 경통(현미경이나 망원경에서 접안렌즈와 대물렌즈를 연결하는 통—옮긴이)이 삐죽 솟아나 있었습니다. 나는 방 안을 둘러보고 나서 그의 관심사의 폭에 놀랐습니다. 한쪽에는 옛날 동전 상자가 있었지요. 그리고 다른 한쪽에는 석기를 모아둔 진열장이 있었습니다. 중앙에 놓인 탁자 뒤에는 화석의 뼈가 진열돼 있는 큰 벽장이 있었습니다. 그리고 위에는 석고로 만든 두개골 모형이 한 줄로 놓여 있었으며, 그 아래에는 '네안데르탈인', '하이델베르크인', '크로마뇽인'이라고 적힌 명찰이 붙어 있었습니다. 방 주인은 다양한 주제에 관심을 갖고 있는 연구가인 것이 틀림없었습니다. 그때 그는 동전을 윤내는 데 쓰는 새미 가죽을 오른손에 든 채 우리 앞에 서 있었습니다.

"그리스의 시라쿠사(이탈리아 시칠리아 섬의 남동쪽에 있는 해안 도시. BC. 8C 경 코린토스인이 이곳에 시칠리아섬 최초의 그리스 식민지 시라쿠사이를 건설하였다.) 동전이랍니다. 전성기 때 것이지요."

그는 동전을 들어 올리면서 말했습니다.

"후기로 갈수록 동전은 크게 쇠퇴해갑니다. 나는 시라쿠사 전성기 것을 최고로 여기지만 어떤 이들은 알렉산

드리아 학파를 더 좋아하는 편입니다. 홈즈 선생님, 이쪽에 의자가 있습니다. 뼈 조각들을 치워드리지요. 그리고 거기 계신 분은……, 아 맞지요. 왓슨 박사님. 죄송하지만 일본 꽃병을 한 옆으로 치우고 앉으십시오. 의사는 나한테 집에만 있지 말라고 잔소리를 합니다만 나를 사로잡는 것들이 이렇게 많은데 내가 뭐하러 밖에 나갑니까? 이 진열장 하나의 목록을 제대로 작성하는데도 삼 개월은 족히 걸리는데 말입니다."

홈즈는 호기심에 찬 시선으로 주변을 살펴보면서 말했습니다.

"그렇다고 설마 외출을 아예 안하시는 건 아니지요?"

"가끔씩 마차를 타고 소더비나 크리스티 경매에는 갑니다. 그 외에는 집 밖으로 나갈 일이 거의 없습니다. 몸이 건강한 것도 아닌데다 나는 연구하는 게 아주 흥미롭거든요. 그러나 홈즈 선생님, 내가 그 엄청난 행운에 대한 소식을 접했을 때 얼마나 크게 놀랐는지 짐작이 되실 겁니다. 물론 기쁘긴 하지만 사실 놀라운 일이었어요. 개리뎁을 한 명만 더 찾는다면 일이 끝나니까요. 아마도 우린 반드시 찾아낼 것입니다. 나에게는 형이 있었지만 오래 전에 죽었고 여자 친척들은 자격이 안 된다고 합니다. 하지만 찾아보면 있겠지요. 나는 선생님이 묘한 일들을 다룬다는 애기를 들은 터라 선생님께 부탁을 드린 겁니다. 물론 그 미국인의 말이 맞긴 하지만 나는 그 사람의 생각을 먼저 물어봐야 했는데. 나도 잘되라고 한 일이었으니까.”

“아주 잘 하셨습니다. 그런데 정말 미국에 있는 부동산을 갖고 싶으신지요.”

“천만에요. 나는 무슨 일이 있어도 이 수집품들을 두고서는 이곳을 한 발자국도 벗어날 수가 없습니다. 그 사람은 우리가 유산에 대한 권리를 갖는 순간 내 몫을 자신이 다 사버리겠다고 했습니다. 그 사람이 말하기로는 오백만 달러라더군요. 요즘 수집품 중 없는 것들인 표본 십여 종이 시장에 나와 있는데도 몇백 파운드가 없어서 못 사는 처지랍니다. 그런데 오백만 달러가 생긴다면 어찌 되겠습니까? 나는 국가적인 수집품들을 확보하게 될 겁니다. 나야말로 이 시대의 한스 슬로안(왕실 의사이며 유명한 도서 수집가로, 대영 박물관을 만드는 기초가 되었다.−옮긴이)이 될 겁니다.”

커다란 안경 너머로 노인의 눈은 빛나고 있었습니다. 네이선 개리뎁 씨는 같은 성을 가진 사람을 찾는 데 노력을 기울일 것이 분명했습니다.

"저는 개리뎁 씨를 직접 볼 생각으로 왔지 연구를 방해할 생각은 조금도 없습니다."

홈즈는 말했습니다.

"저는 의뢰인을 직접 만나는 것을 좋아합니다. 그렇다고 질문할 것이 많은 것은 아닙니다. 귀하가 아주 상세하게 보낸 편지가 주머니에 있는데다 그 미국인이 찾아왔을 때 보충 설명을 들었으니까요. 귀하는 그 사람에 대해서는 아무것도 모르고 있다가 이번 주에 처음 본 것으로 알고 있는데요."

"맞습니다. 그 사람은 지난 화요일에 날 찾아왔어요."

"그분이 오늘 저희와 만나서 한 얘기를 귀하에게도 했나요?"

"그래요. 그는 선생님을 만나고 오는 길에 바로 여기에 들렀지요. 그 전까지는 아주 화가 많이 나 있었어요."

"왜 화가 난 겁니까?"

"내가 선생님한테 일을 의뢰한 것은 자신에 대한 일종의 무시라고 생각하는 것 같더군요. 그런데 선생님을 만나고 온 후에는 기분이 아주 좋아져 있던데요."

"그가 뭘 어떻게 해보자고 말했습니까?"

"그런 얘기는 없었습니다."

"혹시 돈을 요구하지는 않았습니까?"

"무슨 소리를! 그런 일은 없었소."

"그렇다면 그에게 다른 어떤 목표가 있는 것 같은 느낌은 못 받았습니까?"

"그가 처음에 말한 것 외에는 특별한 게 없습니다."

"그에게 우리가 전화로 약속을 했다고 말했습니까."

"당연하죠."

홈즈는 잠시 생각에 잠겼습니다. 뭔가 당황스러워 하는 것 같았습니다.

"수집품 중 값이 좀 나가는 것들이 있습니까?"

"그런 것은 없습니다. 나는 가난한 사람이오. 내 수집품들이 특별하긴 하지만 값나가는 것들은 아니랍니다."

"도둑이 들어올까 걱정이 되진 않으셨나요?"

"전혀 그런 것은."

"이 집에서는 몇 년째 살고 계십니까?"

"한 오 년 정도 됐어요."

갑자기 다급하게 들려오는 노크 소리로 인해 홈즈의 질문은 멈추었습니다. 노인이 문을 열자 미국인 변호사는 상기된 얼굴로 뛰어 들어왔습니다.

"찾았습니다!"

그는 신문을 높이 흔들면서 외쳤습니다.

"다들 여기에 계실 줄 알았습니다. 네이선 개리뎁 씨 축하합니다. 부자가 되셨네요. 일이 술술 풀렸습니다. 그리고 홈즈 선생, 괜한 부탁으로 시간만 빼앗은 것에 대해 미안하게 생각합니다."

미국인 변호사는 노인에게 신문을 건네주었습니다. 그러자 노인은 표시를 해놓은 광고를 뚫어지게 보았습니다. 홈즈와 나는 그의 어깨 너머로 그 신문의 광고란을 들여다보았습니다. 그 내용은 이러했습니다.

———————————

하워드 개리뎁

농기구 제조인

단 묶는 기계, 수확기, 증기 및 수동 쟁기 plow, 조파기, 써레, 농업용 손수레, 사륜 짐마차, 기타 농기구 일체.

자분정(自噴井. 펌프를 쓰지 않고 지하수가 솟아오르는 우물로, 분수우물이라고도 한다. -옮긴이) 전문

문의는 애스턴, 그로스브너 빌딩으로

———————————

"이거 정말 잘 됐군요."

노인은 숨 넘어 가는 듯한 목소리로 말했습니다.

"드디어 세 번째 사람을 찾았습니다."

"나는 버밍엄 쪽에서 찾고 있었거든요."

미국인이 말했습니다.

"그런데 내 대리인이 지역 신문에 실린 이 광고를 보고 나에게 보내준 겁니다. 우리 이제는 서둘러서 일을 끝내야 됩니다. 내가 이 사람에게 편지를 보냈는데 내일 오후 네 시경 노인께서 그 사람 사무실로 찾아갈 거라고 적었습니다."

"나한테 그 사람을 만나라는 건가요?"

"홈즈 선생, 이 점에 대해 어떻게 생각하십니까? 그렇게 하는 게 좋지 않을까요? 사실 나라는 사람은 남들이 쉽게 믿기지 않는 얘기를 하고 다니는 이방인이라고 볼 수도 있습니다. 사람들이 과연 내가 하는 말을 쉽게 믿겠습니까? 네이선 개리뎁 씨는 신원이 분명한 영국인이니까 어르신께서 하는 말에 믿음이 갈 겁니다. 원하신다면 물론 같이 가겠습니다만 저는 내일 아주 바쁘거든요. 하지만 무슨 문제가 생긴다면 언제든지 뒤따라갈 것입니다."

"글쎄요. 나는 한동안 그렇게 먼 곳까지 여행을 해본 적이 없습니다."

"뭐 그리 어려운 일은 아닙니다. 제가 차편은 알아 놓았습니다. 열두 시에 출발하면 두 시 조금 넘어서 그곳에 도착할 것입니다. 그리고 그날 돌아올 수 있습니다. 그 사람을 만나서 자세한 얘기를 들려주고 본인이 맞다는 진술서를 한 장 받아오기만 하면 됩니다. 이거 보세요."

그는 아주 열정적으로 말을 이어갔습니다.

"내가 미국 중부에서부터 여기까지 온 것을 생각하면 일을 성사시키기 위해 백오십 킬로미터 가는 것은 그렇게 대단한 일이 아닙니다."

"그렇네요. 나는 이분의 말이 아주 합당하다고 생각합니다."

홈즈가 말했습니다.

그러자 네이선 개리뎁은 마치 뭔가를 인정하는 듯한 표정을 보이며 어깨를 들썩였습니다.

"뭐 다들 그렇게 말하니 가긴 가야겠네요. 당신이 내 인생을 환하게 밝혀주는 것을 생각하면 나야 당신의 어떤 부탁이든 들어주어야겠지요."

"그렇다면 결정된 겁니다. 그리고 저에게도 결과는 반드시 알려 주실 거지요?"

홈즈가 말했습니다.

"그렇게 하지요."

미국인은 말했습니다. 그리고 그는 시계를 보면서 덧붙였습니다.

"저는 지금 좀 가봐야 할 것 같습니다. 네이선 씨, 저는 내일 다시 오겠습니다. 버밍엄 가실 때 배웅을 해드리겠습니다. 홈즈 선생, 같이 가시겠습니까? 그럼 안녕히 계십시오. 내일 밤까지는 좋은 소식을 전해드릴 수 있을 것 같습니다."

미국인이 방을 나가자 홈즈의 얼굴은 아주 밝아졌으며, 생각에 잠긴 고민스러운 표정은 찾아볼 수 없었습니다.

"개리뎁 씨, 귀하의 소장품을 한 번 돌아보고 싶습니다. 저는 직업적으로 잡학다식해야 하거든요. 이곳은 그런 지식의 창고나 다름없습니다."

노인의 얼굴은 기쁨으로 가득 찼고, 두 눈은 커다란 안경 너머에서 반짝거렸습니다.

"나는 선생님이 아주 지적인 분이라는 말을 많이 들었습니다. 시간만 괜찮다면 지금 당장 보여드릴까요?"

"어쩌죠. 지금은 시간이 없습니다. 하지만 여기에 있는 표본들은 하나같이 꼬리표가 붙어 있는데다 분류가 잘 되어 있는 만큼 일일이 설명을 듣지 않아도 될 것 같은데요. 괜찮으시다면 내일 와서 한 번 둘러보고 싶은데 허락해 주시겠습니까?"

"별말씀을 다 하십니다. 선생님이라면 언제나 환영입니다. 물론 이 방은 잠겨 있지만 열쇠를 가진 손더스 부인이 네 시까지 지하실에 있으니 선생님을 들여보내줄 것입니다."

"네, 마침 저도 내일 오후에 시간이 됩니다. 개리뎁 씨가 손더스 부인에게 미리 말씀해 놓으시면 다른 문제는 없겠지요. 한데 이 집을 소개한 부동산은 어디에 있습니까?"

노인은 갑작스러운 홈즈의 질문에 놀란 듯했습니다.

"에지웨어로의 홀로웨이 앤 스틸 부동산이지요. 무슨 일로?"

홈즈는 소리 내어 웃으면서 말했습니다.

"이 집의 건축 양식이 퀸앤인지 조지 양식인지 궁금해서 그랬습니다."

"이건 당연히 조지 양식이지요."

"그렇습니까? 제가 좀 앞당겨서 생각했나 봅니다. 그런데 바로 확인이 됐네요. 개리뎁 씨, 그럼 안녕히 계십시오. 버밍엄에서 일이 잘 되기만을 빌겠습니다."

노인이 말한 부동산은 그 집 근처에 있었지만 찾아갔더니 그날은 휴점이었습니다. 우리는 베이커가로 돌아와 홈즈는 저녁 식사를 마친 후에야 다시 그 일에 대한 말을 했습니다.

"시시한 사건이 마무리되어 가는군. 자네도 이미 정답을 알고 있겠지? "

"나는 아직도 뭐가 뭔지 모르겠는데."

"절반은 답이 나왔고 나머지 절반은 내일이면 다 드러나겠지. 자네는 그 광고에서 뭔가 이상한 점을 발견하지 못했나?"

"쟁기 Plough라는 단어의 철자가 틀렸던데."

"오! 자네가 그걸 발견했다는 거야? 왓슨, 대단한데. 자네는 나날이 발전하고 있어. 맞아. 영국식 영어에서는 쟁기가 'Plough'이지만, 미국식 영어로는 'plow'가 맞거든. 신문사에서는 광고주가 보낸 원문 그대로 실었겠지. 그리고 말이야. 사륜마차는 주로 미국에서 쓰는 농기구거든. 게다가 자분정은 영국보다는 미국에서 더 많이 쓰거든. 그건 한 마디로 아주 전형적인 미국식 광고였는데 이름은 영국 회사를 내세웠지. 그 점에 대해서는 자네는 어떻게 보나?"

"미국인 변호사가 낸 광고인 거지 뭐. 그런데 뭐 때문에 그런 짓을 했는지 모르겠군."

"그래, 그건 여러 가지로 추론해 볼 수 있거든. 그 미국인은 때 묻지 않은 노인을 버밍엄으로 보내고 싶은 거지. 이것은 명백한 사실이야. 네이선 개리뎁 씨에게 버밍엄에 가야 헛수고라고 말해 주고 싶었지만 한편으로는 노인이 무대를 비워주는 것이 오히려 나을 것 같단 말이야. 왓슨, 내일이야. 내일이면 모든 것이 밝혀질 걸세."

이튿날 홈즈는 일찍 일어나서 밖으로 나갔습니다. 점심 때가 되어서야 돌아왔는데 표정이 좀 무거워보였습니다.

"왓슨, 내가 시시한 사건이라고 했는데, 이게 의외로 중요한 사건이야. 자네에게 사실 그대로 알려주는 것이 당연한 일이지만 자네는 얘기를 들으면 자네의 정의로움에 불타서 위험한 행동도 할 거란 말이야. 나는 내 친구 왓슨이라는 사람이 어떤 사람인지 잘 알고 있거든. 이 사건에는 위험이 도사리고 있다는 것을 명심해야 돼."

"홈즈, 우리가 위험한 사건에 뛰어든 게 이번이 처음은 아니잖아. 나는 사실 앞으로도 그런 일들이 있길 바라는데. 이번에는 또 어떤 위험이 도사리고 있을까?"

"우리가 아주 만만찮은 상대를 만났어. 내가 변호사 존 개리뎁의 정체를 알아냈어. 그 인간이 누구냐면 그 악명 높은 살인마 에버슨이야."

"처음 듣는 얘기인데."

"자네 같은 의사선생이 뉴게이트 감옥의 공판 일정표를 외울 필요는 없을 테니까. 나는 친구 레스트레이드를 만나러 경찰청에 갔었지. 그쪽 사람들은 상상력과 직관은 좀 부족할지는 몰라도 세상살이는 아주 빈틈없이 질서정연하게 살거든. 경찰 기록을 이용하면 그 미국인의 꼬리를 잡을 수 있을 거라고 판단했지. 역시 내 생각이 맞았던 거야. 그 미국인 변호사가 악당들의 초상화가 걸린 복도의 벽에서 살찐 얼굴로 나를 보며 웃고 있더군. 그 밑에 이렇게 적혀 있었지. '제임스 윈터, 일면 모어크로프트, 일명 살인마 에번스' 군."

홈즈는 주머니에서 봉투를 꺼냈습니다.

"내가 그의 이력 중 몇 가지를 적어 왔어. '나이 44세. 시카고 출생. 미국에서 세 명을 살해함. 정치적 영향력을 이용해 교도소 출소. 1893년 런던에 도착. 1895년 1월, 워털루로의 한 나이트클럽에서 카드 게임 중 싸움이 벌어져 한 남자가 총에 피살. 죽은 사람이 소란 중 먼저 공격한 것으로 판명됨. 피살자는 시카고에서 사기꾼이자 화폐 위조범으로 유명한 로저 프레스콧으로 확인됨. 살인광 에번스는 1901년 석방. 그 후 경찰의 감시를 받고 있지만 아직 범죄에 연루된 기미는 없음. 늘 무기를 소지하고 다니며 그것을 언제든지 사용할 수 있는 매우 위험한 인물.' 왓슨, 우리가 상대하는 자가 바로 이런 놈이라고. 막강한 상대라는 것을 자네도 인정해야 돼."

"그런데 놈은 지금 어떤 음모를 꾸미고 있는 건가?"

"글쎄, 그거야 저절로 밝혀지겠지. 나는 그 부동산에 갔었네. 노인은 자신이 말한 대로 5년 동안 그 집에서 살았더군. 그가 살기 전에 1년 간 집이 비어 있었다네. 그 전에 살고 있던 사람은 월드런이라는 무직자였다고 하더라고. 부동산 사람들은 월드런의 인상착의를 정확하게 기억하고 있었어. 그런데 어느 날 아침 갑자기 월드런이 사라졌다는 거야. 그는 키가 크고 턱수염을 기른 음침한 남자였어. 그런데 살인광 에번스가 총으로 쏘아 죽인 프레스콧이라는 사람도 런던 경찰 말에 의하면 턱수염을 기른 음침한 남자였다더군. 결과적으로 미국인 범죄자 프레스콧은 세상 물정을 모르는 우리의 의뢰인인 그 노인이 현재 박물관처럼 활용하고 있는 바로 그 방에서 살았던 셈이지. 이쯤 되고 보니 연결고리가 보이는 거야."

"그럼 다음 고리는 뭐지?"

"글쎄 말이야. 그거야 지금 가서 찾아봐야지."

홈즈는 서랍에서 리볼버를 꺼내 나에게 건넸습니다.

"나는 평소 사용하던 걸 가져 갈 거야. 서부에서 온 그 놈이 살인광이라는 별명에 걸맞게 행동하려고 들지 모르니까 우리도 준비는 해야지. 왓슨, 낮잠을 한 시간 정도 자는 게 좋겠다. 일어나면 라이더가로 모험을 하러 가야 하는 시간이 될 거야."

우리가 네이선 개리뎁의 의문스러운 방에 도착한 것은 네 시쯤이었습니다. 관리인 손더스 부인은 막 퇴근을 하려는 중이었습니다. 그녀는 우리를 보더니 안으로 들여보내 주었습니다. 문은 열쇠가 없어도 잠글 수 있는 것이었고, 홈즈는 갈 때에 문단속을 잘 하겠다고 약속했습니다. 현관문이 닫힌 후 부인의 모자가 창문 앞으로 지나가는 것이 보였습니다. 이 집 1층에는 우리 두 사람뿐이었습니다. 홈즈는 빠르게 방 안을 훑어 보더군요. 어두운 방 구석에 놓인 벽장이 벽에서 조금 떨어진 곳에 있었습니다. 우리는 그 뒤로 들어가 숨었으며, 홈즈는 아주 낮은 목소리로 자신의 계획을 말했습니다.

"에번스는 순진한 노인을 집 밖으로 유인하고 싶었던

거야. 집 주인이 외출을 하지 않으니까 밖으로 내보내려면 뭔가 계획이 필요했겠지. 그놈이 꾸민 개리뎁 이야기에는 또 다른 목적이 없는 것이 분명하다고. 왓슨, 수집광 노인의 이상한 성씨가 놈에게는 예기치 못한 기회가 되어 주었지만 그래도 놈의 수법에는 나름대로 독창성이 있다고. 놈은 정말이지 별난 수법으로 음모를 꾸민 거야."

"한데 놈이 정말 원하는 건 뭘까?"

"조금만 기다려 봐. 이젠 그걸 알게 될 거야. 내가 보기에는 노인과는 전혀 상관없는 것이 아닐까 싶은데. 아마도 에번스에 의해 죽은 이전 세입자와 관련된 어떤 것이 아닐까? 죽은 사람은 놈의 동업자였을지도 모른다고. 그 방에는 뭔가 귀중한 것이 있을지도 몰라. 죽은 사람은 모르지만 놈에게는 아주 중요한 가치가 있는 것이 있는지도 모르지. 하지만 어두운 과거를 지닌 로저 프레스콧이 이 방에서 살았다는 것은 전혀 다른 이유가 있다는 것을 암시하기도 하지. 이제 인내심을 갖고 기다리면서 앞으로 어떤 일이 벌어지는지 지켜 보세."

우리는 오래 기다릴 필요가 없었습니다. 현관문 여닫는 소리가 들려왔고 우리 두 사람은 그늘 속에서 몸을 잔뜩 웅크리고 있었습니다. 잠시 후 열쇠 돌아가는 금속성 소리가 들리고 놈이 방 안으로 들어왔습니다. 그는 소리를 죽여 가며 문을 닫더니 날카로운 눈으로 별 문제는 없는지 방 안을 둘러 보았습니다. 이어서 재킷을 벗더니 무슨 일을 어떻게 해야 하는지 잘 알고 있는 사람처럼 빠른 몸놀림으로 중앙의 탁자를 향해 걸어갔습니다. 그리고 탁자를 한 옆으로 밀어낸 다음 그 밑에 깔려 있는 정사각형의 카펫을 떼어서 대충 말아놓고 나서 안주머니에서 지렛대를 꺼내들었습니다. 마루에 무릎을 꿇고 앉아서 열심히 뭔가에 몰두하더니 바닥의 나무가 움직이는 듯한 소리가 들려왔고 이어서 마룻바닥에 네모난 구멍이 나타났습니다. 놈은 성냥불을 켜서 초에 불을 붙인 후 구멍 속으로 들어 갔습니다 .

드디어 때가 다가왔습니다. 홈즈는 내 손목을 쳐서 신호를 보냈고, 우리는 약속한 듯이 뻥 뚫린 곳을 향해 조심스럽게 걸어갔습니다. 소리를 내지 않으려고 무던히도 애를 썼지만 낡은 마루라서인지 발 밑에서는 삐걱거리는 소리가 났고, 순간 에번스는 고개를 들고 불안한 듯 주위를 살폈습니다. 그리고는 갑자기 구멍 속에서 몸을 일으켜 세웠습니다. 놈은 우리를 보더니 일을 방해받은 자의 분노 같은 표정으로 변했습니다. 하지만 권총 두 개가 자신의 머리를 향하고 있다는 것을 알자 표정은 부드럽게 변하면서 어색한 미소까지 보였습니다.

"이게 누구야."

에번스는 마루 위로 기어오르면서 침착하게 말했습니다.

"내 속셈을 훤히 들여다보았으면서도 속아 넘어 가는 척하셨군. 대단하군, 홈즈 선생. 이걸 넘겨줄 테니 날 도망치게……."

그 순간 에번스는 리볼버를 꺼내서 두 발을 쏘았습니다. 달아오른 다리미를 허벅지에 올려 놓은 것처럼 옷이 타는 듯한 느낌이 들었습니다. 홈즈는 놈의 머리를 향해 권총을 휘둘렀습니다. 놈은 피를 흘리면서 나뒹굴었고 홈즈는 무기를 찾으려는 듯 놈의 몸을 뒤지는 듯한 광경이 희미하게 보였습니다. 그리고 나서 홈즈는 억센 팔로 나를 부축하여 의자로 데려가 앉혔습니다.

"왓슨, 자네 다친 거야? 제발 괜찮다고 말해 줘."

냉정함으로 포장된 그의 외면에 가리워진 성실함과 깊은 애정을 알기 위해서라면 한 번쯤은 다쳐보는 것도 괜찮다는 기분이 드는 순간이었습니다. 아니 여러 번 다쳐도 좋을 거라는 생각도 들었습니다. 맑고 강한 그의 눈이 희미해지는 듯하더니 꼭 다문 입술이 떨리는 것 같았습니다. 나는 그때 단 한 번 그의 뛰어난 두뇌만이 아니라 위대한 마음을 읽을 수 있었습니다. 오랜 세월 동안 변함 없이 지속된 나의 희생이 그 순간 최고의 영예를 입는 것이었습니다.

"홈즈, 괜찮아. 조금 긁혔을 뿐이라고."

그는 재빠르게 주머니칼로 나의 바지를 찢었습니다.

"그렇군."

홈즈는 안도의 숨을 내쉬면서 말했습니다.

"다행히 총알이 스치고 지나갔네."

홈즈는 마치 돌처럼 딱딱하게 굳은 얼굴을 하고 일어나 앉아 있는 놈을 내려다보았습니다.

"이쯤하기가 네 놈을 위해서도 감사한 일이야. 네놈이 왓슨을 죽였더라면 넌 이 방에서 살아 나가지 못했을 거야. 이 악마 같은 놈아, 지금 이 상황에 대해 어떻게 설명할 건가?"

에번스는 할 말이 없었습니다. 그는 인상을 쓰고 앉아 있을 뿐이었습니다. 나는 홈즈의 팔에 매달려서 구멍난 바닥을 통해 작은 지하실을 내려다보았습니다. 놈이 켜 놓은 촛불은 지하실을 환하게 밝혀주고 있었습니다. 녹

이 슨 기계, 커다란 종이 뭉치, 여기저기 흩어져 있는 병들, 그리고 작은 탁자 위로 차곡차곡 쌓여 있는 작은 종이 다발이 눈에 들어왔습니다.

"인쇄기잖아. 역시 지폐 위조범 장비군."

홈즈가 말했습니다.

"잘 보시는군."

놈은 말하면서 비틀거리다가 다시 주저앉아버렸습니다.

"런던 최고의 지폐 위조 장비지. 프레스콧이 사용하던 기계인데 탁자 위에 놓인 돈 다발은 프레스콧이 만든 백 파운드짜리 지폐 이천 장이지. 어디서든지 안심하고 쓸 수 있는 돈이거든. 당신들이 그 돈 다발을 다 가져가. 우리는 협상을 하는 거야. 대신 날 도망치게 풀어주면 되는 거야."

홈즈는 소리 내어 웃었습니다.

"에번스, 우린 그런 불법은 자행하지 않거든. 이 나라에 너 같은 놈이 피할 곳은 없어. 네가 프레스콧을 쏘았던 거지."

"그렇다. 그래서 5년을 살았어. 시비를 먼저 걸어온 것은 그 녀석이었는데도 말이지. 나는 수프 접시만큼 큰 메달을 받는 대신 5년형을 살았다고. 눈으로는 프레스콧이 위조한 지폐와 영국은행이 발행한 지폐를 구분할 수가 없어. 내가 만일 그 녀석을 안 죽였으면 런던 시내에는 그가 찍어낸 위조 지폐가 홍수를 이루었겠지. 그 녀석이 어디서 돈을 찍어내는지 아는 사람은 이 세상에 유일하게 나 한 사람뿐이었어. 그런데 내가 여기 오고 싶어 한 것이 뭐 그리 이상한 일인가? 보기 드문 성씨를 가진 그 정신 나간 곤충 채집가가 그것을 깔고 앉아 움직이지 않는 것을 보고 온갖 노력을 기울여 그 노인네를 밖으로 내보낸 게 뭐 잘못된 일인가? 그 노인네를 죽이는 게 현명한 일이었을지도 모르겠군. 그렇게 하는 게 훨씬 쉬웠거든. 하지만 난 마음이 약해서 총을 들지 않은 사람은 쏘지 않거든. 홈즈 선생, 말해 보시오. 과정이야 어찌 됐든 내가 뭘 잘못했다는 거지? 나는 저 기계를 사용한 적이 없잖아. 또 노인네를 해치지도 않았고. 나를 무슨 명목으로 고발할 거요?"

"그래 지금으로서는 살인 미수밖에 없겠지."

홈즈는 말했습니다.

"그건 우리가 상관할 일이 아니지. 다음 단계는 경찰에서 알아서 할 것이니까. 지금 우리는 네 놈 몸뚱이 하나면 되거든. 왓슨, 경찰청에 전화해. 그쪽에서도 어느 정도 예상은 하고 있겠지."

이상은 살인광 에번스와 그가 날조한 3인의 개리뎁에 대한 이야기였습니다. 친구와 나는 후에 그 가엾은 노인의 꿈이 산산 조각이 나자 그 충격으로 인해 쓰러졌다는 소식을 접했습니다. 공중누각이 부서지자 그 찌꺼기들에 의해 깔린 거나 다름없는 셈입니다. 끝으로 들려온 소식은 노인이 브릭스턴의 한 요양원에 있다는 소식이었습니다. 프레스콧의 장비를 찾아낸 것은 경찰청으로서는 정말 아주 다행스러운 일이지요. 경찰이 이 장비의 존재는 알고 있었지만 프레스콧이 죽은 후 소재를 파악할 수 없었던 것이었습니다. 그리고 보면 에번스는 아주 큰 공을 세운 셈이고, 그 덕에 수사과 요원들은 두 다리 뻗고 잘 수 있게 된 것입니다. 어찌 됐든 지폐 위조범은 가장 큰 공공의 적입니다. 형사들은 에번스 그놈이 말한 접시 수프만한 메달을 수여하는 데 만장일치했을 일이지만 그의 공을 몰라본 법정에서는 그를 좋게 보지 않아서 결국 놈은 빠져 나온 지 얼마 되지도 않아서 그 음지로 다시 되돌아갔답니다.

원숭이가 된 남자

SHERLOCK HOLMES
BEST

SHERLOCK HOLMES
원숭이가 된 남자

셜록 홈즈는 20년 전 내가 프레스버리 교수의 별난 사연을 공개해서 대학 사회를 혼란에 빠뜨리고 런던 학계를 뒤집어놓은 그 많은 소문을 매듭지어야 한다고 늘 강조했습니다. 그러나 그럴 수 없었던 것은 어떤 장애 요인이 있었기 때문입니다. 그래서 그 별난 사건에 대한 숨은 실상은 내 친구의 수많은 모험에 대한 기록을 보관하고 있는 양철 상자 속에서 잠자고 있었습니다. 하지만 우리는 홈즈가 은퇴하기 바로 전에 마지막으로 다룬 사건인 그 사건을 세상에 알려도 괜찮다는 허락을 받을 수 있었습니다. 물론 모든 이들 앞에 이 사건의 실체를 밝히는 데는 어느 정도 분별력과 신중함이 필요합니다.

1903년 9월 어느 일요일 초저녁 홈즈에게 간단한 메시지가 하나 도착했습니다.

문제되지 않는다면 바로 와주게. 아니 문제가 있더라도 와 주게.

– S.H

후기로 가면서 홈즈와 나 두 사람의 관계는 아주 특별해졌습니다. 홈즈는 본래 교과서처럼 정해진 그대로 사는 사람이었고, 나는 그의 여러 가지 습관 중 하나 같은 사람이었습니다. 나는 그의 바이올린이나 독한 담배, 낡은 검정 파이프, 서적, 그리고 그다지 중요하지 않은 것들과 비슷한 존재였습니다. 하지만 적극적인 활동은 물론이고 믿을 만하면서도 대담한 친구가 필요한 사건일수록 나의 역할은 더욱 확실했습니다. 그러나 그런 역할이 아니더라도 나는 꽤 쓸모 있는 사람이었습니다. 나는 홈즈의 정신을 예리하게 만들어주는 숫돌 같은 그런 존재였습니다. 나는 그에게 늘 자극제가 되어준 것입니다. 그는 종종 내 앞에서 자신이 갖고 있는 생각을 쏟아놓기를 즐겼습니다. 그런데 그것은 그가 나를 이해시키고자 하는 것은 아니었으며, 그의 얘기 중에는 그다지 중요하지 않은 것들도 많았습니다. 그런데도 이미 그가 그러한 습관에 길들여진 후로는 내가 친구의 말을 들어준 후 말참견을 하면 그조차도 어떤 형태로든 도움이 되었습니다. 내가 잘 정돈되고 무딘 사고로 그를 자극시킬 때, 그의 빛나는 직관과 인상은 더 빠르고 생생하게 타올랐습니다. 우리의 협력 관계에서 나의 별 수 없는 역할은 그러했습니다.

베이커 가에 도착하니 홈즈는 무릎을 끌어 올린 채 안락의자에 몸을 파묻고 입에는 파이프를 물고 있었는데, 이마는 주름이 잡히고 생각에 잠겨 있었습니다. 또 어떤 머리 아픈 사건과 씨름을 하고 있는 것이 확실했습니다. 그는 낡은 안락의자에 앉으라고 을 뿐 거의 반시간 동안 나에게 아는 척조차 하지 않았습니다. 그리고 갑자기 꿈에서 깨어난 듯 놀라는 모습을 하더니, 여느 때처럼 애매한 미소를 지으면서 내가 돌아온 것을 환영해 주었습니다.

"이봐 왓슨, 내가 멍청하게 있던 걸 이해해 주게. 사실 나는 24시간 전에 아주 재미있는 사건을 의뢰받았는데 그것이 일반적인 논문 주제거리가 되었다네. 탐정 활동에 작은 개를 이용하는 것과 관련하여 논문을 하나 써볼까 고민 중이야."

"홈즈, 그렇게 평범한 주제에 대해서는 이미 여러 차례 논문이 나오지 않았을까? 경찰견 블러드하운드 같은……."

"그렇지 않아, 왓슨. 그런 내용도 밝혀졌지만 그보다도 아주 미묘한 문제가 있거든. 자네는 그 사건을 예전의 너도밤나무집 사건과 연관시켜 생각해 볼 수도 있을 거야. 그때 나는 아이의 심리를 유심히 지켜보면서 겸손하고 사회적으로 존경받는 아이 아버지의 범죄적인 관행을 추리해 낼 수 있었던 거야."

"맞아, 그때 그 일은 나도 아주 생생하게 기억하고 있어."

"개에 대한 내 생각도 그것과 비슷한 거지. 개는 어느 집이든 그 집의 분위기를 대신 말해 주거든. 우울한 가정에서 신나게 뛰어노는 개를 본 적 있니? 반대로 즐거운 가정에서 슬프게 처져 있는 개를 본 적도 없지? 큰 소리를 자주 내는 집의 개는 자주 큰소리로 짖어대고, 위험한 사람들의 개 또한 위험하다고. 주인의 기분에 따라 개의 기분도 바뀌는 거지."

나는 고개를 살살 흔들었습니다.

"홈즈, 그건 좀 심한 거 같은데."

홈즈는 파이프에 담배를 꾹꾹 눌러 담더니 내 말은 귀 담아 듣지 않고 자리에 앉았습니다.

"내가 조금 전 한 말을 실제 상황에 적용하는 문제는 지금 진행 중인 사건과 아주 밀접한 관련이 있어. 정신없이 뒤엉킨 실뭉치 같은 그런 것인데 나는 그것을 풀 묘안을 찾고 있는 중이야. 한편으로 그 실마리는 이런 질문으로 이어지지. 프레스버리 교수 집의 울프하운드(여우, 곰, 늑대 등을 사냥할 때 쓰이는 큰 개.–옮긴이) 로이는 왜 주인을 물으려고 했는지?"

나는 약간 실망스러워져서 의자에 등을 기댔습니다. 그렇게 대수롭지도 않은 일로 일하는 나를 불러냈다는 생각이 들었습니다. 그는 나를 힐끗 쳐다보았습니다.

"영원한 친구야, 자네는 아주 하찮은 것들이 때로는 중대한 일을 좌지우지 한다는 걸 모르는구나. 자네도 캠퍼드 대학의 명성있는 생리학자 프레스버리 교수에 대해서 알고 있을 거야. 그저 성실하기만한 그 나이든 철학자가 친구처럼 키우던 충실한 울프하운드에게 공격을 당했다니 그거 좀 이상하지 않나? 자네는 그 일을 어떻게 보나?"

"개가 어디 아픈 거 아냐?"

"음, 그렇게 볼 수도 있지. 그런데 그 개는 다른 이들에게는 단 한 번도 달려든 적이 없었다는 거야. 왓슨, 재미있는 일이야. 정말 그렇다고 생각 안 해? 지금 초인종을 누른 사람이 베넷 씨라면 생각보다 너무 빨리 온 건데. 저 청년이 오기 전에 나는 자네하고 좀더 많은 대화를 나눌 참이었는데."

발자국 소리가 빠르게 계단을 올라오더니 급하게 문을 두드리는 소리가 났습니다. 홈즈의 새로운 의뢰인이 나타났습니다. 그는 서른 살 가량의 키 크고 잘 생긴 청년이었습니다. 차림새가 세련되었지만 행동은 사교에 익숙한 세속적인 인간의 여유보다는 공부만 한 사람의 순수함이 느껴졌습니다. 그는 홈즈와 악수를 하고 나서 조금은 놀란 눈으로 나를 바라보았습니다.

"선생님, 이건 아주 이상한 일입니다. 제가 개인적으로나 공적으로나 프레스버리 교수님을 대변하는 입장이라는 것을 감안해 주십시오. 다른 사람 앞에서 이런 얘기를 한다는 것이 옳은 일은 아닐 것입니다."

"베넷 씨, 걱정 마시오. 왓슨 박사는 입이 무거운 사람이오. 이 사건을 풀어가려면 나에게는 조수가 필요하거든요."

"그러면 선생님 편한 대로 하시지요. 선생님은 제가 신중할 수밖에 없다는 것을 이해해 주십시오."

"왓슨, 트레버 베넷 씨는 저명한 프레스버리 교수의 조수이고 그분과 한 집에서 살면서 교수의 외동딸과 약혼을 한 사이야. 이쯤 되면 자네도 상황이 어떻다는 것을 대충 이해할 수 있을 걸세. 베넷 씨, 우리는 당신이 교수에게 충성을 다해야 하는 사람이란 것을 잘 알고 있소. 그러나 이 특이한 사건을 풀기 위한 조치를 취하는 것은 아주 급하고 중요한 일이오."

"홈즈 선생님, 저도 그렇게 생각합니다. 저의 목적도 그렇구요. 그런데 왓슨 박사님도 지금 상황을 알고 계십니까?"

"그런 얘기를 할 시간이 없소."

"그렇다면 새로운 사건을 말하기 전에 사건의 배경에 대해 전반적으로 말씀을 드리는 게 좋겠군요."

"그 말은 내가 하겠소."

홈즈는 말했습니다.

"내가 사건을 제대로 알고 있다는 것을 보여주기 위해서라도 내가 하는 게 좋지 않겠소? 왓슨, 프레스버리 교수는 유럽 전역에서 이름이 난 분이야. 평생을 학문 연구에 쏟은 분이지. 그간 그 어떤 스캔들도 없었네. 부인을 먼저 떠나보내고 외동딸 에디스와 같이 살았어. 내가 알기로는 아주 남성답고 적극적인 분이야. 보기에 따라서는 도전적인 성격의 소유자이기도 하지. 불과 몇 달 전까지는 그랬다고. 하지만 프레스버리 교수의 생활에 아주 큰 변화가 생겼네. 나이가 예순하나인 그분이 친구인 해부학과 모피 교수의 딸과 약혼을 한 거야. 그런데 내가 듣기로는 노교수가 예의를 지켜가면서 구애를 하는 데 성공했기 때문이 아니라 아가씨 쪽에서 오히려 사랑을 불태웠기 때문이었던 거야. 세상 어디에도 그녀처럼 헌신적인 여자는 없을 걸세. 엘리스 모피 양은 육체적으로나 정신적으로 그야말로 완벽한 여자이기 때문에 교수가 반하고 만 거지. 그래도 프레스버리 교수의 가족들은 두 사람의 결혼을 찬성하지 않았다더군."

"맞습니다. 우리는 좀 심하다고 느꼈습니다."

베넷 씨가 거들었습니다.

"바로 그거야. 프레스버리 교수는 재산이 아주 많기 때문에 그 아가씨의 부친은 반대하지 않았다는군. 그러나 모피 양의 생각은 그녀의 아버지와는 보는 관점이 달랐지. 현실적인 면에서 보면 좀 어리석은 것처럼 보일지는 몰라도 더욱이 그녀를 좋아하는 남자들이 몇몇 있는데도 불구하고 아가씨는 교수를 이상할 정도로 좋아하는 것 같았어. 문제는 단 한 가지였지. 그 당시 작은 일이지만 정말 이상한 일들이 일어나면서 교수의 정상적인 생활에 갑자기 어두운 그림자가 찾아왔어. 교수는 안하던 행동을 보였지. 아무 말도 없이 집을 떠났다가 보름 만에 지친 모습으로 돌아왔거든. 평소에는 아주 솔직담백한 분이었지만 어디를 갔다 왔는지 아무 말도 하지 않는 거야. 그때 마침 여기 있는 베넷 씨에게 프라하에서 공부하는 친구로부터 편지 한 통이 왔어. 그 친구 편지에는 프라하에서 프레스버리 교수를 보고 대화는 나누지 못했지만 아주 즐거웠다는 내용을 보내온 거야. 그래서 가족들은 결국 교수가 어디를 다녀왔는지 알게 된 거야.

지금부터 하는 말이 핵심이네. 그때부터 교수에게 이상한 변화가 일어났어. 그는 아주 비밀 많은 엉큼한 사람으로 변했지. 정말 전혀 다른 사람이 된 것처럼 그의 품행에 알 수 없는 어두운 그림자가 내려앉은 듯한 분위기로 일관했던 거야. 물론 지적인 능력은 그대로였지만. 그러나 뭔가 이상하고, 뭔가 불길한 여운이 그에게서 느껴졌어. 효녀였던 딸은 아버지의 변한 모습을 예전처럼 돌려보려

MYSTERY
217
걸작선

고 무척 노력을 기울였지. 물론 자네였다 하더라도 마찬 가지였겠지. 하지만 다 부질없는 짓이었다고. 자, 베넷 씨. 지금부터는 자네가 편지에서 밝힌 사건에 대해 얘기해 주시오."

"왓슨 박사님, 먼저 교수님은 저에게는 비밀이 없는 분 이라는 사실을 아셔야 합니다. 설령 제가 교수님의 아들 이나 동생이었다 하더라도 사생활을 그렇게 속속들이 알 수는 없었을 겁니다. 저는 비서의 입장에서 그분에게로 오는 우편물을 다 뜯어보고 분류하거든요. 그런데 교수 님이 프라하에 갔다 온 후 모든 게 바뀌었습니다. 그분은 저에게 우표 아래에 십자 표시가 되어 있는 편지가 런던 에서 올 것인데 그런 편지는 자신이 직접 뜯어볼 것이니 별도로 모아두라고 했습니다. 실제로 그런 편지를 받았 는데 런던 동부 중구의 소인이 찍혀 있었으며, 주소는 못 배운 사람의 글씨로 적혀 있었습니다. 교수님이 답장을 했는지 모르겠지만 저에게 대필을 시키거나 우편물 통에 답장을 넣어둔 적은 없었습니다."

"그리고 그 상자 얘기도."

홈즈가 말했습니다.

"아, 네, 상자요. 교수님이 여행에서 돌아올 때 작은 나무 상자를 하나 가져오셨어요. 유럽에 다녀왔다는 표시가 나는 물건은 그 상자뿐이었지요. 주로 독일에서 생산되는 고풍스러운 조각이 새겨진 상자였습니다. 교수님은 그것을 기구를 넣어놓는 진열장에 보관했습니다. 저는 어느 날 배액관(排液管)을 찾다가 그 상자를 만지게 되었는데, 교수님이 너무 화를 내서 깜짝 놀랐습니다. 교수님이 저의 그저 단순한 호기심에 비해 너무 심하게 나무라시더군요. 그런 일은 처음이었으니 저로서는 마음이 많이 상했습니다. 그래서 제가 의도적으로 그 상자를 건드린 것은 아니라고 말씀드리려고 했지만 그날 저녁 내내 교수님의 무서운 눈길을 보고서는 그 일로 인해 화가 풀리지 않았다는 것을 느꼈습니다."

베넷 씨는 작은 노트를 꺼냈습니다.

"아마 7월 2일이었을 겁니다."

"베넷 씨는 정말 소중한 증인이오."

홈즈가 말했습니다.

"자네가 기록해 놓은 날짜는 아주 중요한 역할을 할 것 같네."

"저는 저명한 교수님들에게서 다양한 것을 배웠습니다. 그중 하나가 질서입니다. 저는 교수님의 행동에서 비정상적인 요인들을 발견하면서 그 순간부터 그분을 연구 대상으로 삼아야 한다고 생각했지요. 그래서 7월 2일, 로이가 서재에서 나온 교수님을 공격한 그날부터 이렇게 기록을 하기 시작했습니다. 7월 11일에 그런 일이 벌어졌으며, 7월 20일에도 같은 사건이 발생했습니다. 여기를 보시면 알겁니다. 어쩔 수 없이 우리는 로이를 마구간으로 쫓아냈습니다. 본래 아주 사랑스럽고 주인을 잘 따르는 개였지요. 어휴 제가 선생님을 좀 지루하게 해드렸나 봅니다."

베넷 씨는 조금은 서운한 듯한 투로 말했는데, 홈즈가 제대로 들어주지 않는 것처럼 느껴졌기 때문이었을 겁니다.

홈즈는 표정이 굳은 얼굴로 천장을 쳐다보고 있었습니다. 그러다 자각을 한 듯 본래의 상태로 돌아왔습니다.

"정말 특이한 일이오. 아주 특이한 일이라니까!"

홈즈는 혼잣말로 중얼거렸습니다.

"베넷 씨, 그런 일이 있었는 줄은 전혀 몰랐소. 이제 사건의 배경에 대해서는 이 정도면 충분히 이해된 것 같은데. 그렇지 않소? 새로운 사건이 발생했다고 했는데 그 얘기 좀 해보시오."

어떤 불쾌한 기억 때문인지 청년의 솔직하고 명랑했던 얼굴이 어둡게 변했습니다.

"새로운 사건은 엊그제 밤에 일어났습니다. 새벽 두 시경 잠이 안 와서 눈을 뜨고 있었는데 복도에서 작게 소리가 들려왔지요. 그래서 저는 방문을 열고 밖을 내다보았는데. 참 먼저 교수님 침실이 복도의 끝에 있다는 얘기를 해야……."

"날짜가……?"

홈즈가 물었습니다. 청년은 홈즈가 수시로 끼어들자 불편해 하는 듯한 기색이 역력했습니다.

"선생님, 제가 엊그제라고 말씀드렸습니다. 다시 말하면 9월 4일입니다."

홈즈는 고개를 끄덕이면서 살짝 웃었습니다.

"미안하오. 계속하시오."

"교수님의 침실은 복도의 맨 끝에 있으므로 계단을 내려가려면 제 방 앞을 지나가야 합니다. 홈즈 선생님, 정말이지 그것은 끔찍한 장면이었습니다. 다른 사람에 비해 겁이 없는 저도 그 모습을 보고서는 몸이 떨렸습니다. 복도는 컴컴했는데 검은 물체가 몸을 웅크리고 복도를 걸어오는 것이 보였습니다. 중간에 있는 창문을 통해 불빛

MYSTERY 221
검은선

이 안으로 들어왔습니다. 바로 교수님이었습니다. 홈즈 선생님, 그런데 교수님은 기어오고 있었습니다. 기어서요. 무릎을 바닥에 대고 기는 게 아니라 두 손과 발을 땅에 짚고 고개는 숙인 채로 말입니다. 그런데 동작은 매우 민첩하더군요. 저는 온몸이 마비된 사람처럼 멍하니 보고 있었습니다. 제 앞으로 교수님이 왔을 때 저는 용기를 내어 앞으로 나섰습니다. 그리고 저는 무엇을 도와드려야 하느냐고 물었습니다. 그런데 대답이 정말 특이하더군요. 교수님은 벌떡 일어나서 저에게 안 좋은 말을 내뱉듯이 하더니 바쁜 걸음으로 계단을 내려갔습니다. 그때부터 저는 한 시간 가량을 기다렸지만 교수님은 돌아오지 않았습니다. 날이 밝은 후에야 교수님은 방으로 들어간 것이 확실합니다."

"음, 왓슨. 자네는 어떻게 생각하나?"

홈즈는 보기 드문 표본을 밝힌 병리학자 같은 식으로 물었습니다.

"아마 요통 때문이었을 걸세. 내가 알고 있는 한 남자는 통증이 너무 심해져 그런 식으로 걷고 있는데 요통은 사람 성격을 망쳐놓을 정도로 안 좋은 병이지."

"왓슨, 대단하네. 자네는 늘 우리가 발을 땅에 단단하게 붙이도록 해주고 있어. 그러나 요통이란 진단은 쉽게 받아들이기 어렵지. 교수는 곧장 일어날 수 있었잖아."

"네. 교수님의 건강은 아주 좋으시거든요."

베넷이 말했습니다.

"저는 오랫동안 교수님과 가까이 지냈는데 제가 보기에는 그 어느 때보다도 교수님의 건강은 좋으십니다. 홈즈 선생님, 그런데 일이 발생한 겁니다. 이것을 경찰에 밝힐 사안은 아니지만 대체 어떻게 해야 할지 난감했으며 막연히 불길한 징조도 느껴졌습니다. 프레스버리 양도 저처럼 그냥 지켜보고만 있을 수 없다는 입장입니다."

"이건 참으로 별나고도 도발적인 사건이오. 왓슨, 자네 생각은 어때?"

"의사 입장에서 말하면 그는 정신과에 가보아야 하지 않을까 싶네. 연애 감정에 의해 노인의 대뇌 활동에 어떤 문제가 생긴 것 같군. 그 양반은 스스로 열정을 가라앉히고자 외국 여행을 했을 거야. 편지와 상자는 사적인 거래와 관련된 것이겠지. 아마도 공채나 증권 같은 것을 보관하고 있겠지."

"그렇다면 개가 그런 거래를 반대하는 입장이었나 보군. 아니야, 그건. 왓슨, 이 사건 속에는 뭔가 더 특별한 사연이 있어. 적어도 내가 보기에는 그래."

홈즈의 생각이 어떤 것인지 들어볼 여유도 없이 그 순간 갑자기 방문이 열리면서 젊은 여자가 들어왔습니다. 그녀가 나타나자 베넷 씨는 놀라서 벌떡 일어나면서 그녀가 내민 손을 잡으려고 두 팔을 벌리고 움직였습니다.

"에디스! 무슨 일 있어?"

"당신하고 같이 있어야 할 것 같아서요. 트레버, 저는 정말이지 너무 무섭다고요. 집에 혼자 있는 것이 두렵고 끔찍해요."

"홈즈 선생님, 제가 말한 숙녀가 바로 이 사람입니다. 저의 약혼녀이지요."

"왓슨, 사건의 결말이 더욱 가까워지고 있어. 안 그런가?"

홈즈는 웃으며 말했습니다.

"프레스버리 양, 또 어떤 일이 생긴 거지요? 그래서 그걸 알려주려고 오셨지요?"

여자는 전형적인 영국 숙녀의 분위기를 풍기는 똑똑하고 예쁜 그런 처녀였습니다. 그녀는 베넷 씨 옆에 앉은 후 홈즈를 향해 눈인사를 했습니다.

"호텔로 갔는데 베넷 씨가 없어서 이리로 오면 만날 거라고 생각했어요. 저도 선생님께 부탁을 할 거라는 말은 들었습니다. 홈즈 선생님, 우리 불쌍한 아버지를 제발 도와주십시오."

"프레스버리 양, 희망은 있지만 아직은 정확한 답을 찾진 못했어요. 아마도 아가씨가 하는 말이 새로운 돌파구를 찾는 데 도움이 될 것 같군요."

"홈즈 선생님, 어젯밤 일이었어요. 아버지는 온종일 이상하게 보였습니다. 제가 보기에는 마치 치매 같은 기억 상실증에 걸린 듯한 모습이었어요. 아버지는 이상한 꿈을 꾸고 있는 것처럼 보입니다. 어제가 그랬어요. 지금의 아버지 모습은 저와 함께 살던 예전의 아버지 모습이 아니랍니다. 껍데기만 아버지일 뿐 실제로는 아버지가 아닌 것 같아요."

"어제 무슨 일이 있었나요?"

"밤중에 개가 마구 짖는 소리를 듣고 잠에서 깨었습니다. 불쌍한 로이는 마구간 근처에 묶여 있거든요. 저는 늘 방문을 잠그고 잔답니다. 그런데 뭔가 안 좋은 일이 생길 것만 같은 그런 예감이 드는데 저만 그런 것이 아니었어요. 제 방은 2층에 있거든요. 어제는 커튼을 내리지 않았었는데 밖에는 달이 아주 밝았습니다. 침대에 누운 채 사정없이 개가 짖어대는 소리를 들으면서 달빛이 들어오는 네모난 창문을 쳐다보고 있었습니다. 어머나, 그런데 그 때 창가에 아버지의 얼굴이 보이더니 방 안을 들여다보시는 것 아니겠어요? 홈즈 선생님, 저는 너무 놀라고 무서워서 기절하는 줄 알았어요. 아버지는 유리창에 얼굴을 밀착시키고 창문을 들어 올리려는 것처럼 한 손을 올리고 있었어요. 그 창문을 미리 잠가놓지 않았더라면 저는 아마 미쳐버렸을 겁니다. 선생님, 그건 헛것을 본 그런 게 아니랍니다. 그렇게 생각하신다면 큰 실수입니다. 이십여 초 정도 저는 정신을 잃은 채 누워서 멍하니 바라보았던 것 같아요. 잠시 후 아버지는 보이지 않았지만 저는 움직일 수가 없었어요. 침대에서 일어나 아버지를 뒤쫓아갈 수가 없었어요. 아침까지 침대에 누워서 떨고만 있었답니다. 아침 식사시간에 식탁에서 본 아버지는 그저 날카롭고 무서운 눈으로 저를 쳐다볼 뿐 밤에 있었던 일에 대해서는 전혀 말이 없더군요. 물론 저도 아무 말도 하지 않았습니다. 그냥 핑계를 대고 런던에 다녀오겠다고 했고……, 이리로 오게 된 겁니다.”

홈즈는 프레스버리 양의 말에 아주 놀라워했습니다.

“프레스버리 양 방이 2층에 있다고 했지요. 그러면 정원에 긴 사다리가 있나요?"

"없어요, 홈즈 선생님. 저도 믿어지지 않는 게 바로 그것입니다. 제 방 창으로 아버지가 올라올 수 있는 방법은 없거든요. 그런데 진짜 아버지는 거기 계셨어요."

"그러면 날짜가 9월 5일이군요. 문제는 더 복잡해지는군요."

홈즈가 말했습니다.

그러자 숙녀가 무척 놀란 표정을 지었습니다.

"선생님이 날짜를 말한 것이 벌써 두 번째입니다. 날짜와 사건이 어떤 관계가 있는 건가요?"

베넷이 물었습니다.

"그럴 수도 있지요. 아니 그럴 가능성이 아주 높습니다. 그러나 아직은 뒷받침할 만한 자료가 충분하지 않습니다."

"선생님 혹시 광기와 달의 삭망(朔望. 음력 초 하루와 보름날을 말함.–옮긴이) 주기와 연관성을 생각하고 계시는 것인가요?"

"그런 것은 아니오. 나는 전혀 다른 방향으로 생각하고 있소. 날짜를 다시 확인하고 싶으니 아까 그 일지를 놓고 가시오. 왓슨, 드디어 우리의 임무 수행 방침이 세워졌네.

아가씨는 아버지가 특정한 날에 생긴 일들에 대해 기억을 못한다고 했는데 나는 아가씨의 직감에 동의합니다. 그렇다면 우리는 그런 날에 약속을 한 것처럼 꾸미고 찾아가야겠소. 그분 바로 곁에서 조사를 해야 할 것 같소."

"아주 좋은 방법입니다."

베넷 씨가 말했습니다.

"단 미리 말해두는데 교수님은 성격이 더 급해지고 때로는 난폭하기도 합니다."

홈즈는 가볍게 웃었습니다.

"우리는 당장 가야 할 것 같소. 내 추론이 맞다면 아주 당연한 일이죠. 베넷 씨, 내일 우리가 캠퍼드로 가겠소. 그곳에 체커스라는 여관이 있었던 것으로 기억하는데, 포도주 맛이 아주 좋고, 침대도 아주 깔끔한 곳이오. 왓슨, 우리는 앞으로 며칠간 조금은 불편하겠지만 그곳에서 지내야 할 것 같네."

월요일 아침, 우리는 유명한 대학타운으로 갔습니다. 한 곳에 정착하지 않고 생활하는 홈즈야 언제나 어디로 이동하는 게 쉬운 일이지만, 당시 나는 꽤 큰 병원을 운영하고 있던 터라 급하게나마 계획을 세워 움직여야 했습니다. 우리는 그 오래 된 여관에서 짐을 풀 때까지 그 사건에 대해 아무 말도 하지 않았습니다.

"왓슨, 점심 식사 전에 교수를 만날 수 있을 것 같은데. 교수는 열한 시에 강의를 끝내고 집에서 쉴 거야."

"우리가 왜 찾아왔는지 그 이유를 어떻게 말할 건데?"

홈즈는 수첩을 쳐다보았습니다.

"8월 26일은 교수가 흥분한 날이거든. 우리는 교수가 그날 한 행동에 대해서 기억하지 못한다는 가정하에서 시작하는 거야. 이미 약속이 되어 있었다고 우기면 교수는 반박하지 못할 걸세. 자네는 얼굴색 변하지 않고 끝까지 그렇게 주장할 수 있겠어?"

"노력해 봐야지."

"왓슨, 정말 대단해. 부지런한 꿀벌 이야기와 '더 높이'라는 슬로건을 합친 것 같은데. '노력해 봐야지'. 이건 우리의 좌우명이야. 친절한 이곳 사람들이 우리를 안내해 줄 거야."

우리는 정말 인심 좋은 그곳 주민을 만나서 멋진 이륜마차를 타고 대학가를 지나 가로수가 늘어선 진입로로 향했습니다. 드디어 멋진 저택 앞에 마차가 도착했습니다. 온통 잔디가 펼쳐져 있고, 집은 자주색 등나무로 덩굴로 뒤덮여 있었습니다. 프레스버리 교수의 주거 생활은 누가 보아도 안락하면서 호화스러워 보였습니다. 마차에서 내렸을 때 흰 머리를 지닌 남자가 유리창에 나타났습니다. 숱 많은 눈썹 아래 큰 뿔테 안경 너머로 예리한 눈이 우리를 주시하고 있는 게 느껴졌습니다. 우리는 교수의 서재로 들어갔습니다. 괴팍한 언행으로 우리를 런던에서 오게 한 의문의 과학자가 앞에 서 있었습니다. 그의 태도나 외모는 크게 별난 구석이 없었으며, 프록코트 차림의 키가 크고 살이 찐, 그리고 이목구비가 큰 그의 전체 분위기에서는 역시 대학교수다운 품위가 느껴졌습니다. 가장 눈에 띄는 것은 그의 눈이었는데, 아주 날카롭고 정확해 보여서 얄미울 만큼 똑똑해 보였습니다.

프레스버리 교수는 우리의 명함을 보았습니다.

"두 분 이리 앉으시지요. 제가 무엇을 도와드려야 할까요?"

홈즈는 친근한 미소를 지었습니다.

"교수님, 그건 제가 하고 싶은 질문인데요."

"저한테요?"

"뭔가 문제가 있는 것 같습니다. 저는 캠퍼드 대학의 프레스버리 교수님이 저의 도움을 받고 싶다는 연락을 받고 왔습니다."

"이거 참, 그게 사실이오?"

이글거리는 그의 회색 눈이 약간 화난 듯이 빛나고 있었습니다.

"누구에게 연락을 받았다고 했소? 정보원이 누구인지 말씀해 주시겠소?"

"교수님, 죄송하지만 그것은 공개할 사항은 못됩니다. 죄송하다는 말 밖에는……."

"괜찮소. 여하튼 그 부분에 대해 관심이 가는군요. 아주 신선한 일이오. 그렇다면 그것을 증명해 줄 만한 메모나 편지 또는 전보라도 가지고 있소?"

"그런 것은 없습니다."

"그래요. 그러면 내가 당신을 찾았다는 억지를 쓸 수는 없는 거 아니오?"

"그런 말씀에는 답변을 못하겠습니다."

홈즈가 말했습니다.

"과연, 그럴까요."

교수는 독하게 말했습니다.

"그게 누구인지 당신이 말하지 않아도 난 알 수 있소."

교수는 방 한 켠으로 가서 벨을 눌렀습니다. 런던에서 만난 베넷 씨가 달려왔습니다.

"베넷, 어서 들어 와. 여기 있는 두 분이 내가 와달라고 해서 찾아오셨다는데, 자네가 내 편지를 다 관리하고 있지. 홈즈라는 사람에게 보낸 편지를 본 적 있는가?"

"없는데요, 교수님."

베넷은 상기된 얼굴로 말했습니다.

"그럼, 얘기는 끝났네."

교수는 화가 난 눈으로 홈즈를 노려보며 말했습니다.

"이보시오, 선생."

그는 두 팔을 책상 위에 올리고 몸을 앞으로 내밀면서 말했습니다.

"당신은 참 이상한 느낌이 드는 사람이오."

홈즈는 어깨를 올렸다 내렸습니다.

"괜한 방문을 해서 죄송하게 되었습니다."

"홈즈 선생, 이렇게 끝낼 수는 없지."

노교수는 악이 바친 얼굴로 목소리를 크게 냈습니다. 그리고 문 앞을 막으면서 흥분한 듯 두 팔을 내저었습니다.

"당신들 맘대로 여기를 벗어날 수는 없지."

노교수의 얼굴이 떨리더니 하얀 이빨이 보였습니다, 그는 이성을 잃은 듯 마구 화를 내면서 우리를 향해 이상한 말들을 쏟아냈습니다. 베넷 씨가 없었더라면 우리는 밖으로 나오기 위해 몸싸움을 할 뻔했습니다.

"교수님!"

베넷이 소리쳤습니다.

"교수님 입장을 생각하십시오! 학교에 안 좋은 소문이라도 나면 어찌 살려고 그러십니까. 홈즈 선생님은 유명한 분입니다. 이렇게 무례하게 하시면 안 됩니다."

그러자 노교수는 낭패스러워 하는 표정을 지으면서 우리들이 나갈 수 있도록 비켜섰습니다. 그 집을 나와 가로수가 줄지어 늘어선 진입로까지 가서야 나는 안심이 됐습니다.

홈즈는 조금 전의 일을 아주 재미있어 하는 것 같았습니다.

"지적인 노교수님의 신경이 정상은 아니야. 우리가 시도한 방식이 좀 어설프긴 했지만 그래도 그를 만나긴 했잖아. 어? 이런, 교수가 뒤따라오는 것 같은데. 그 무서운 노인네가 우리를 뒤쫓아 와."

등 뒤에서 급하게 달려오는 발자국 소리를 들었지만 다행히도 그때 나타난 사람은 무서운 교수가 아니라 조수인 베넷이었습니다.

"홈즈 선생님, 죄송합니다. 제가 대신 사과드립니다."

"아니오. 괜찮아요. 사실 이것도 일이잖소."

"교수님이 오늘처럼 지나치게 공격적인 모습을 보이는 건 처음 봅니다. 갈수록 불길한 모습을 드러내고 계십니다. 교수님 딸과 제가 왜 그렇게 걱정하는지 이젠 아시겠지요. 한데 교수님 정신 상태는 지극히 정상적이랍니다."

"그렇고 말고."

홈즈가 말했습니다.

"내가 실수한 게 바로 그것이오. 그 양반 기억력은 내가 예상한 것보다 훨씬 좋아요. 그런데 프레스버리 양의 방 창문을 좀 보고 갈 수 있었으면 좋겠소."

베넷 씨를 따라서 관목 사이로 들어가니 집의 측면이 눈앞에 나타났습니다.

"저기, 2층 왼쪽 창문입니다."

"오 저런. 올라가기 힘든 위치인 것은 사실인데. 그러나 창문 아래로 담쟁이 덩굴이 있고 발을 의지할 수 있는 수도관이 있군그래."

"저 같으면 저걸 타고 못 올라갈 것 같은데요."

베넷 씨가 말했습니다.

"아마 그럴 거라오. 정상적인 사람에게는 당연히 위험하오."

"홈즈 선생님, 드릴 말씀이 하나 더 있습니다. 저에게 교수님과 연락을 주고 받는 런던 사람의 주소가 있습니다. 교수님이 오늘 아침 편지를 쓴 것 같은데 제가 압지에 찍혀 있는 주소를 몰래 적어왔습니다. 비서로서 할 짓은 아니지만 별 도리가 없었습니다."

홈즈는 주소를 한번 쳐다보고서 그 쪽지를 주머니에 넣었습니다.

"도락……, 이름이 재미있군. 슬라브족 그쪽인 것 같은데. 이 사람이 중요한 인물이오. 베넷 씨, 우린 오후에 런던으로 돌아갈 것이오. 더 이상 여기 있을 필요가 없는 것 같소. 범죄를 저지른 게 아니기에 노교수를 체포할 수는 없는 일이고, 정신병이라는 증거도 없이 감금하는 것도 힘들고, 지금으로서는 어떤 행동도 취할 수 없소."

"그러면 우리는 어떻게 하지요?"

"베넷 씨, 조금만 기다리시오. 곧 어떤 변화가 올 것입니다. 내 생각이 맞다면 다음 주 화요일이 고비가 될 거요. 그날 우리는 다시 이리로 올 것입니다. 그때까지는 당신의 입장이 불편하고 힘들겠지만, 그리고 프레스버리 양의 런던 체류를 더 연장시킬 수 있으면……."

"어려운 일은 아닙니다."

"그럼 우리가 위험한 일들이 완전히 끝났다고 할 때까지 그냥 런던에 있으라고 하시오. 그리고 그 때까지 교수가 자기 마음대로 하도록 그냥 내버려두고 그의 비위를 거스르는 일은 하지 마시오. 기분이 좋으면 큰 문제는 없을 겁니다."

"교수님이 나오셨어요."

베넷은 놀란 목소리로 작게 말했습니다. 나뭇가지 사이로 키가 크고 자세가 바른 사람이 현관문을 열고 나오더니 주변을 두리번거렸습니다. 그는 상체를 앞으로 내밀면서 두 팔을 내려뜨린 채 좌우를 번갈아가면서 쳐다보았습니다. 베넷은 손을 한 번 흔들더니 나무 사이로 사라졌습니다. 그리고 곧 베넷이 그에게로 달려가는 모습이 눈에 들어왔고, 두 사람은 활기차게 아니 화가 잔뜩 나서 대화를 나누며 집 안으로 들어갔습니다.

"내가 보기에는 저 노교수가 정확한 판단을 한 것 같군."

호텔을 향해 걷는 동안 홈즈는 말했습니다.

"잠깐 만났지만 나는 그 교수가 아주 뛰어나고 논리적인 두뇌의 소유자라는 인상을 받았어. 물론 다혈질이긴 하지만 그의 입장에서는 탐정이 자신의 뒤를 밟고 집안

식구가 그 일에 연관돼 있다는 의심이 든다면 당연히 성질을 낼 수밖에 없지. 저 베넷이라는 친구가 좀 힘이 들겠는걸."

홈즈는 가는 길에 우체국에 들러서 전보를 보냈습니다. 저녁에 답장이 도착했는데 그는 그것을 나에게 보여주었습니다.

커머셜로 찾아가 도락을 만남. 유쾌한 보헤미아 노인.
대형잡화상 운영.   — 머서

"머서는 자네 이후로 등장한 인물이야."

홈즈는 말했습니다.

"여러 가지 잡다한 일을 처리해 주는 꽤 괜찮은 요원이거든. 교수와 비밀스러운 연락을 주고 받는 사람이 누구인지 알아보아야 했거든. 도락이 보헤미안이라는 것은 프라하를 간 것과 분명히 연관이 있다고."

"두 가지가 서로 연관이 있다고 하니 다행이야. 홈즈, 우리는 지금 서로 무관한 불가사의한 사건들에 직면해 있는 것 같네. 이를 테면 주인에게 달려든 개와 보헤미아 방문은 대체 무슨 상관이 있냐고? 그리고 한밤중에 복도

를 기어다니는 노교수가 그것들과 어떤 연관이 있다는 건가? 날짜에 대한 문제는 더욱 그렇고 말이야."

홈즈는 싱글벙글 대면서 두 손을 마주 비볐습니다. 우리는 오래 된 여관의 낡은 거실에서 그가 말했던 포도주를 앞에 놓은 채 마주 앉아 있었습니다.

"우선 날짜 얘기 먼저 해보라고."

그는 손끝을 마주대고 강의를 하는 교수와 같은 태도를 취하면서 말했습니다.

"그 똑똑한 젊은 친구의 일지를 보면 7월 2일에 문제가 발생했고, 그 후로는 9일 간격으로 계속해서 문제가 발생했다는 것을 알 수 있어. 내 기억으로는 단 한 번의 예외가 있었어. 9월 3일 금요일인데, 그 전의 문제가 발생한 게 8월 26일이었다는 사실을 생각하면 이 또한 연속성은 유지되는 거지. 이것은 결코 우연의 일치라고는 볼 수 없거든."

나는 그의 말에 동의할 수밖에 없었습니다.

"그렇다면 노교수가 9일 간격으로 독한 약물을 복용했다고 치자. 그 약은 부작용이 아주 심하긴 하지만 다시 정상으로 돌아오거든. 교수의 난폭함은 그 약으로 인해 심해진 걸세. 교수는 프라하에서 처음으로 약을 복용하게

238

됐는데 그 후로는 런던의 보헤미아 중개상으로부터 약을 공급받고 있는 것이지. 이 정도면 제대로 설명이 된 거 아닌가. 왓슨!"

"그런데 개, 창가의 얼굴, 복도를 기어가는 것은?"

"이 친구야, 우리 이제 시작이라고. 다음 주 화요일까지 어떤 돌발적인 문제는 일어나지 않을 거야. 그때까지 우리는 베넷과 긴밀하게 접촉하면서 이 아름다운 마을의 다양한 매력들이나 즐겨 보자고."

아침에 베넷 씨가 몰래 찾아와서 새로운 소식을 전해 주었습니다. 홈즈의 예상대로 그는 아주 난감한 입장에 처해 있었습니다. 교수는 우리가 찾아갔던 일에 대한 책임이 그에게 있다고 대놓고 말하지는 않았지만 말투가 매우 퉁명스럽고 거칠게 대하는 것으로 보아 분명히 자신에게 어떤 불만을 갖고 있다는 거였습니다. 그러나 오늘 아침에는 다시 안정을 되찾고 강의실을 가득 메운 학생들을 상대로 여느 때처럼 명강의를 했다고 베넷이 전했습니다.

"특이한 발작 문제만 빼면 교수님은 제 기억으로 미루어 짐작하건대 그 어느 때보다도 정력적이고 기운이 넘쳐났습니다. 머리도 훨씬 맑아진 것 같았고요. 그러나 교수님은 예전과는 전혀 다른 사람이 되어 있는 게 사실입니다. 제가 알던 예전의 그분은 아니랍니다."

"적어도 앞으로 1주일 동안은 걱정하지 않아도 될 거요."

홈즈는 말했습니다.

"나는 바쁘고, 왓슨 박사는 환자를 돌봐야 하오. 다음 주 화요일 이 시간에 여기서 다시 보기로 합시다. 그 때는 분명히 이곳에서 문제의 원인과 결과를 밝혀낼 수 있을 것 같소. 당신의 괴로움을 아주 완전히 씻어주지는 못할지라도 말이오. 그리고 그 사이에도 어떤 일이 발생하면 일일이 다 기록을 해 두시오."

그 후로 며칠 동안 나는 홈즈의 얼굴을 볼 수 없었지만 그 다음 주 월요일 저녁 그는 이튿날 기차역에서 만나자는 연락을 해왔습니다. 캠퍼드까지 기차를 타고 가는 도중 홈즈는 그간 별일은 없었으며, 교수의 집에도 평화로운 분위기는 유지되었고, 교수의 행동도 지극히 정상적이었다고 말해 주었습니다. 그날 저녁 체커스의 오래 된 숙소로 찾아온 베넷 씨가 한 얘기도 마찬가지였습니다.

"오늘 교수님에게 런던으로부터 우편물이 왔습니다. 편지 한 통과 작은 소포였는데 둘 다 손대지 말라는 경고 표시로 우표 아래에 십자가 표시되어 있더군요. 그외에는 별일이 없었습니다."

"됐소."

홈즈가 굳은 얼굴로 말했습니다.

"베넷 씨, 우리는 오늘 밤 어떤 결말을 맺어야 될 것 같소. 내 추리가 정확하다면 우리는 문제를 마무리지을 수 있을 것이오. 단, 그렇게 되려면 교수를 잘 살펴보아야 할 필요가 있소. 당신이 잠을 자지 말고 그를 주시해야 하오. 설령 교수가 방 문 앞을 지나가는 소리를 들어도 중간에 아는 척하지 말고 가능한 조심스레 뒤를 밟으시오. 왓슨 박사와 나는 그 주변에 있을 것이오. 그런데 당신이 애기한 작은 상자의 열쇠는 어디 있소?"

"교수님의 시계 줄에 달려 있습니다."

"그 상자를 살펴보아야 하는데 집안에 건장한 남자가 더 있나요?"

"맥페일이라는 마부가 있긴 합니다."

"마부가 자는 곳은 어디인가요?"

"마구간 위죠."

"그 사람이 필요할 수도 있어요. 일이 어떻게 진행될 것인지를 알기 전에는 더 이상 손을 쓸 수 있는 것이 없다오. 일단 잘 들어가시오. 우리는 아침이 밝기 전에 다시 만날 수 있을 것이오."

우리가 교수 집 현관문 건너편의 나무들 사이에 도착한 것은 거의 자정이 다 되어서였습니다. 하늘이 맑은 밤이었지만 기온이 차가웠으므로 우리는 따뜻한 외투를 걸치고 온 것을 다행스럽게 여겼습니다. 바람이 가볍게 불었고 구름은 빠른 속도로 하늘을 달리면서 반달을 가리곤 했습니다. 마음속으로 우리의 시선을 주목시킨 이 이상한 사건의 종지부를 찍을 것이라는 확신, 그리고 그것에 대한 기대와 흥분이 없었다면 우리는 불쌍한 불침번이나 다름없었을 일입니다.

"만일 9일 주기가 확실하다면 교수는 오늘밤 최악의 상태를 맞이할 것이야."

홈즈는 말했습니다.

"프라하 방문 뒤에 이상한 증상이 나타났다는 것, 프라하의 누군가를 대신하고 있는 런던의 보헤미아 중개상과 남 몰래 연락을 하고 있다는 것, 그리고 오늘 그 중개상이 보낸 소포를 받았다는 것 모두가 결국에는 한 가지로 모아지고 있어. 노교수가 무슨 이유로 어떤 약을 복용하고 있는지 알 수는 없지만 그 약이 비밀스러운 경로를 통해서 프라하로부터 들어온다는 것은 분명한 사실이지. 노교수는 내가 가장 먼저 알아차린 9일 주기를 유지하라는 지시아래 약을 복용하고 있는 거야. 그런데 정말 별난 증상을 보이고 있는 것은 사실이야. 교수의 주먹관절 봤어?"

나는 보지 못했다고 사실대로 말할 수밖에 없었습니다.

"나는 지금까지 그렇게 두툼하고 마디가 긴 관절은 처음 보았다니까. 왓슨, 항상 가장 먼저 상대의 손을 보라고. 그 다음은 옷소매, 바지 무릎, 다음에는 신발을 보는 거야. 진화의 단계로밖에 해석이 안 되는 아주 특이한 관절이……."

홈즈는 잠시 말을 멈추더니 갑자기 손으로 자신의 이마를 쳤습니다.

"오, 왓슨, 왓슨! 나 정말 바보 아니야? 말도 안 되는 것 같지만 사실일 거야. 모든 것들이 다 한 방향을 가리키고 있었어. 왜 그것들의 연관성을 못 본 것일까? 그 주먹관절, 담쟁이 덩굴! 이제는 내가 꿈꿔오던 시골 농장으로 가야 할 때가 다 된 것 같다. 이보게, 왓슨. 저기 좀 봐. 교수야. 드디어 우리 눈으로 직접 보게 되는군."

현관문이 살며시 열리더니 불빛을 등지고 키 큰 프레스버리 교수의 모습이 나타났습니다. 그는 실내복 차림이었습니다. 문 앞에 서 있었지만 지난번 보았던 것처럼 두 팔을 늘어뜨린 채 상체는 앞으로 내밀고 있었습니다.

그는 진입로 쪽으로 걸어갔는데 교수의 몸에 이상한 변화가 일어났습니다. 그는 자세를 낮추더니 두 손과 두 발을 땅에 대면서 움직였습니다. 그리고 힘이 솟아나는지 토끼처럼 껑충껑충 뛰기도 했습니다. 그가 집의 전면을 따라 움직이다가 모서리를 돌았고, 그의 모습이 우리의 시야에서 사라지자 베넷이 현관 밖으로 나와 그의 뒤를 밟았습니다.

"왓슨, 가자구! 어서."

홈즈가 말했고 우리는 숨을 죽여가면서 나무 숲에서 나와 그 집의 측면이 보이는 곳으로 이동했습니다. 저택은 반달의 잔잔한 빛으로 덮여 있었습니다. 교수가 담쟁이덩굴로 뒤덮인 벽 아래서 몸을 낮추고 있는 모습이 한눈에 드러났습니다. 그는 놀라울 만큼 아주 빠르게 담쟁이덩굴을 타고 벽을 올라갔습니다. 그는 손과 발을 이용해 이 가지에서 저 가지로 거의 날아 다니다시피 했습니다. 특별한 목적은 없어보였고 자신이 지닌 힘을 과시하고자 담쟁이덩굴을 타는 것으로 보였습니다. 그의 실내복 자락이 양쪽으로 펄럭였고, 달빛에 비춰진 그는 커다란 검은 얼룩처럼 벽에 붙어 있어 마치 박쥐와 같았습니다. 그러나 이제는 싫증이 났는지 담쟁이덩굴 가지를 타고 다시 내려왔습니다. 그리고 다시 좀 전의 자세처럼 이상한 자세로 기어가다시피 하면서 마구간으로 갔습니다. 개는 주인을 보자 밖으로 뛰쳐나와 미친 듯이 짖으면서 흥분하여 어쩔 줄 모르는 것이었습니다. 개는 쇠사슬이 최대한 팽팽하게 될 정도로 날뛰었습니다. 노교수는 의도적으로 개의 바로 앞에 쪼그리고 앉아 다양한 방법으로 약을 올렸습니다. 가장 먼저 자갈을 한 줌 주워다가 개의 얼굴을 향해 던졌고, 나뭇가지로 개를 찌르는가 하면 딱 벌린 개의 입 아주 가까이에서 손가락을 튕기기도 했습니다. 그는 흥분하여 날뛰는 개의 화를 돋우기 위해 별이상한 짓들을 다했습니다.

나와 내 친구는 다양한 모험을 해보았지만 저명한 교수라는 사람이 개구리처럼 땅바닥에 엎드려서 화가 나서 미칠 듯한 개에게 의도적인 잔인성과 온갖 특이한 방법을 다 동원해서 괴롭히는 엽기적인 광경은 그 어느 사건에서도 볼 수 없었던 것이었습니다.

그때 일이 터졌습니다. 개를 묶고 있던 사슬이 끊어진 것이 아니고, 개의 목걸이가 벗겨진 것이었습니다. 그 목걸이는 목이 굵은 뉴펀들랜드종의 개에게나 맞는 것이었습니다. 쇠사슬이 소리를 내며 떨어졌고, 이어서 개와 사람이 한데 엉켜 땅바닥 위를 뒹굴었습니다. 개는 흥분이 최고조에 달해 으르렁거렸고, 노교수는 이상 야릇한 소리를 냈습니다. 노교수의 생명이 위태로운 순간이었습니다. 개는 그의 목을 송곳니로 공격했고, 우리가 일시에 달려들어 개를 떼어냈을 때는 교수가 정신을 잃은 상황이었습니다. 우리가 개에게 접근한 것은 위험한 일이었지만 베넷의 목소리를 듣고 베넷의 모습을 본 큰 울프하운드는 빨리 진정을 되찾았습니다. 한바탕 소란이 일어나자 그제야 놀라서 잠이 깨어 일어난 마부가 마구간 위의 방에서 잠이 덜 깬 얼굴을 드러냈습니다.

"언젠가는 이런 일이 벌어질 줄 알았지."

마부인 맥페일은 고개를 흔들면서 말했습니다.

"교수님이 이러는 것을 이미 여러 번 보았지요. 개가 언젠가는 덤벼들 줄 알았다고요."

개를 묶어 놓은 후 우리는 노교수를 방으로 옮겼습니다. 나는 의대를 졸업한 베넷의 도움을 받아 노교수의 상처난 목을 붕대로 감았습니다. 날카로운 개의 이빨이 경동맥 바로 앞까지 들어간 탓에 출혈이 무척 심했습니다.

246

30분 정도 지나자 위험한 고비는 넘겼고, 나는 그에게 모르핀을 주사했습니다. 그러자 노교수는 깊은 잠으로 빠져들었습니다. 우리는 서로 얼굴을 쳐다보면서 의견을 나누었습니다.

"외과 의사를 데려 오는 게 좋을 듯하오."

나는 말했습니다.

"안 됩니다. 제발 그것은."

베넷이 소리쳤습니다.

"이런 불미스러운 사고를 아는 것은 지금 여기 있는 우리들뿐입니다. 우리는 괜찮지만 이런 사실이 소문을 타고 이 집 밖으로 퍼져나가게 되면 큰일입니다. 대학에서의 교수님 지위와 유럽 전역에서 떨치고 있는 명성, 그리고 이 댁의 따님의 마음을 헤아려 주십시오."

"그렇긴 하네."

홈즈가 말했습니다.

"나는 이 사건을 우리 선에서 끝낼 수 있으며, 우리한테 재량이 있으니 재발을 막는 것도 가능하다고 생각하오. 베넷 씨, 시곗줄에서 열쇠 좀 떼어내시오. 맥페일 씨는 환자를 지키시고 무슨 일이 발생하면 우리에게 빨리 알려 주시오. 교수님의 비밀 상자에 대체 무엇이 들어 있는지 확인해 봅시다."

상자 속에는 많은 것들이 들어 있지는 않았으나 문제의 원인을 찾아내는 증거 자료로서는 충분했습니다. 빈 약병 하나, 약이 가득 찬 약병 하나, 피하 주사기 하나, 외국인으로서는 읽기 힘든 글씨로 씌어진 편지 한 통이었습니다. 편지 봉투에 표시된 십자로 볼 때 노교수가 베넷에게 뜯어보지 말라고 하던 바로 그 편지들이었습니다. 봉투 안에는 프레스버리 교수에게 새 약을 보냈다는 것을 알리는 송장과 돈을 받았다는 영수증 같은 거였습니다. 그러나 배운 사람의 필체로 씌어진 다른 봉투가 있었는데, 거기에는 오스트리아 우표에 프라하 소인이 찍혀 있었습니다.

"우리가 찾으려 했던 것이 여기 있었군."

홈즈는 봉투를 뜯으면서 말했습니다.

존경하는 동료 교수에게

고맙게도 당신이 이곳을 찾아준 다음부터 저는 당신의 연구에 대해 깊은 생각을 해보았습니다. 당신이 시술을 받아야 할 만한 특별한 이유가 있는 것은 분명하지만 저의 연구 경험으로 볼 때 위험이 따른다는 것이 밝혀진 이상 저는 당부하지 않을 수가 없습니다.

유인원의 혈청이 더 좋았을지도 모릅니다. 저는 지난번 말씀드린 대로 검은 얼굴의 랑구르 원숭이의 혈청을 입수한 관계로 그것을 사용했습니다. 물론 랑구르 원숭이는 기어다니고 나무를 탑니다. 하지만 유인원은 서서 걸어 다니므로 인간과 가장 유사합니다.

저에게서 시술 받은 사실이 알려지지 않도록 특별히 조심을 해주시길 부탁드립니다. 영국에는 고객이 한 분 더 계시는데, 두 분 모두 도락을 통해 약을 보내드리고 있습니다. 매주 상태를 체크하여 알려 주십시오

— H. 로웬스타인

로웬스타인!

그 이름을 보니 어느 신문기사가 생각났습니다. 아주 비밀스러운 방법을 이용해 불로장생의 비약을 만들어낸다는 어느 의심스러운 과학자에 대한 얘기였습니다. 프라하의 로웬스타인! 그는 놀라운 정력 혈청을 만드는 장본인이지만 성분을 밝히지 않아서 동업자들에게 배척당한 사람입니다. 나는 기억나는 대로 비교적 간단하게 말

했습니다. 베넷은 서재에서 동물학 편람을 꺼냈습니다. 그리고 그는 다음과 같이 읽었습니다.

"'랑구르 원숭이. 히말라야 산 기슭에 사는 검은 얼굴의 원숭이. 나무를 타는 원숭이 중에서는 몸집이 가장 크고 거의 사람에 가깝다.' 이 밑에는 자세한 설명도 있습니다. 홈즈 선생님 진심으로 감사드립니다. 우리가 악의 뿌리를 밝혀낸 것입니다."

"진짜 악의 뿌리는 나이에 걸맞지 않은 사랑이오. 그것 때문에 우리 다혈질의 노교수는 젊어지는 것만이 최대 소원을 이룰 수 있다고 생각한 거요. 그러나 사람이 자연의 이치를 거역하면 그만한 대가를 치르게 됩니다. 아무리 저명한 사람이라 할지라도 주어진 정도를 걷지 않으면 짐승으로 추락하는 것입니다."

홈즈는 약병을 손에 들고 약병 속의 투명한 액체를 바라보면서 생각에 잠겼습니다.

"이 로웬스타인이라는 사람에게 편지를 보내서 문제가 있는 약물을 판매한 범죄에 대한 책임을 묻겠다고 하면 더 이상은 문제를 일으키지 않을 테지요. 물론 같은 일이 또 발생할 수도 있을 것이오. 또 다른 사람이 더 효과적인 방법으로 약을 만들 수도 있지요. 위험은 늘 있는 것이지요. 그것은 인간성에 대한 진짜 위험이지요. 왓슨, 생각해 보게. 물질적이고 육체적으로 과욕을 즐기는 인간들은 하나같이 가치 없는 생명을 연장할 거야. 그러나 정신적인 가치를 추구하는 사람들은 결코 죽음을 회피하지는 않을 거야. 결국 형편없는 인간들만 살아남게 될 거야. 그렇게 되면 이 불쌍한 세상은 쓰레기장으로 전락하는 걸까?"

"베넷 씨, 더 이상 할 말은 없소. 이제는 여러 가지 사건들이 차분히 하나로 정리가 될 거요. 물론 개는 자네보다도 더 빨리 변화를 알아차린 것이오. 아마도 개는 냄새로 그것을 알았을 것이오. 로이가 덤벼든 상대는 노교수가 아니라 원숭이였던 것이오. 로이를 괴롭힌 것이 원숭이였으니까요. 원숭이로서는 나무를 타는 것이 아주 즐거운 일이기에 노교수는 단순히 재미로 딸의 방 창문까지 갔을 것이오. 왓슨, 런던으로 가는 새벽 기차가 있네. 아마도 그 전에 체커스에 들러서 차 한 잔 마시고 갈 여유는 있을 거야."

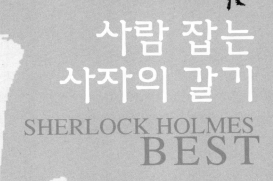

사람 잡는
사자의 갈기

SHERLOCK HOLMES
BEST

SHERLOCK HOLMES

사람 잡는 사자의 갈기

　그것은 참으로 놀라운 일이었습니다. 내가 은퇴한 후에 그것도 우리 집 앞에서 오랫동안 탐정 일을 하면서 경험한 그 어떤 사건 못지않게 어렵고 특이한 일이 벌어진 것입니다. 사건이 일어난 것은 내가 서섹스의 작은 집에 살기 시작한 후였습니다. 당시 나는 즐거움이라곤 없는 런던에서 사는 동안 애타게 갈망했던 전원으로 옮겨 자연 속에 묻혀 지내고 있었습니다. 이 시기에는 오래 된 친구 왓슨을 만나기가 어려웠습니다. 그의 얼굴을 보는 때는 어쩌다 한번 주말에 그가 내려올 때였습니다. 때문에 어쩔 수 없이 나는 스스로 기록을 해야만 했습니다.

오! 왓슨이 곁에 있었다면 내가 여러 가지 어려움을 이겨내고 결국에는 성공을 거둔 사건들에 대해 그가 아주 멋지게 기록했을 것입니다. 하지만 나는 그저 평이하게 말할 수밖에 없었습니다. 사자 갈기의 의문을 풀고자 험난한 길을 내딛었던 일에 대해 내 입으로 설명을 하게 된 것입니다.

내가 살고 있는 집은 영국 해협이 한눈에 펼쳐져 보이는 고원의 남쪽 경사면에 위치해 있었습니다. 이곳의 해안선은 전부 백악의 절벽으로 테를 두르고 있었는데 바닷가로 내려가려면 경사가 심하고 미끄러운 길고 구부러진 좁은 오솔길을 통해 내려가는 방법 밖에 없었습니다.

절벽 아래에 만조가 되어도 늘 백여 미터 가량은 자갈밭이 드러나는 곳이 있었습니다. 그러나 곳곳에 움푹 팬 자리가 있었는데, 이런 곳은 밀물이 들어올 때마다 물을 다시 채워놓은 수영장처럼 보이곤 했습니다. 이 아름다운 해안선은 양방향으로 쭉 뻗어 있었고 오직 한 곳만 작은 만이 형성돼 있었는데 이곳에 풀워스 마을이 있었습니다.

나의 집은 좀 쓸쓸했습니다. 집에는 나와 가정부 둘뿐이었고, 마당에는 내가 치는 양봉뿐이었습니다. 그러나 8

백여 미터 정도 떨어진 곳에 헤럴드 스택허스트의 유명한 사립학교 '게이블스'가 있었는데, 이 학교는 큰 건물에 다양한 직업을 선택하려는 수십 명의 학생들과 교사 몇 명이 생활하고 있었습니다. 스택허스트는 젊은 시절 조정 선수로 이름을 날렸던 다방면에 지식이 풍부한 정말 아는 게 많은 학자였습니다. 나는 그 해 자리 잡은 그 날부터 그와 가까이 지냈는데 초대하지 않았어도 저녁 때면 으레 서로 집에 들를 정도로 친했으며, 그런 사람은 오직 그 하나뿐이었습니다.

1907년 7월 말, 강풍이 찾아왔습니다. 해협을 따라 불어온 무서운 바람은 파도를 절벽으로 몰아 붙였고, 그로 인해 조류가 바뀔 때쯤 바닷가에는 얕은 석호 하나가 나타났습니다. 그날 아침은 바람이 잠잠했고, 자연은 마치 목욕을 막 끝낸 것처럼 신선함을 자랑했습니다. 기분이 아주 상쾌한 날이라서 일을 하고 싶은 생각이 없었기에 나는 아침을 먹기 전에 신선한 공기를 마시러 산책을 나섰습니다. 바닷가로 이어지는 절벽의 가파른 오솔길을 걷고 있는데 등 뒤에서 누군가 소리를 질러 돌아보았더니 헤럴드 스택허스트가 반갑게 인사를 하면서 손을 흔들고 있었습니다.

"홈즈! 아주 상쾌한 아침이야! 여기서 당신을 만날 줄 알았다고."

"지금 수영하러 가는 길인가 보군."

"또 당신의 추리가 나오는 군 그래."

그는 껄껄 웃으면서 불룩해진 주머니를 톡톡 쳤습니다.

"맞아, 맥퍼슨이 먼저 갔으니까 내려가면 만날 수 있겠지."

피츠로이 맥퍼슨은 과학 교사였으며, 그는 큰 키에 건장한 청년이었습니다. 류머티즘 열을 앓고 난 후 후유증으로 심장병이 생겨 생활에 어려움을 겪게 되었다고 합니다. 그러나 그는 타고난 운동 선수였고, 심장에 큰 무리를 주지만 않는다면 모든 운동에서 남다른 능력을 보였습니다. 여름철과 겨울철에는 수영을 하러 다녔는데, 나 역시 수영을 좋아해서 종종 그와 함께 수영을 즐겼습니다.

바로 그 순간 맥퍼슨이 보였습니다. 벼랑길 너머로 먼저 머리가 보였고 다음에는 온 몸이 드러났습니다. 그런데 그는 술에 취한 사람처럼 비틀거렸습니다. 그리고 갑자기 두 손을 들어 올리더니 비명 소리를 내면서 쓰러졌습니다. 스택허스트와 나는 50미터 정도를 정신없이 달려가서 엎어져 쓰러진 그를 바로 뉘었습니다. 그는 죽어

가고 있었습니다. 푹 팬 초점을 잃은 눈과 무섭게 검푸른 두 뺨이 다른 희망을 생각지 못하게 만들었습니다. 마지막으로 얼굴에 잠깐 의식이 돌아왔는데 무슨 말을 전하려는 듯 온힘을 다해 몇 마디 말을 했습니다. 혀가 꼬여 발음이 분명하지 못했으나 마지막 소리친 말은 정확하게 들렸습니다.

'사자 갈기'

도대체 이해할 수 없는 좀 이상한 말이었지만 아무리 생각을 해 보아도 또 다른 의미로 해석할 수가 없었습니다. 그런 후 그는 두 팔을 허공으로 올렸다가 다시 쓰러졌습니다. 죽은 것이었습니다.

내 친구는 갑작스러운 일 앞에서 너무 놀라 움직이지 않았지만 나는 온 몸의 촉각을 곤두세웠습니다. 그리고 그럴 필요가 있다는 것을 느꼈습니다. 분명히 예사로운 일이 아니라는 사실이 곧바로 밝혀졌기 때문입니다. 죽은 그의 바지 위에는 버버리 외투만 걸쳐 있었으며, 끈을 매지 않은 운동화를 신고 있었습니다. 그가 넘어지면서 외투가 벗겨졌고 어깨와 몸통이 알몸 그대로 드러났는데, 우리는 매우 놀라지 않을 수가 없었습니다. 그의 등은 가는 철사로 된 회초리로 사정없이 맞은 듯 검붉은 줄로 뒤덮여 있었습니다. 이렇게 잔인한 짓에 사용된 도구는 휘어지는 것이 사용되었다는 확신이 섰습니다. 벌겋게 솟아오른 채찍의 흔적은 두 어깨와 갈비뼈의 곡선을 그리고 있었기 때문입니다. 고통스러운 나머지 아래 입술을 강하게 깨물었는지 턱 위로 핏방울이 흘러내리고 있었습니다. 얼굴이 일그러진 것을 보니 많이 고통스러웠던 것 같습니다.

나는 죽은 사람 옆에서 무릎을 꿇고 있었고 스택허스트는 서 있었는데, 그때 그림자 하나가 나타났습니다. 고개를 들어 쳐다보니 언제 나타났는지 이안 머독이 서 있었습니다. 머독은 수학 교사로 큰 키에 얼굴은 검고 마른 사람으로 말수가 적고 성격은 냉정하여 친한 사람들이 많지 않았습니다. 이를 테면 그는 보통사람들의 생활과는 거리가 먼 무리수와 원뿔 곡선 같은 기하학의 자리에 서 있는 듯했습니다. 학생들은 그를 괴짜로 여겼고 놀렸습니다. 하지만 그에게는 좀 특이한 석탄처럼 검은 눈과 그을린 듯한 검은 얼굴만이 아니라 한 마디로 광폭하다는 표현이 잘 어울리는, 예를 들면 화가 폭발하는 모습을 보면 그의 성격을 알 수 있었습니다. 언젠가 한 번은 맥퍼슨의 개가 귀찮게 한다는 이유 때문에 개를 창 밖으로 집어 던진 일도 있었습니다. 그가 유능한 교사가 아니었다면 그의 그런 행동은 해고 사유가 되기에 충분했을 것입니다. 그때 사건을 기억한다면 죽은 동료 교사에게 슬픈 마음은 갖지 않을 수도 있었지만 이안 머독은 눈앞의 광경에 무척 큰 충격을 받은 것 같았습니다.

"오, 불쌍한 친구! 이 일을 어떻게 하지요? 제가 무엇을 해야 하나요?"

"당신이 같이 있었습니까? 대체 무슨 일이 일어난 것인지 얘기해 주겠습니까?"

"아니요. 저는 아침에 늦게 일어났습니다. 해변에는 나올 생각도 못했지요. 지금 막 학교에서 오는 중입니다. 어떻게 하죠?"

"빨리 풀워스의 경찰서로 달려가요. 그리고 신고하시오."

그는 알았다는 듯 쏜살같이 달려갔습니다.

나는 앞에 펼쳐진 사건을 해결하고자 했지만 스택허스트는 여전히 멍한 채로 시신 옆에 있었습니다. 내가 가장 먼저 할 일은 주변의 바닷가에 누가 있는지 확인을 하는 일이었습니다. 절벽 위에서는 바닷가 전경을 한눈에 볼 수 있었습니다. 그러나 멀리 풀워스 마을을 향해 가는 검은 물체 둘셋을 제외하고는 바닷가에 개미 한 마리 보이지 않았습니다. 내 눈으로 분명하게 확인했기에 나는 천천히 백악 절벽의 오솔길을 내려갔습니다. 백악에는 점토인지 부드러운 이회토인지 뭔가가 섞여 있어서 양쪽으로 찍혀 있는 것이 곳곳에 보였습니다. 아침에 이 길을 내려간 사람은 맥퍼슨뿐이었습니다. 그런데 한 곳에는 활짝 편 손바닥 자국이 위쪽으로 새겨져 있는 것이 보였습니다. 그것은 불쌍한 맥퍼슨이 올라오다가 넘어졌다는 것을 대신 말해 주는 것이었습니다. 둥글게 눌린 흔적도 있었는데, 이것은 그가 힘이 빠져 여러 번 바닥에 무릎을 꿇고 앉았다는 것을 확인시켜주는 것이었습니다. 그리고 그 옆에서 옷을 벗었는지 바위 위에는 수건이 있었습니다. 마른 수건은 가지런하게 접혀 있었습니다. 물에 들어가지 않았다는 얘기입니다. 나는 단단한 자갈밭을 살피며 다녔는데, 모래가 조금씩 드러난 곳에는 운동화 자국과 맨발 자국이 두어 곳 있었습니다. 맨발 자국이 있다는 것은 맥퍼슨이 수영하기 바로 전 단계라는 것을 말해 주지만 수건 상태로 보아서는 물에 들어가지 않은 것입니다.

문제는 보다 확연하게 나타났습니다. 이것은 과거에 내가 경험했던 그 어떤 사건보다도 특이했습니다.

죽은 맥퍼슨은 바닷가에 고작 15분 정도 있었습니다. 스택허스트가 학교에서 그의 뒤를 따라왔기 때문에 분명한 사실이었습니다. 맨발 자국은 그가 수영을 하러 와서 옷을 벗었다는 것을 말해 줍니다. 하지만 서둘러 옷을 다시 주워 입고 수영도 하지 않은 채 몸의 물기도 닦지 않고 돌아간 것입니다. 그렇게 갑자기 돌아가게 된 이유가 독하게, 그리고 비인간적으로 채찍질을 당했기 때문이었습니다. 맥퍼슨은 고통을 참느라 이를 깨물었으며, 기다시피 도망치면서도 지속해서 죽도록 채찍질을 당한 것입니다.

누가 이렇게 엄청난 짓을 저지른 것일까? 벼랑 아래에 크고 작은 동굴이 뚫려 있는 것은 사실이지만 낮게 떠오른 태양이 동굴 안까지 비출 정도이기 때문에 몸을 숨길 곳은 없습니다. 그렇다면 바닷가 저편에 있는 사람들일까요? 그들을 의심하기에는 거리가 너무 멀리 떨어져 있으며, 맥퍼슨이 수영하려고 한 넓은 석호가 그 사이를 가로막고 있어 벼랑 아래로 철렁이고 있었습니다. 바다에는 그리 멀지 않은 곳에 어선 두세 척이 떠 있었습니다. 어선의 주인들은 시간이 날 때 만날 수 있었으며, 확인해 보아야 할 도로가 몇 군데 있었지만 주목할 만한 성과는 없었습니다.

드디어 시신이 있는 현장으로 돌아갔을 때는 사람들 몇몇이 모여서 웅성거리고 있었습니다. 스택허스트는 여전히 그곳에 있었으며, 이안 머독은 마을 경관 앤더슨과 함께 막 도착해 있었습니다.

경관은 적갈색 콧수염을 기른 덩치 큰 사내여서 행동은 느려도 건장한 사람이었으며, 과묵한 모습 이면에는 상식과 분별력을 갖춘 서섹스 사람이었습니다. 그는 우리의 대화 내용을 일일이 적으면서 사건 전후에 대해 애기를 듣더니 나를 한 옆으로 잡아 당겼습니다.

"홈즈 선생님, 조언 좀 부탁드립니다. 저의 힘으로 해결하기에는 좀 벅찬 사건입니다. 제가 이 사건을 제대로 처리하지 못하면 훗날 분명히 본서에서 뭐라고 할 것입니다."

나는 그에게 즉시 윗사람에게 연락하고 의사를 부르라고 말했습니다. 그리고 모든 것을 건드리지 말고 그대로 두고 그들이 올 때까지는 가능한 다른 이들의 발자국도 남기지 말라고 했습니다. 나는 죽은 사람의 주머니를 뒤졌습니다. 손수건, 큰 칼, 접는 작은 명함 지갑이 있었습니다. 명함 지갑에는 종이 한 장이 비스듬히 꽂혀 있었는데,

나는 그것을 경관에게 건네주었습니다. 거기에는 휘갈겨 쓴 여자의 메모가 있었습니다.

꼭 가겠어요   – 모드

　시간과 장소에 대한 내용은 없었습니다. 하지만 분명히 연인들의 데이트 약속이었습니다. 경관은 메모지를 다시 명함 지갑에 넣고 다른 것들과 함께 외투 주머니에 넣었습니다. 나는 더 이상 살필 것이 없었기에 아침을 먹으러 집으로 갔습니다. 물론 그 이전에 벼랑 아래쪽을 철저하게 수색하라고 일러두었습니다.

　스택허스트는 한두 시간 후 우리 집으로 와서 시신은 학교로 옮겼고 곧 검시가 진행될 것이라는 말을 했습니다. 그는 아주 중요하고 구체적인 정보를 내게 전해 주었습니다. 예상했던 대로 벼랑 아래쪽의 작은 동굴들에서는 발견된 것이 아무것도 없었지만 맥퍼슨의 책상 위에 있던 서류들을 살펴보았는데, 거기에는 풀워스의 모드 벨라미 양과 주고 받은 편지가 여러 통 있었다고 했습니다. 지갑 속에 있던 메모지의 주인공을 알아낸 것입니다.

　"경찰이 편지를 가지고 있어."

스택허스트는 말했습니다.

"그래서 가져오지는 못했네. 둘 사이가 아주 가까운 사이라는 것은 분명하더라고. 하지만 그걸 이 사건과 연관 지을 필요는 없는 것 같네. 아가씨가 맥퍼슨과 만나겠다는 약속을 했다는 것을 제외하고는 말이지."

"그렇지만 연인끼리 아무나 다 오는 바닷가 수영장에서 만날 일은 없지 않을까?"

나는 말했습니다.

"맥퍼슨이 그곳에 혼자 있었던 것은 우연이었을 거야."

그가 말했습니다.

"뭐, 우연이라고?"

스택허스트는 이마를 찌푸린 채 깊은 생각에 빠져 있다가 말했습니다.

"이안 머독이 아이들을 닦달하고 있었어. 아침 식사 전에는 대수 문제를 풀어야 한다고 했다는군. 안타까운 친구, 이런 사고를 당할지 어떻게 알았겠나."

"그들 둘이 친구는 아닌 걸로 알고 있었는데."

"예전에는 그랬어. 하지만 최근 1년 동안은 머독과 맥퍼슨이 아주 친하게 지냈거든. 머독이 본래 정이 많은 친구야."

"나도 알고 있네. 하지만 자네는 개를 괴롭힌 일 때문에 싸우기도 했다고 하지 않았나?"

"벌써 화해했지."

"조금이라도 감정은 남아 있지 않을까?"

"절대 그렇지 않아. 다시 말하지만 두 사람은 무척 친했다네."

"그래, 그렇다면 여자 문제를 알아보아야겠네. 자네는 그 아가씨에 대해 뭘 좀 아는가?"

"벨라미 양을 누군들 모르겠어? 이 일대에서는 최고의 미인인데. 홈즈, 그 아가씨는 어딜 가도 남자들의 시선을 끌 여자야. 나는 맥퍼슨이 그녀에게 푹 빠져 있다는 것은 알고 있었지만 둘 사이에 연애편지가 오가고 있는 줄은 정말 몰랐다고."

"어떤 아가씨길래?"

"풀워스의 모든 선박과 탈의실을 갖고 있는 톰 벨라미의 딸이거든. 본래 어부였는데 지금은 엄청난 재산을 갖고 있지. 그 영감은 자기 아들 윌리엄과 함께 사업을 하고 있네."

"풀워스에 가서 그 집 식구들이나 만나볼까?"

"무슨 이유라도 있어야지."

"핑계거리를 만드는 거야 쉬운 일이지. 여하튼 불쌍한 젊은이가 자기 스스로를 그토록 비참하게 자학한 것은 아니니까. 채찍으로 입은 상처가 확실하다면 그 채찍을 가한 사람은 다른 사람이었을 테니까. 그런데 이 작은 마을에서 그가 사귄 사람들이야 뻔한 거 아닌가. 그와 관련된 모든 일들을 샅샅이 조사해 보면 사건의 실마리를 풀 수 있을 거야. 그 후에 범인을 잡는 거지."

아침에 그 비극적인 사건으로 기분이 침울해지지만 않았어도 나는 백리향 향기로 가득한 고원을 따라 산책을 하면서 상쾌함에 젖어 있었을 일입니다. 풀워스 마을은 만을 둘러싼 반원형의 땅에 자리잡고 있었습니다. 전형적인 시골 마을의 뒤편 언덕 위에는 현대식 가옥 몇 채가 들어서 있었습니다. 스택허스트는 그 중 한 집으로 나를 데리고 갔습니다.

"벨라미는 이 집에 '헤이븐'이라는 이름을 붙였지. 점판암 지붕의 모서리마다 탑을 얹어놓았어. 가진 것 없이 시작한 사람 치고 이 정도면……, 아니, 저기를 좀 보게."

그때였다. 헤이븐 저택의 대문이 열리면서 한 남자가 나타났습니다. 그는 다름 아닌 큰 키의 바짝 마른 몸에 머리는 감지 않아 떠 있는 듯한 수학 교사 이안 머독이었습니다. 우리는 정면으로 부딪혔습니다.

"아니 자네가."

스택허스트는 말했습니다. 머독은 고개를 살짝 숙여 인사를 하더니 알 수 없는 듯한 느낌의 검은 눈으로 우리를 곁눈질하면서 그냥 지나가려고 했고, 그러자 교장은 그를 붙잡았습니다.

"자네, 무슨 일로 이곳에 왔나?"

머독은 갑자기 얼굴이 붉어지더니 화난 투로 말했습니다.

"교장 선생님, 제가 선생님과 한 솥밥 먹는 가족 같은 부하 직원이긴 하지만 저의 사적인 일까지 일일이 보고해야 할 의무는 없다고 봅니다."

스택허스트는 갑자기 일어난 사건 때문에 신경이 아주 예민해져 그야말로 한번 터지기 직전이었습니다. 다른 때였더라면 그는 참았을 것입니다. 하지만 그는 더 이상 여유로운 마음이 없었습니다.

"머독 선생, 지금 너무 버릇없이 대답하는군."

"교장 선생님의 질문에 대해서도 저는 같은 얘기를 할 수밖에 없습니다."

"자네의 그 건방진 태도를 보면서도 모른 척 눈감아준

MYSTER **269**
검작선

게 한두 번이 아니지. 나도 더 이상은 관대하게 못하네. 안 됐지만 다른 학교를 알아보도록 해."

"잘됐군요. 저 역시 그럴 참이었습니다. 이 학교에 남아 있게끔 의미를 부여한 단 한 사람이 오늘 아침 떠났으니까요."

머독은 당당하게 가버렸고, 스택허스트는 매우 화난 얼굴로 그의 뒷모습을 매서운 눈초리로 바라보았습니다.

"아니, 어떻게 저 따위 식으로 행동할 수가 있지? 건방진 녀석 같으니라고."

그는 소리쳤습니다.

두 사람이 티격태격 하는 걸 지켜보는 동안 가장 먼저 생각난 것은 이안 머독 선생이 사건 현장으로부터 달아날 수 있는 좋은 기회를 얻었던 것이었습니다. 막연하게 마음속으로만 갖고 있던 뭔가가 구체화되기 시작한 것입니다. 벨라미 집 사람들을 만나보면 문제의 실마리는 좀 더 뚜렷해질 것이라는 느낌이 왔습니다. 스택허스트가 감정을 추스른 후 우리는 그 집에 들어갔습니다.

벨라미 씨는 마치 불꽃처럼 빨간 턱수염을 기른 중년의 사내였습니다. 그는 화가 나 있는 듯 얼굴이 머리카락 색깔처럼 붉어졌습니다.

"듣고 싶지 않소. 맥퍼슨 선생이 모드에게 관심을 갖고 있었다고요? 이런 여기 우리 아들도……."

그는 거실 구석에 앉아 있는 엉큼한 인상에 몸이 건장한 젊은이를 가리켰습니다.

"나와 마찬가지로 그런 말은 모욕이라고 생각하오. 정말이지 '결혼' 그런 말은 금시초문이며 자기들끼리는 만나고 어쩌고 했겠지만, 나와 우리 아들은 절대 인정을 못합니다. 우리 딸아이는 제 어미가 없어 우리가 보호자요. 우리는 결코……."

그때 딸이 나타나자 아버지는 말을 멈추었습니다. 벨라미 양이 그 어디에 가더라도 사람들의 이목을 집중시킬 만한 미인인 것은 인정할 수밖에 없는 사실이었습니다. 그렇게 특별한 아름다움을 지닌 꽃이 이런 촌 동네에서 엄마 없이 자랐을 것이라는 상상을 감히 누가 하겠습니까? 나는 비교적 여성들에게 끌리는 경우가 거의 없습니다. 아마도 그것은 머리가 늘 가슴을 지배하고 있기 때문이었을 겁니다. 그러나 벨라미 양의 조각처럼 완벽한 미모와 고원지방의 신선한 기운을 품고 있는 듯한 그녀의 발그레한 볼을 보는 순간, 나는 젊은 남자 치고 그녀 앞에서 마음이 흔들리지 않은 사람은 단 한 사람도 없을 것이라는 생각을 했습니다.

이런 미모의 여성이 방문을 열고 들어와 놀라고 당황스러워 하는 얼굴로 헤럴드 스택허스트 앞에 서 있었습니다. 그녀가 먼저 말했습니다.

"저는 피츠로이가 죽었다는 사실을 알고 있습니다. 부담스러워 하지 마시고 말씀하세요."

"그쪽의 다른 사람이 우리에게 그 소식을 말해 주었소."

그녀의 아버지가 거들었습니다.

"왜 내 동생이 그런 이상한 사건에 엮이어야 하는지 알 수가 없군요."

젊은이가 사납게 말했습니다. 그러자 그의 여동생은 오빠를 향해 차가운 시선을 보냈습니다.

"윌리엄, 내 일이야. 나 하고 싶은 대로 하도록 가만히 내버려 둬. 말 들어보니 그 사람은 누구에겐가 살해당한 거야. 범인을 잡을 수 있도록 돕는 것이 이미 죽은 그를 위해 내가 할 수 있는 최소한의 예의야."

그녀는 집중해서 내 친구의 말에 귀를 기울이는 것을 보니 대단한 미인이기도 하지만 심지가 강한 여성이라는 것을 알 수 있었습니다. 모드 벨라미는 나의 기억에 영원히 완벽하고도 똑똑한 미모의 여인으로 남아 있을 겁니다. 그녀는 얘기가 끝나자 나를 이미 알고 있는 듯이 나를 돌아섰습니다.

"홈즈 선생님, 정의의 심판을 내려주세요. 그들이 누구이든간에 저는 최선을 다해 선생님을 돕겠습니다."

그녀는 말을 하면서 냉정한 시선으로 오빠와 아버지를 번갈아가며 흘기듯 쳐다보았습니다.

"감사합니다."

나는 말했습니다.

"나는 이런 사건에 대해 여성의 직관은 뛰어나다는 것을 인정합니다. 아가씨는 '그들'이라는 말을 하셨습니다. 그것은 범인이 한 명이 아닌 여럿이라고 보는 건가요?"

"저는 맥퍼슨 씨가 아주 용감한 사람이라는 것을 알고 있어요. 범인이 한 사람이었다면 그에게 그렇게 심한 짓을 하지는 못했을 겁니다."

"다른 곳에서 얘기하고 싶은데 허락해 주시겠습니까?"

"모드, 내가 말했지. 넌 그런 일에 끼어들지 마라고."

아버지가 화를 냈습니다. 그녀는 입장이 좀 난감하다는 듯한 표정으로 나를 보았습니다.

"어떻게 하죠?"

"어차피 세상이 다 알게 될 테니 그냥 여기서 얘기하지요. 아가씨와 둘이서만 대화를 나눌 수 있으면 더 좋겠지만 아버님이 반대하시니까 하는 수 없지요 뭐. 그러나 아버님께서도 이 문제에 대해서는 신중하셔야 합니다."

나는 죽은 사람의 주머니에서 발견된 메모지에 대해 말했습니다.

"그것은 아마 나중에 법정에 제출될 것입니다. 괜찮다면 그 편지에 대해 밝혀주시겠습니까?"

"감출 이유는 없습니다."

그녀는 말했습니다.

"우리는 결혼을 약속했어요. 하지만 그 사실을 숨기고 있었던 이유는 그 사람의 숙부 때문이었습니다. 연세가 많으신 분이어서 오래 살지는 못하실 겁니다. 그러나 피츠로이가 자신의 뜻에 맞지 않는 결혼을 하게 되면 유산을 물려주지 않겠다고 했기 때문이랍니다. 그 이유 말고는 없었지요."

"우리에게는 왜 그런 말을 하지 않았니?"

벨라미 씨가 불만스럽게 말했습니다.

"아버지가 저희에게 조금만이라도 관심을 주셨다면 벌써 말을 했을 거예요."

"나는 내 딸이 신분 차이가 나는 남자와 사귀는 것을 원치 않거든."

"우리가 진실을 말하지 못한 것은 그 사람에 대한 아버지의 편견 때문이랍니다. 그 쪽지는……."

그녀는 주머니에서 여러 차례 접은 쪽지를 꺼냈습니다.

"이 편지에 대한 답장이었어요."

내 사랑
화요일, 해가 지자마자 바닷가의 그곳으로 나와 줘요. 내가 갈 수 있는 시간은 그때뿐이오.

　　　　　　　　　　　　　　　　　　　－ F. M.

"오늘이 화요일인데, 오늘 저녁 우리는 만나기로 했지요."

나는 편지를 뒤집어 보았습니다.

"이걸 어떻게 받으셨나요. 우편으로 온 것은 아닌데."

"그 질문에는 답하지 않겠습니다. 선생님이 조사하는 문제와는 전혀 별개의 것이니까요. 그러나 문제가 된다면 말씀드릴게요."

그녀는 성실하게 최선을 다하려 했지만 큰 도움이 될

만한 내용은 없었습니다. 그녀는 약혼자에게 원한을 갖고 있는 사람은 없지만 자신을 짝사랑하는 사람들은 여러 명 있었다는 것을 시인했습니다.

"이안 머독도 그 구애자들 중 하나였나요?"

그녀는 얼굴이 붉어지면서 당황스러워 했습니다.

"비슷한 생각이 들긴 했어요. 저와 피츠로이의 관계를 알고 난 후부터 사람이 완전히 변하더군요."

머독이라는 의문의 사내에게 깔렸던 그림자가 다시 확대되는 것 같았습니다. 그에 대한 기록도 조사하고 그의 방도 몰래 뒤져봐야 할 것 같았습니다. 스택허스트는 적극적으로 나서서 협조할 거라고 생각했습니다. 그의 내면에도 머독에 대한 의심이 점점 커지는 것만 같았거든요. 우리는 헤이븐 저택에서 나와 돌아오면서 복잡하게 뒤엉킨 이 사건의 실마리를 찾을 수 있기를 소원했습니다.

그리고 일주일이 흘렀습니다. 심리가 열렸으나 사건은 해결의 기미가 보이지 않았습니다. 결국 증거 미비로 심리가 연기되었습니다. 스택허스트는 머독 선생에 대해 몰래 뒷조사를 했고 그의 방도 뒤져보았으나 이렇다할 단서는 찾지 못했습니다. 나 역시 나름대로 이 사건을 재검토하면서 현장에도 다시 가 보았지만 어떤 결론도 내릴 수 없었습니다. 나의 기록 일지를 읽어 본 독자라면 나를 이렇게 능력 없는 탐정으로 만들어놓은 사건은 없었다는 사실을 잘 알고 있을 것입니다. 온갖 추리력을 동원해 보아도 해결책은 없었습니다.

그런데 그때 개 사건이 발생했습니다.

그 소식을 가장 먼저 전해 준 사람은 우리 집 가정부였습니다. 여성들은 시골 마을에서 벌어지는 다양한 소식들은 입소문을 통해 듣곤 했습니다.

"선생님, 이건 정말 슬픈 일이에요. 맥퍼슨 선생의 개 있잖아요."

어느 날 저녁 가정부가 말했습니다. 나는 보통은 그런 대화에 무덤덤했지만 그 날만큼은 귀가 솔깃해질 정도였습니다.

"맥퍼슨 선생의 개에게 무슨 일이 있어요?"

"죽었다고 하더군요. 주인을 그리워하다가 말입니다."

"누구한테 그 얘기를 들었소?"

"만나는 사람마다 그 얘기입니다. 얼마나 충격을 받았는지 개가 일주일 동안 아무것도 먹지 않았답니다. 오늘 두 학생이 바닷가에서 개가 죽어 있는 것을 발견했답니다. 참 이상하게도 주인이 죽은 그 자리였다네요."

"주인이 죽은 자리라고요?"

그 말은 그대로 머릿속에 각인되었습니다. 이는 그냥 넘길 일이 아니라는 느낌이 강해지고 있었습니다. 개가 주인을 따라 죽었다면 아름답고 슬픈 일이지만 왜 굳이 주인이 죽은 그 쓸쓸한 바닷가였을까? 개도 마찬가지로 누군가에 의해 복수심에 희생된 것은 아닐까? 그렇다면…… 이런 의문이 생겼습니다. 내 마음속에 그 어떤 의심이 감당할 수 없을 만큼 커지고 있었습니다. 나는 곧장 게이블스로 갔습니다. 스택허스트는 서재에 있었는데 내가 두 학생을 불러달라고 하자 서드베리와 블라운트를 불러오더군요.

"개는 수영장 가장자리에 누워 있었습니다."

한 학생이 말했습니다.

"죽은 주인의 냄새를 따라간 것 같았습니다."

나는 홀의 깔개 위에 누워 있는 에어데일 테리어 종의 그 충성스러운 개를 살펴보았습니다. 몸은 굳어 있었고, 두 눈은 튀어나왔고, 사지가 뒤틀려 있었습니다. 심하게 고통을 받은 흔적들이 곳곳에서 나타났습니다.

나는 게이블스에서 바닷가 수영장까지 걸어갔습니다. 해는 지고 산더미만한 절벽의 그림자가 납판처럼 무겁게 찰랑대는 바닷물 위로 검게 누워 있었습니다. 바닷가에 사람의 그림자는 찾아볼 수 없었고, 끼룩거리며 머리 위를 휘저으며 나는 바닷새 두 마리 외에는 살아 있는 것들은 아무것도 없었습니다. 가녀린 빛 속에서 모래 위로 찍힌 작은 개의 발자국이 희미하게 보였습니다. 죽은 주인이 수건을 올려놓았던 바로 그 바위 옆이었습니다. 나는 한참 동안을 서서 생각에 몰두했고 그러는 사이에 주변의 그림자는 더욱 확연하게 드러났습니다. 잡다한 생각들이 머릿속을 흔들어 놓았습니다. 마치 악몽을 꾸는 것만 같았습니다. 내가 찾아 헤매는 아주 중요한 어떤 것이 여기에 있다는 느낌이 강해지기 시작했는데, 그것은 잡힐 듯 말 듯하면서 도무지 잡히지 않았습니다. 그날 밤, 맥퍼슨이 죽었던 그 자리에 서 있을 때 나의 심정은 이러했습니다. 결국 돌아서서 집을 향해 걸어갔습니다.

어떤 특별한 느낌이 찾아온 것은 내가 벼랑 위로 올라서는 순간이었습니다. 수 없이 잡아보려고 했지만 도무지 잡히지 않던 그것이 한 줄기 강렬한 빛처럼 머릿속에 나타난 것입니다.

독자 여러분은 잘 알고 있을 것이고 왓슨도 그렇게 썼을 것 같은데, 나는 엄청난 양의 특이한 지식들을 두서없이 머릿속에 담아두고 있습니다. 이런 지식들은 그래도 내가 하는 일에는 아주 효과적으로 쓰이곤 합니다. 나의 내면은 다양한 지식의 보따리들로 꽉 들어찬 골방 같은데 그 양이 너무 많아서 나는 거기에 어떤 것들이 있는지조차도 모를 정도입니다. 이 사건과 관련하여 나는 나의 내면에 뭔가가 있을 것이라고 생각했습니다. 그게 무엇인지 여전히 막연하긴 했지만 나는 그것을 정확하게 짚어내는 방법을 알고 있었습니다. 터무니없고 믿기 어려운 일이지만 가능할 것이라고 믿고 있었습니다. 나는 끝까지 그것을 확인해 볼 참이었습니다.

작은 우리 집에는 책으로 꽉 차 있는 다락방이 하나 있습니다. 나는 곧장 그곳으로 가서 자그마치 한 시간 동안 내내 책 더미를 뒤졌습니다. 그리고 드디어 초콜릿색과 은색으로 만들어진 작은 책 한 권을 찾아냈습니다. 나는 기억 속에 어렴풋이 잔존해 있는 그 페이지를 찾으려고 열심히 책장을 넘겼습니다. 그렇습니다. 어쩌면 불가능한 것처럼 보이는 얘기지만 그래도 내 눈으로 확인하기 전까지는 포기할 수 없는 일이었습니다. 나는 내일 할 일을 생각하면서 큰 기대감을 안고 밤이 늦어서야 잠에 들었습니다.

그런데 일을 시작하기도 전에 나는 골칫거리를 만났습니다. 아침 일찍 일어나 대충 차를 마시고 바닷가로 내려가는데 서섹스 경찰대의 바들 경위가 날 찾아왔습니다. 그는 생각이 깊은 눈을 가진 말수 적고 듬직한 사내였습니다. 그의 눈에는 근심 걱정이 그득해 보였습니다.

"선생님이 경험이 많으신 걸로 알고 있습니다. 물론 저는 개인적인 자격으로 찾아왔으며 시간을 많이 빼앗지는 않을 겁니다. 저는 맥퍼슨 사건으로 아주 머리가 아프답니다. 문제는 체포할 것인가? 아니면 내버려 둘 것인가? 그것입니다."

"이안 머독 선생 애기인가요?"

"그렇습니다. 생각하면 머독 외에는 떠오르는 인물이 없네요. 어쩌면 그게 이 외진 마을의 장점일 수도 있는데 용의자를 아주 작은 범위로 축소시킬 수 있다는 것입니다. 머독이 아니면 그 누가 그런 짓을 했을까요?"

"그가 범인이라는 것을 증명할 단서가 있소?"

그는 나와 같은 논리에서 답을 얻은 것 같았습니다. 문제는 머독의 괴팍한 성격과 그의 주변에 깔려 있는 비밀의 그림자였습니다. 과거 개 사건에서 나타난 것처럼 그는 매우 다혈질이었습니다. 그리고 예전에 맥퍼슨과 다툰 적도 있고 벨라미 양을 마음에 두고 있다는 것 때문에 맥퍼슨을 증오하고 있었는지도 모릅니다.

경위는 내가 생각했던 것과 같은 생각을 하고 있었습니다. 머독이 떠날 준비를 하고 있다는 사실 외에는 별 다른 것은 없었습니다.

"몇 가지 의심스러운 점이 분명히 있는데도 그가 이곳을 벗어나는 것을 방치한다면 저의 입장이 좀 난처해집니다."

우직하지만 느린 경위는 고민에 휩싸여 있었습니다.

"잘 생각해 보시오."

나는 말했습니다.

"당신의 주장에는 아주 중요한 몇 가지 결점이 있습니다. 머독 선생은 사건 당일 아침 자신의 알리바이가 정확하오. 다른 교사들과 같이 있다가 맥퍼슨이 절벽 위로 올라온 후 나중에 등 뒤에서 나타났소. 게다가 머독 혼자만의 힘으로는 자신과 비슷한 힘을 지닌 상대에게 그런 상처를 입힐 수는 없다는 것이오. 그리고 또 한 가지 상처를 입힌 도구에도 의문이 갑니다."

"글쎄요. 좀 길고 잘 굽어지는 채찍 같은 것이 아닐까요?"

"상처를 직접 확인했소?"

"네 그렇습니다. 의사도 봤어요."

"나는 확대경으로 정말 자세하게 봤는데 아주 특이한 상처였소."

"어떻게 보이던가요?"

나는 책상 앞으로 걸어가 확대 사진을 꺼냈습니다.

"그런 사건의 경우 나는 이런 방법을 택한다오."

나는 설명했습니다.

"홈즈 선생님, 역시 철저하시군요."

"그렇지 않으면 내가 지금의 이 자리에 서 있을 수 없었겠지요. 여기 오른쪽 어깨를 휘감고 있는 굵직한 상처를 보시오. 좀 이상하다는 생각이 들지 않소?"

"저는 잘 모르겠는데……."

"상처의 선이 일정치가 않거든요. 곧 알게 될 거요. 이런 상처가 어떻게 생겼는지 알게 되면 곧 범인을 잡는 셈이지요."

경위가 입을 열었습니다.

"엉뚱한 생각인지는 모르겠지만 벌겋게 달군 철사 같은 것으로 휘갈긴 것 같습니다. 여기 심하게 부르튼 것들은 그물코가 교차하는 지점을 드러내고요."

"대단한 발상이오. 아니면 작고 강한 매듭이 있는 아홉 가닥 채찍을 휘두른 것 같지 않소?"

"역시, 홈즈 선생님, 정답을 말씀하신 것 같습니다."

"바들 경위, 뭔가 전혀 다른 문제가 있었을지도 모르지요. 그러나 머독 선생은 용의점이 정확하지 않아서 그를 체포할 수는 없다오. 더욱이 죽은 사람이 마지막으로 한 말이 있소. '사자 갈기(Lion Mane)'라고."

"그렇다면 혹시 이안이라는 이름이 라이언······."

"맞소, 나도 같은 생각을 했소. 두 번째 단어가 머독과 조금이라도 유사했다면······, 그런 게 달랐소. 맥퍼슨은 거의 비명을 지르는 것 같았소. 분명한 것은 'Mane'이라는 단어를 정확하게 기억한다는 것이오."

"홈즈 선생님, 뭐 감잡히는 것이라도 있나요?"

"그럴지도 모르오. 단, 보다 구체적인 단서를 잡기 전에는 말하지 않겠소."

"그러면 언제쯤 말할 수 있을 것 같습니까?"

"음, 한 시간 후······, 아니 그보다 좀 빨리······."

경위는 턱을 만지며 믿어야 하는지 말아야 하는지에 대해 갈등을 하는 시선으로 나를 바라보았습니다.

"홈즈 선생님, 선생님의 마음속으로 들어갈 수 있다면

얼마나 좋을까요. 고기잡이 배들을 의심하신 건가요?"

"이런, 전혀 아니오. 그 배들은 의심할 수 없을 만큼 먼 곳에 있었소."

"음, 그러면 벨라미하고 그 체격 좋은 아들인가요? 벨라미 부자는 맥퍼슨 선생에 대한 감정이 나쁘던데요. 부자가 합심하여 맥퍼슨을 혼내주었을 가능성도 있지 않나요?"

"말도 안 되는 얘기요. 당신이 넘겨짚는다 할지라도 확실한 때가 되기 전에는 밝힐 수 없소."

나는 빙긋 웃었습니다.

"경위, 그런데 우리는 각각 할 일이 있다오. 점심 때 날 찾아오면……."

대화는 여기서 멈추고 말았습니다. 그런데 그것이 사건 해결의 출발점이었습니다.

현관문이 열리더니 복도에서 허겁지겁 움직이는 발자국 소리가 들렸고, 이안 머독이 비틀거리면서 방으로 들어왔습니다.

그는 뼈마디가 불거진 손으로 가구를 붙잡아 겨우 지탱하는 듯했습니다. 핏기 없는 하얀 얼굴에 머리는 제멋대로 흐트러져 있었습니다.

"브랜디, 아 브랜디."

그는 숨을 헐떡이면서 말하더니 끝내 신음소리와 함께 소파 위로 쓰러졌습니다. 그러나 머독은 혼자가 아니었습니다. 스택허스트가 모자도 안 쓰고 숨이 차 오른 상태에서 머독 못지않게 허망한 얼굴로 뒤따라 들어왔습니다.

"그래! 브랜디, 여기 있네."

스택허스트가 소리쳤습니다.

"이 사람 지금 생명이 위독해. 겨우 여기까지 끌고 왔다네. 여기 오기까지 두 번이나 의식을 잃었었네."

큰 잔으로 반 잔의 독주는 정말 놀라웠습니다. 머독은 한쪽 팔을 짚고 일어나더니 옷자락을 걷어내면서 어깨를 드러냈습니다.

"오, 오일, 모르핀, 마약."

그는 외쳤습니다.

"이런 지옥보다 더한 고통을 없애 준다면 무엇이든."

경위와 나는 눈앞에 분명하게 드러난 상처를 보았고 너무 놀라웠습니다. 머독 선생의 어깨에는 맥퍼슨의 죽음의 상징이 되었던 벌겋게 부풀어 오른 특이한 그물 무늬의 상처가 똑같이 있었던 것입니다.

통증은 순간적인 그런 게 아니고 정말 견디기 힘들 만

큼 심해 보였는데, 그는 잠시 호흡을 멈추더니 얼굴이 검게 변했습니다. 다시 숨을 거칠게 쉬면서 손으로 가슴을 두드렸는데 이마에는 구슬 같은 땀방울이 맺혀 있었습니다. 당장이라도 죽을 것만 같았습니다. 머독은 목구멍 속으로 브랜디를 쏟아 부었는데 한 모금 마실 때마다 다시 생기를 드러냈습니다. 거즈에 샐러드 오일을 적셔 얹어 주자 상처의 통증은 다소 가라앉는 듯했습니다. 지쳐 있는 자연이 마지막 생명의 창고에서 편안한 안식처를 만난 것입니다. 절반은 잠이 들고 또 절반은 기절한 것 같았지만 어찌 되었든 통증은 가라앉는 듯 보였습니다.

머독에게 물어볼 수는 없었지만 그의 상태가 호전되는 것이 보이자 스택허스트는 나를 바라다보았습니다.

"이런, 홈즈. 도대체 이게 무슨 일이지?"

그는 외쳤습니다.

"이 친구를 어디서 본 건가?"

"바닷가라네. 불쌍한 맥퍼슨이 죽은 그 자리라고. 이 친구의 심장이 맥퍼슨처럼 허약했다면 이미 목숨이 끊어졌을 거야. 이 친구를 데리고 오는 동안 죽은 것 같다는 생각이 여러번 들었었지. 학교까지는 너무 멀어서 하는 수 없이 이리로 데리고 왔네."

"바닷가에서 만났다고?"

"비명소리가 들렸을 때 나는 벼랑 위를 걷고 있었다네. 이 친구는 술 취한 사람처럼 비틀거리고 있었어. 내가 뛰어 내려가 옷을 대충 걸쳐주고서 끌고 올라왔지. 홈즈, 정말 자네의 능력이 발휘되어야 할 때라고. 저주받을 악마를 찾아내는 데 전력을 다 기울여주게. 이거 이래서 어디 살 수가 있겠어? 세계적으로 인정받고 있는 자네가 우리를 위해서 할 수 있는 게 없다면 말이 안 되지 않나."

"스택허스트, 난 할 수 있어. 같이 가자고. 경위, 당신도 같이 갑시다. 그 살인자를 당신의 손에 넘겨줄 수 있을지 모르겠지만."

머독은 가정부에게 맡겨놓고 우리 세 명은 죽음의 석호를 향해 내려갔습니다. 자갈밭에 머독이 벗어놓은 옷과 수건 같은 것들이 여기저기 흩어져 있었습니다.

나는 석호의 테두리를 따라서 천천히 걸었고, 두 사람은 나란히 내 뒤를 따라왔습니다. 호는 얕은 편이었지만 벼랑 밑으로는 바닥이 1미터 정도나 움푹 팬 곳도 있었습니다. 그곳은 수정처럼 맑고 투명한 곳이었기에 수영을 하는 사람들은 그곳으로 향하기 마련이었습니다. 벼랑을 따라 크고 작은 바위가 물 위로 모습을 드러내고 있었습니다.

수심이 가장 깊고 물결이 잔잔한 지점에 다다랐을 때 드디어 내가 찾고자 했던 것이 나타났습니다. 나는 자신 있게 소리쳤습니다.

"키아네아다! 키아네아! 사자 갈기라고."

내가 손가락으로 가리킨 이상한 물체는 사자 갈기에서 떼어낸 헝클어진 털 뭉치와 흡사했습니다. 그것은 수면에서 90센티미터쯤 밑에 있는 바위 위에 올라와 앉아 있었는데 마치 물결치듯이 흔들거리는 노란 털 사이로 은빛이 곳곳에서 반짝이는 참으로 기이한 생물이었습니다. 그것은 아주 천천히 커졌다 작아졌다를 반복했습니다.

"저 흉물이 맞아. 오늘은 네 제삿날이 될 거다."

나는 소리쳤습니다.

"스택허스트, 날 도와 줘. 저 악마 같은 것을 오늘 죽여 버리자고."

바로 위의 바위에 큰 돌이 있었습니다. 우리는 온 힘을 다하여 이 돌을 물 속으로 밀어버렸습니다. 돌은 엄청난 물방울들을 튀기면서 물 속으로 들어갔습니다. 물결이 잔잔해진 다음 물 속을 들여다보았더니 노란 막이 움직이는 것으로 보아 괴물은 돌 밑에 깔린 것 같았습니다. 기름기가 섞인 탁한 거품들이 돌 밑에서 스며 나와 물 위로 올라와 물은 혼탁해져 갔습니다.

경위가 말했습니다.

"대체 무슨 일인지 알 수가 없습니다. 홈즈 선생님, 저이상한 것이 무엇이지요? 제가 이곳에서 나고 자랐지만 저런 괴물체는 처음 보았습니다. 서섹스에는 원래 저런게 없습니다."

"서섹스를 위해서는 천만다행이오. 저것은 남서쪽에서 불어온 강풍에 떠밀려서 여기까지 온 게 분명하오. 우리집으로 갑시다. 다른 바다에서 이번 일과 똑같은 사고를 당했다가 구사일생으로 살아난 사람의 무서운 경험을 소개해 주겠소."

서재로 돌아와 보니 머독은 일어나 앉아 있을 만큼 상태가 좋아져 있었습니다. 그러나 머릿속은 멍해 있는 듯했으며, 순간순간 발작적인 통증을 호소했습니다. 그 자신도 무슨 일이 있었는지조차 모르고 있었습니다. 갑자기 심한 통증이 느껴져서 죽을 힘을 다해 물 밖으로 나왔다고 했습니다.

"세상 사람들이 영원히 모르고 넘어갈 수도 있었던 일을 처음으로 소개한 책이 바로 이것이오."

나는 작은 책을 펼치면서 말했습니다.

"이것은 유명한 관찰자인 J. G. 우드가 쓴 『야외에서』라는 책이오. 우드 자신이 이 맹독성 해파리를 만났다가 죽을 뻔했기 때문에 아주 상세하게 설명을 하고 있소. 그 악마 같은 생물체의 정식 이름은 키아네아 카필라타요. 한 번 물리면 코브라한테 물린 것처럼 위험한데 통증은 오히려 더 심하다오. 내가 일부분 읽어 보겠소.

수영을 하던 중 황갈색 막에 촉수가 있는 한 덩어리를 발견했는데, 이것이 은빛 종이에 큰 사자 갈기를 붙여놓은 것처럼 보일 때는 조심해야 한다. 이는 맹독성을 품은 키아네아 카필라타이다.

이 맹독성 해파리를 만나면 어떻게 되는지 자세하게 알아보죠.

우드는 캔트 해안으로 수영을 하러 갔다가 이 괴물을 만났던 일을 전하고 있소. 그는 이 해파리가 눈에 안 보이는 섬유를 15미터 거리까지 쏘아대고 그 반경 내에 있는 사람은 아주 위험해진다는 사실을 알게 되었소. 거리가 멀었는데도 불구하고 이 해파리가 우드에게 끼친 위력은 엄청난 것이었소.

셀 수 없이 많은 섬유로 인해 온 피부에 빨간 줄이 생겼는데 잘 살펴보니 이것은 아주 작은 점으로 이루어져 있으며, 이 점 하나하나가 마치 불에 달군 바늘로 신경을 쑤시는 것처럼 심하게 아팠다.

그의 설명에 따르면 상처의 통증은 몸의 다른 곳에서 느껴지는 심한 통증과는 비교할 수 없을 정도로 작은 것이라오.

가슴으로 통증이 느껴지는 순간, 나는 총 맞은 사람처럼 퍽 쓰러졌다. 맥박이 멈추었다가 심장이 밖으로 튀어 나올 것처럼 여러 차례 쿵쿵 뛰었다.

우드는 좁은 수영장 물에서가 아니라 넓은 바다에서 쏘였는데도 죽을 뻔했다고 했소. 쏘인 후에 그는 자신의 얼굴이 아주 하얗게 변하고 오그라들어서 알아보기가 어려울 정도였다고 했소. 그 역시 브랜디를 한 병 가까이 마셨는데 그것 때문에 살 수 있었던 것 같다고 하였소. 경위, 책이 여기 있소. 이것을 읽어보면 불쌍한 맥퍼슨이 죽은 이유를 쉽게 알 수 있을 것이오."

"그 덕에 저도 혐의를 벗을 수 있겠네요."

머독이 어설픈 미소를 지으며 말을 덧붙였습니다.

"바들 경위, 홈즈 선생님, 나는 두 분을 원망하지는 않습니다. 나에게 의혹이 집중되는 것은 어쩌면 당연한 일이었으니까요. 체포될 뻔했다가 불행인지 다행인지 내 친구와 같은 일을 겪은 덕에 혐의를 벗어나게 되었네요."

"머독 선생, 그건 아니오. 나는 이미 이 사건의 단서를 잡았었고 본래 계획대로 일찍 나왔다면 당신은 그렇게 무서운 경험을 하지 않았어도 될 일이었소."

"홈즈 선생님, 그런데 어떻게 아셨습니까?"

"나는 사실 책은 손에 잡히는 대로 읽는 편인데 유별나게도 사소한 것들에 대한 기억력이 좋은 편이오. '사자 갈기'라는 한 마디가 내 마음속에 남아 있었소. 그 단어를 어디선가 좀 엉뚱한 문장에서 읽은 적이 있었소. 좀 전에 보았다시피 사자 갈기란 아까 그 해파리의 생김새를 가장 잘 표현해 주는 말인 것 같소. 맥퍼슨은 분명 물 위에 떠 있는 그 괴물의 모습을 보았을 것이오. 그리고 그의 말은 자신을 죽음으로 몰고 간 바다 생물에 대해 경고를 하고자 그가 마지막으로 남길 수 있었던 한 마디였소."

"적어도 저의 결백은 밝혀진 것이군요."

머독은 몸을 조심스럽게 일으키면서 말했습니다.

"나는 두 분의 수사 방향을 감잡고 있었기 때문에 반드시 해명해야 할 것이 있습니다. 내가 벨라미 양을 사랑했던 것은 사실입니다. 하지만 나는 친구인 맥퍼슨이 그녀를 선택한 날부터 오직 한 가지 그녀가 행복해지기만을 빌었습니다. 나는 뒤로 물러서서 두 사람의 다리 역할을 하는 것으로 만족해 했습니다. 두 사람의 사정을 너무 잘 알고 있었기에 두 사람 사이에서 편지 심부름도 여러 번 해주었습니다. 그리고 벨라미 양은 나에게 소중한 존재였기에 내 친구가 죽었을 때 다른 사람이 먼저 아무 생각 없이 쉽게 충격적인 소식을 전하지 못하도록 서둘러서 그녀에게 갔던 것입니다. 그리고 그녀가 두 분에게 제 얘기를 하지 않았던 것은 제가 엉뚱한 오해를 받아서 난감한 처지가 되지 않도록 하고자 했던 것이지요. 허락해 주신다면 나는 학교로 돌아가고 싶습니다. 지금 이 순간 나는 내 침대가 그립습니다."

스택허스트는 머독에게 먼저 손을 내밀었습니다.

"모두들 신경이 예민해져 있었다네. 머독, 지나간 일에 대해서는 자네가 너그럽게 용서해 주게나. 시간이 흐르다보면 서로에 대한 이해의 폭이 넓어질 거네."

두 사람은 아주 다정하게 팔을 끼고 학교로 출발했습

니다.

경위는 소 같은 눈을 껌벅이면서 아무 말 없이 나를 바라보았습니다.

"결국 해내셨습니다."

그는 말했습니다.

"선생님에 대한 얘기를 많이 듣긴 했지만 사실 믿으려 하지 않았습니다. 하지만 정말 대단하시군요."

나는 고개를 저어야만 했습니다. 그 같은 칭찬을 받아들이는 것은 나의 자존심을 오히려 낮추는 것이었기 때문입니다.

"처음에는 내가 어설프게 움직였소. 욕을 먹어도 좋을 정도였지요. 시체가 물 위에서 발견되었다면 빨리 감을 잡았을 텐데. 방향을 제대로 잡지 못한 것은 사실 죽은 사람의 수건 때문이었소. 불쌍한 그 친구는 몸을 닦을 여유도 없었는데, 나는 생각이 짧아서 그걸 보고 그 친구가 수영을 하지 않았다고 앞서간 거지요. 그런 상황에서 그가 수중 생물한테 공격을 당했을 것이라는 생각은 할 수가 없었던 거지요. 그것 때문에 생각을 엉뚱한 곳으로 한 거요. 이봐요, 경위. 내가 한때는 무리하게 경찰에 몸담고 있는 분들을 놀린 적이 여러 번 있었소. 그런데 드디어 키아

네아 카필라타가 런던 경찰청을 대신해 나에게 멋진 복
수를 한 것 같소."

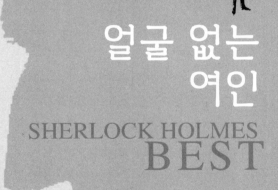

얼굴 없는 여인

SHERLOCK HOLMES
BEST

SHERLOCK HOLMES
얼굴 없는 여인

　셜록 홈즈가 23년간 왕성하게 활동했고 내가 17년간 그의 옆에서 일을 도우며 그의 활동을 기록했다는 점을 감안할 때 내가 쓸 수 있는 자료가 셀 수 없이 많다는 것은 분명한 사실입니다. 그런데 문제는 늘 어떤 것을 선택하느냐 하는 것이었지요. 서재에는 기록철들이 연도별로 순서대로 나열되어 있으며 상자마다 서류들로 가득 차 있습니다. 그것들은 비단 범죄뿐만이 아니라 빅토리아 후기 사교계 및 정치인들의 숱한 추문을 연구하는 사람들에게는 아주 쓸모 있는 보물 창고가 될 것입니다.

　하지만 후자에 대해서는 가족의 명예나 선조의 평판에

해가 되지 않도록 해달라는 요청을 편지로 보내신 분들이라면 걱정하지 마십시오. 내 친구 홈즈만의 특별한 신중함과 높은 직업 윤리는 변함이 없어서 이 회고담을 선택하는 데 아주 핵심적이고 중요한 기준이 되고 있어서 비밀이 밝혀질 리가 없답니다. 그러나 최근에 그런 서류들을 입수하여 없애버리려고 한 시도들에 대해서 나는 강하게 비난합니다. 그런 불법 행위의 배후를 아주 잘 알고 있습니다. 만의 하나라도 그런 행위가 되풀이된다면 셜록 홈즈의 이름으로 해당 정치인, 등대, 훈련된 가마우지에 대한 모든 사실들을 대중 앞에 펼쳐놓겠다는 것을 확실하게 전합니다. 이 글을 읽는 독자들 중 적어도 한 사람만은 이게 무슨 얘기인지 알 것입니다.

내가 이 회고록에서 밝히고자 노력해 온 남다른 감각과 투시력이 합해진 그의 뛰어난 능력을 발휘할 때가 되었을 거리고 생각한다면 그것은 착각입니다. 간혹 그는 열매를 얻기 위해 엄청난 노력을 기울였으며, 또 어떤 경우에는 열매가 아주 쉽게 그의 품안으로 들어오기도 했습니다. 그러나 아주 끔찍한 비극적인 사건 중에는 그에게 재능을 다 발휘할 기회조차 주지 않았던 사건도 많았지요. 지금 내가 말하고자 하는 사건이 그런 것 중의 하나였습니다. 나는 이름과 지명을 조금 바꾸긴 하겠지만 사건의 핵심은 사실 그대로 전합니다.

1896년 말 어느 날 아침이었습니다. 그날도 여느 때와 마찬가지로 나는 홈즈로부터 급히 와달라는 연락을 받았습니다. 그래서 찾아갔더니 홈즈는 담배 연기로 꽉 찬 방안에서 나이가 든 맘씨 좋은 하숙집 아줌마 같은 그런 여자와 같이 있었습니다.

"이분은 사우스 브릭스턴의 메릴로 부인이시네."

홈즈는 부인을 가리키며 말했습니다.

"왓슨, 메일로 부인은 흡연에 대해 개의치 않아 하시니까 담배를 피우고 싶으면 피우라고. 메릴로 부인이 아주 재미있는 이야기를 했는데 앞으로 자네가 필요할 것 같네."

"내가 할 수 있는 것이라면 어떤 것이든……."

"메릴로 부인, 론더 부인에 관한 것이라면 나는 증인을 세우고 싶군요. 우리가 가기 전에 그 점을 반드시 알려주시기 바랍니다."

"정말 감사합니다, 홈즈 선생님."

여자가 말했습니다.

"론더 부인은 선생님을 정말 만나고 싶어 하거든요. 만일 안 오신다면 교구 사람들이 모두 선생님을 따라 다닐 겁니다."

"그럼 오후에 일찍 가겠습니다. 떠나기 전에 우리가 사실 관계를 제대로 알고 있는 것인지 다시 한 번 확인해 봐야겠습니다. 우리가 사실을 다시 얘기하다 보면 왓슨 박사가 상황을 이해하는 데 도움이 될 겁니다. 부인은 론더 부인이 자그마치 7년 동안 하숙을 하고 있는데도 얼굴을 본 것은 단 한 번이라고 했습니다."

"그런데 차라리 안 보는 게 좋았을 것 같아요."

메릴로 부인은 말했습니다.

"얼굴에 아주 끔찍한 흉터가 있다고 하셨나요?"

"어머, 홈즈 선생님. 차마 얼굴이라고 할 수가 없을 정도예요. 심하다니까요. 언젠가 한 번 그 여자가 2층에서 창문 밖을 쳐다보고 있는데 우유 배달부가 그만 그 여자 얼굴을 보고서 양철통을 떨어뜨렸지 뭐예요. 그래서 우립 집 앞마당에 우유를 다 쏟은 적도 있어요. 얼굴이 그 정도입니다. 우연히 나는 아무도 모르게 몰래 그 여자를 얼굴을 한 번 본 적이 있는데 그녀가 얼른 알아차리고 베일을 내리더니 말하더군요."

"메릴로 부인, 제가 왜 얼굴을 드러내지 않는지 아시겠지요?"

"론더 부인의 과거에 대해서는 아는 게 좀 있으신가요?"

"전혀요."

"처음에 왔을 때 신원증명서 같은 것은 가져오지 않았나요?"

"아니오. 현금을 가져 왔습니다. 아주 많이요. 삼 개월치 하숙비를 미리 받았으니까요. 계약 조건에도 별말이 없더라고요. 요즘 같은 때 나같이 가난한 여자가 그런 기회를 왜 마다하겠습니까."

"하필이면 왜 부인의 하숙집을 선택했을까요?"

"우리 집은 도로에서 많이 들어가 있어서 다른 집들에 비하면 아주 조용합니다. 그리고 또 우리집에서는 독신자만 받아요. 저도 혼자이거든요. 제 생각에는 그 여자도 다른 집을 가봤자 우리집만한 곳을 만나기가 어렵다는 걸 알았을 테지요. 그 여자는 조용하게 숨어 살고 싶어 하고 그렇게 살기 위해서 돈을 쓰는 겁니다."

"론더 부인은 7년 동안 우연하게 얼굴을 한 번 보여준 것을 제하고는 그녀가 얼굴을 드러낸 적이 없다고 하셨지요? 그건 정말 대단한 이야기입니다. 아주 놀랍네요. 그러니 부인이 그녀에 대해 알아보려고 하는 것도 어쩌면 당연한 일이네요."

"저는 조사를 해보고 싶은 생각까지는 없답니다. 홈즈 선생님. 집세만 받으면 됩니다. 세상에 그 여자만큼 조용하고 신경쓸 것 없는 하숙인도 드물거든요."

"그렇다면 왜 저를 찾아오셨나요?"

"홈즈 선생님, 그건 그 여자의 건강 때문이랍니다. 갈수록 점점 더 쇠약해져 가는 것 같아요. 게다가 무슨 사연이 있었는지 잠꼬대처럼 '살인이야! 살인이야!' 라고 소리를 지릅니다. 또 한 번은 이런 적도 있었어요. '이 무서운 짐승 같은 것! 이 악마야!' 라고. 그것도 한밤중에 그러는데 온 집안이 떠나갈 정도로 커서 저는 소름이 끼치더라고요. 이튿날 아침에 올라가서 여자에게 한소리 했어요. '론더 부인, 뭔가 답답한 게 있으면 목사님을 부르시든가요. 아니면 경찰을 부르든지요. 둘 중 하나는 도움이 될 겁니다.' 그랬더니 여자는 말했습니다. '제발 경찰은 안 돼요. 그리고 목사님이 저의 과거를 바꿔놓을 수는 없거든요. 다만 내가 죽기 전에 누구에겐가 사실을 털어놓으면 마음은 편해질 것 같습니다.' 그래서 제가 말했지요. '경찰이 싫다면 신문에 나오는 그 유명한 탐정은 어때요?' 라고. 그러자 그 여자는 마치 구세주라도 만난 것처럼 달려 들었어요. '맞아요. 바로 그 사람이에요. 내가 왜 그 생각 을 못했지. 메릴로 부인, 그분을 꼭 만나게 해주세요. 설령 그분이 안 오신다고 하면 내가 론더 맹수 쇼의 론더 부인 이라고 말해 주세요. 그리고 압바스 파르바라는 이름을 말하세요.' 여기 그 여자 이름이 적혀 있어요. '압바스 파 르바'. '그분이 내가 생각하는 그런 분이면 반드시 오실 겁니다.'"

"물론 가야지요."

홈즈가 말했습니다.

"좋아요, 메릴로 부인. 왓슨 박사와 할 얘기가 좀 있습 니다. 점심 때까지는 얘기가 끝날 테니까 오후 세 시 경에 브릭스턴의 댁으로 찾아뵙겠습니다."

부인이 몸을 뒤뚱거리며 방을 나가자 곧장 셜록 홈즈 는 공격적인 자세로 방 한 구석에 쌓인 책 더미를 뒤적였 습니다. 몇 분 동안 책장이 빠르게 넘어가는 소리가 들리 더니 그는 원하는 것을 찾았는지 즐거운 함성을 질렀습 니다. 매우 흥분한 듯한 그는 일어서지 않고 마치 부처나 된 것처럼 다리를 꼬고 앉았습니다. 그의 주변에는 두꺼 운 책들이 제멋대로 나뒹굴었고 그는 한쪽 무릎 위에 책을 펼쳐놓았습니다.

"왓슨, 그 당시 나는 그 사건에 대해 많은 의혹을 갖고 있었네. 여기 메모해 놓은 것 좀 보게. 솔직히 말해 나는 그 사건의 열쇠를 찾지 못했거든. 하지만 검시관이 실수했다는 확신은 갖고 있었네. 자네 압바스 파르바 사건 기억해?"

"글쎄. 난 전혀 생각이 안 나는데."

"그때 자네하고 같이 있었는데. 그런데 나 자신이 보기에도 매우 피상적이었지. 판단 근거가 전혀 없는데다 어느 쪽에서도 나에게 도움을 요청하지 않았으니까. 이 서류를 한 번 읽어 보겠나?"

"그냥 자네가 요점을 말해 주면 안 될까?"

"그거야 쉬운 일이지. 내 얘기를 듣다 보면 자네도 기억이 되살아 날 거야. 론더는 아주 유명한 사람이었지. 하지만 술독에 빠져서 큰 비극이 일어나던 당시에는 그는 물론이고 그의 서커스도 인기가 시들고 있었어. 그 엄청난 사건이 터지던 날 밤, 서커스단은 버크셔의 작은 마을 압바스 파르바에 머물고 있었지. 그들은 윔블던을 향해 가는 중이었는데 그곳에서 그들은 공연이 아니고 그냥 야영을 하고 있었어. 아주 작은 동네라서 쇼를 해봐야 돈이

안 되는 일이었으니까.

　서커스단에는 북아프리카 산의 멋진 사자가 있었네. 이름이 '사하라 왕'이었는데, 론더 부부는 사자 우리에 들어가서 쇼를 하곤 했었네. 이 공연 사진을 한 번 보라고. 보다시피 론더는 큰 돼지 같이 덩치가 큰 남자고 그의 아내는 천사 같은 여자였어. 사고가 날 당시 법정에서는 사자가 이상한 조짐을 보이긴 했지만 늘 그랬듯이 그냥 무시했다는 말이 나오기도 했었지. 워낙 사자에게 익숙해지다 보니 특별히 조심을 하지 않은 거야.

　론더 부부는 밤마다 사자에게 먹이를 주곤 했는데 어떤 날은 둘 중 한 사람만 갔고 또 어떤 날은 부부가 같이 들어가서 먹이를 주었다더군. 이들 부부는 먹이 주는 일을 절대로 다른 사람에게는 맡기지 않았었지. 자신들이 직접 먹이를 주면 사자가 은인으로 여기고 절대 자신들을 해치지 않을 거라고 생각했던 거야. 하지만 7년 전 그날 밤 두 사람은 먹이를 주러 갔다가 엄청난 비극을 맞이하게 되는데 그 사고에 대한 진실이 아직도 밝혀지지 않았다고.

　밤 12시 경 맹수의 울음 소리와 여자의 비명 소리에 단원들은 잠을 깼다더군. 마부와 일꾼들이 천막에서 뛰쳐

나와 등불을 들고 사자 우리로 갔지. 그들의 눈 앞에는 그야말로 처참한 광경이 드러났어. 론더는 우리에서 십 미터 정도 떨어진 곳에 쓰러져 있는데 뒤통수가 깨지고 머리 가죽에는 사자가 발톱으로 할퀸 자국이 있었다네. 그리고 론더 부인은 우리 문 근처에 누워 있었는데 글쎄 사자가 부인의 몸을 타고 앉아 으르렁거리고 있는 거였어. 그런데 사자가 부인의 얼굴을 온통 찢어놓아서 죽은 거나 다름없는 상황이었지. 힘이 센 사나이였던 레오나도와 광대 그릭스가 앞에 나서서 단원들과 함께 장대로 사자를 몰았고 사자가 우리 속으로 들어가자 문을 잠갔어.

그런데 사자가 어떻게 우리 밖으로 나왔는지는 밝혀지지 않았네. 당시에는 그들 부부가 우리 안으로 들어가려고 할 때 문이 열리는 순간 사자가 뛰쳐나와 덮쳤다고 추측을 했지. 그런데 특이한 증언이 하나 있었어. 상처 투성이 부인을 마차로 옮기는데 무의식중인 상태에서 부인이 '비겁자! 비겁자!' 라고 소리를 질렀다는 거야. 그리고 부인이 증언할 수 있을 정도로 건강이 좋아진 것은 6개월이 지난 후였는데 합법적인 절차에 따라 심리가 열렸지만 결론은 사고라는 판결이 났어."

"그렇다면 자네는 다른 가능성이 있다는 얘긴가?"

나는 말했습니다.

"물론이지. 당시 버크셔 경찰대의 젊은 에드먼스는 한두 가지 의문을 갖고 있었어. 그 친구는 아주 똑똑했거든. 후에 앨러하바드로 옮겨갔는데 내가 그 문제에 대해 알게 된 것이 바로 그 친구 때문이었어. 그가 나를 찾아와서 담배를 피우면서 그 얘기를 해주었지."

"그 비쩍 마른 노랑머리?"

"그래 맞아. 나도 자네가 금방 기억해낼 줄 알았어."

"어떤 점에서 의문을 가졌는데?"

"그러니까. 우리는 둘 다 같은 생각이었거든. 사건을 되돌려 구성해 보는 것은 아주 어려운 일이었지. 우선 사장의 입장에서 볼까? 사자는 우리에서 풀려났어. 어떤 행동을 하겠어? 사자가 몇 발짝 달려와서 먼저 론더를 덮친 거야. 도망치려고 해도 사자가 뒤에서 공격하니 어쩔 도리가 없었겠지. 뒤통수의 상처를 보면 그렇게 생각할 수 있어. 그 다음에 사자는 달아나지 않고 우리 앞에 서 있던 론더의 아내를 향해 달려가 여자를 쓰러뜨리고 얼굴을 물어뜯은 거야. 하지만 아내가 현장에서 '비겁자'라고 소리친 것은 자신의 남편이 어떤 식으로든 자신을 구하려 하지 않고 지켜보고만 있었다는 것을 의미하거든. 물론 자기도 이미 상처를 입은 그 남자가 아내를 구하기 위해 당장 어떤 일을 할 수 있었겠어? 뭐 이런 추론인데 어떻게 생각해?"

"그럴 수도 있겠지."

"그것만이 아니라고. 신중하게 생각해 보니까 이제 기억이 나는데. 사자가 포효하고 여자가 비명을 지르던 순간 동시에 공포에 찬 남자의 고함 소리도 들렸다는 증언이 있었다고."

"그러면 그 소리의 주인공은 론더였겠군."

"그런데, 머리가 그 정도로 깨졌는데 소리를 지를 수 있었을까? 두 명의 증인이 여자와 남자의 비명 소리가 동시에 들렸다는 얘기를 하긴 했지만."

"그때까지 자고 있던 사람들이 모두 일어나 난리가 났을 거야. 자네가 좀 전에 말한 문제에 대해서는 답이 나올 것도 같은데."

"그래, 반가운 일이네. 어서 말해 보게나."

"사자가 밖으로 나왔지. 부부는 우리에서 9미터쯤 떨어진 곳에 같이 있었어. 남자는 돌아섰다가 뒤에서 공격을 당했네. 여자는 사자 우리 안으로 들어가서 문을 잠그려고 했어. 피할 데는 거기 밖에 없었으니까. 그런데 맹수가 뒤따라 달려와 여자를 덮쳤겠지. 여자는 사자에게 등을 보여 맹수를 자극시킨 남편이 원망스러웠던 거야. 그가 돌아서지만 않았어도 사자는 겁을 먹었을 테니까. 그래서 여자는 '비겁자'라고 소리친 게 아닐까?"

"왓슨. 참으로 빛나는 상상력이야. 그러나 자네의 말 중에는 한 가지 흠이 있어."

"흠이라고? 그게 뭔데?"

"두 사람이 모두 사자 우리에서 열 걸음 정도 떨어진 곳에 있었다면 사자가 어떻게 밖으로 나올 수 있었을까?"

"그러면 혹시 부부에게 원한을 품고 있던 누군가가 사자 우리 문을 열어 준 것일지도 모르잖아."

"글쎄. 그렇게 따진다면 우리 안에서 부부하고 장난을 치고 묘기를 부리던 사자가 왜그렇게 돌변해서 두 사람을 공격했을까?"

"두 사람을 해칠 작정으로 우리 문을 열어준 놈이 사자를 자극시킬 만한 짓을 했을지도 모르지."

홈즈는 생각에 잠긴 듯한 눈으로 한참동안 조용히 앉아 있었습니다.

"그런데 왓슨, 자네의 추론과 부합되는 사실이 있긴 하지. 론더에게는 적이 많았었어. 에드먼스의 말에 의하면 그는 술에 취하면 망나니가 되곤 했다더라고. 누군가 말리면 미친 듯이 날뛰면서 마구 욕을 하고 채찍을 휘두르곤 했다는군. 그러니 좀 전에 다녀간 하숙집 부인이 밤에 들었다는 그 괴물 같았다는 소리는 아내가 죽은 남편을 두고 한 얘기인지도 모를 일이지. 그러나 모든 사실을 정확하게 파악하기 전까지는 아무리 머리를 짜낸들 다 헛수고나 다름없어. 왓슨, 찬장에 차가워진 자고새(꿩과의 새로 메추라기와 비슷함.—옮긴이) 고기와 몬트라셰가 한 병 있거든. 힘내서 갔다 오려면 뭐라도 좀 먹어야 되지 않겠어?"

홈즈와 내가 이륜마차를 타고 메릴로 부인의 집 앞에 가서 내렸을 때 뚱뚱한 하숙집 여주인은 초라하지만 조용한 그 집 현관문을 활짝 열고 나와 기다리고 있었습니다. 부인의 유일한 관심은 소중한 하숙인을 잃지 않는 것뿐이었습니다. 우리를 이층으로 안내하기 전에 그녀는 행여라도 안 좋은 결과를 초래할 수 있는 언행은 삼가달라고 당부를 했습니다. 우리는 부인을 안심시킨 후 그녀의 뒤를 따라 카펫을 대충 깔아놓은 직선형 계단을 올라서 그 알 수 없는 비밀을 간직한 하숙인이 몸담고 있는 방으로 갔습니다.

우리의 예상은 잘 맞아 떨어졌습니다. 좁은 방은 주인

이 바깥 출입을 하지 않은 까닭에 곰팡이 냄새가 났으며, 환기를 시키지 않아 답답했습니다. 짐승을 우리에 가두었던 그녀는 인과응보인지 이제는 마치 자신이 우리 안에 갇힌 짐승이 되어 있는 것만 같았습니다. 그녀는 어두운 방 구석의 부서진 안락의자에 앉아 있었습니다. 오랜 세월 동안 방에서만 지낸 탓인지 몸매가 망가지긴 했으나 한때는 많이 아름다웠던 듯 풍만하고 육감적인 분위기가 풍겨 나왔습니다. 얼굴은 두꺼운 검은 베일로 가리고 있었는데 베일은 입술 위에서 멈추어서 유난히 입술선과 턱의 섬세한 곡선이 도드라져 보였습니다. 나는 그녀가 아주 빼어난 미인이었을 거라고 확신했습니다. 목소리도 낭랑해서 듣기 좋았습니다.

"홈즈 선생님, 제 이름을 알고 계시지요. 제 이름을 밝히면 오실 거라는 생각을 했습니다."

"네 알지요, 마담. 그런데 제가 부인의 옛날 사건에 대해 관심을 갖고 있다는 것을 어떻게 아셨습니까?"

"건강이 좋아진 후 그곳 형사인 에드먼스 씨에게 조사를 받으면서 알게 되었습니다. 그때 그분에게 거짓말을 한 것이 아직도 마음에 걸립니다. 진실을 말하는 게 현명했을지도 모릅니다."

"보통 사실 그대로 말하는 게 현명합니다. 그 사람에게 왜 거짓말을 하셨나요?"

"한 사람의 운명이 제 말에 달려 있었거든요. 저는 그 남자가 보호해 줄 만한 가치도 없는 인간이라는 걸 알면서도 그를 영원히 파멸시키고 싶은 생각은 없었습니다. 우리는 아주 가까운……. 정말 가까운 사이였거든요."

"그러면 지금은 상황이 달라졌다는 겁니까?"

"네, 선생님. 그 사람은 죽었습니다."

"경찰에 말하지 않고 저를 부른 이유는 무엇인지요? "

"아직 배려해야 할 사람이 더 있으니까요. 그건 바로 저랍니다. 경찰 조사를 받게 될 경우 제 과거가 드러나면서 추문이 퍼질 텐데 저는 그걸 견딜 수 없으니까요. 저는 살 날이 많지 않은 사람이며 오직 조용하게 떠나길 원하고 있습니다. 그러나 저의 악몽 같은 얘기를 들어줄 만한 사려 깊은 분이 필요했습니다. 그래야만 제가 죽더라도 모든 진실이 밝혀지니까요."

"마담, 과분한 말씀이십니다. 하지만 책임이 느껴지는군요. 사건을 경찰에 알리지 않겠다는 약속은 하지 않겠습니다. 일단 부인의 말을 듣고 나서 판단할 문제니까요."

"홈즈 선생님, 저 역시 그렇게 예상하고 있었습니다.

저는 지난 몇 년 동안 선생님의 활동에 대한 책을 읽었기에 선생님의 스타일을 매우 잘 알고 있답니다. 저에게 남은 유일한 즐거움은 독서이며, 세속적인 욕망으로부터 떠난 지 이미 오래 되었습니다. 어찌 되었든 선생님이 제가 경험한 비극적 사건을 활용하실 수 있는 기회를 드리려고 합니다. 얘기를 다 털어놓으면 속이 후련해질 것 같습니다."

"네, 저와 제 친구는 아주 즐거운 마음으로 경청하겠습니다."

여인은 일어나서 책상 서랍을 열어 한 남자의 사진을 꺼냈습니다. 그는 진짜 곡예사임에 틀림없는 몸매가 정말 멋진 사내였는데, 우람한 가슴 근육 위로 굵은 팔을 낀 채 숱이 많은 콧수염 아래 수많은 여자들을 안았던 남자 특유의 자만심 가득한 미소를 짓고 있었습니다.

"그 사람이 레오나도입니다."

여인은 말했습니다.

"그때 증인으로 나온 역사(力士) 레오나도 말입니까?"

"그렇습니다. 그리고 이 남자가 제 남편입니다."

그녀의 남편의 얼굴은 못생기다 못해 추해 보였습니다. 인간 돼지라고나 할까요. 아니면 인간 멧돼지라고나 할까요. 얼굴에는 험악한 야수적인 기질이 나타나 있었습니다. 그 천박스러워 보이는 입술에서는 음식을 마구 씹어대는 모습과 분노에 차서 거품을 무는 그런 모습이 떠올랐습니다. 악당, 폭군, 야수……, 턱살이 축 처진 얼굴에서는 이런 단어가 떠올랐습니다.

"선생님들, 이 두 장의 사진을 보시면 제 말을 이해하는데 도움이 될 겁니다. 저는 톱밥 위에서 자라면서 열 살이되기 전에 이미 굴렁쇠를 통과하는, 한 마디로 불쌍한 서커스단의 소녀였습니다. 여인으로 성장하면서 저는 한 남자를 사랑했습니다. 그런 욕망도 사랑의 범주에 든다면 말이지요. 운이 없었을까요. 저는 그의 아내가 되었지요. 그날부터 제 인생은 곧 지옥 같았고, 그 인간은 저를 고문하는 악마나 다름없었습니다. 단원들은 그의 소행을 다 알고 있었습니다. 그 인간은 저를 무시하고 다른 여자들과 놀아났습니다. 제가 불만을 말하면 묶어놓고 채찍질을 해댔습니다. 모든 이들이 저를 동정하고 그를 혐오했지만 어쩔 수 없는 일이었습니다. 모두가 그를 두려워했거든요. 남편은 늘 술에 취하기만 하면 난폭해졌습니다. 폭행죄와 짐승을 학대한 죄로 법정에 불려간 적이 수없이 많았지만 돈이 많으니까 벌금형 따위로 끝났지요.

그러는 과정에서 좋은 사람들은 다 떠나갔고 서커스는 점점 시들해져갔습니다. 그나마 공연을 이끌고 간 건 레오나도와 저, 그리고 작은 광대 지미 그릭스였습니다. 불쌍한 지미는 즐거워하지 않는 일이면서도 어떻게든 우리 서커스단을 살려보려고 많은 노력을 기울였습니다.

언제부터인가 레오나도는 저의 삶 속으로 서서히 들어오기 시작했습니다. 사진을 보셨잖아요. 이제는 그 멋진 육체 속에 숨어 있던 비열함을 알고 있지만 그 당시에는 제 남편과 비교할 때 그는 가브리엘 천사처럼 보였습니다. 그도 저의 처지를 동정해서 늘 저를 도와주었으며 그러는 사이에 우리의 감정은 사랑으로 변해갔습니다. 그것은 아주 깊고도 정열적인 제가 꿈꿔왔지만 쉽게 다가올 수 없는 그런 사랑이었지요. 그런데 남편이 우리 사이를 의심하기 시작했습니다. 그러나 그는 폭력을 일삼으면서도 강한 자 앞에서는 약한 비겁자였어요. 레오나도가 바로 그 비겁한 자에게 단 한 명의 무서운 상대였던 겁니다. 남편은 그 이전보다 더 심하게 저를 괴롭히는 식으로 복수를 했습니다. 어느 날 밤 저의 비명소리를 듣고 레오나도가 우리 부부의 마차로 달려왔는데, 그날은 무슨 일이 일어날 것만 같았습니다. 레오나도와 저는 더 이상

이렇게 살 수는 없다는 걸 깨달았습니다. 남편은 계속 같이 살 수 있는 사람이 아니었지요. 우리는 남편을 없애기 위한 계획을 짰습니다.

레오나도는 아주 영리하고 교활한 사람이었지요. 일을 꾸민 사람은 그였지요. 이제 와서 제가 그를 비난하려는 것은 아니지만 그때 저는 그와 모든 행동을 같이 할 작정을 했습니다. 그러나 저는 죽었다 깨어나도 그런 일을 꾸미지는 못할 겁니다. 레오나도는 곤봉을 만들고 거기에 긴 쇠못 다섯 개를 끝이 나오도록 박았어요. 마치 사라의 발톱 같았어요. 그것으로 남편을 살해한 후 사자를 풀어 놓아서 남편이 사자에게 죽은 것처럼 할 생각이었던 겁니다.

늘 하던 대로 남편과 같이 사자한테 밥을 주러 내려갔을 때는 주변이 보이지 않는 아주 캄캄한 밤이었습니다. 우리는 들통에 날고기를 담아서 가져갔는데, 레오나도는 사자 우리로 가는 길목의 큰 마차 뒤에 숨어 있었습니다. 하지만 그의 행동이 너무 느려서 그가 곤봉을 휘두르기 전에 우리는 그 앞을 아무 일 없이 지나쳤습니다. 그러나 그는 우리를 뒤따라와서 남편의 뒤통수를 곤봉으로 내리쳤고 퍽 하는 소리가 났습니다. 그 소리를 듣고 사실 저는 기쁜 마음이었고 재빨리 우리 앞으로 뛰어가서 큰 사자 우리의 문고리를 벗겼습니다.

그 다음 순간 엄청나게 무서운 일이 터졌습니다. 선생님들은 짐승이 인간의 피 냄새를 얼마나 빨리 느끼는지, 그리고 흥분의 정도가 어느 정도인지 잘 아실 겁니다. 우리 안의 사자는 본능적으로 사람이 죽었다는 것을 안 것 같았습니다. 빗장을 열자 사자는 곧장 저에게 달려들었습니다. 레오나도는 저를 구해줄 수 있었지요. 그가 달려와 곤봉을 사자에게 휘둘렀다면 사자는 물러섰을 겁니다. 그러나 그에게는 용기가 없었습니다. 공포에 질려 놀란 목소리가 들리는가 싶었더니 그가 돌아서서 달아나는 모습이 보였습니다. 그 순간 사자의 이빨은 제 얼굴을 헤집고 있었습니다. 저는 사자의 뜨겁고 냄새나는 입김으로 인해 순간적으로 마비되어 고통을 느끼지 못했습니다. 저는 두 손으로 피가 뚝뚝 떨어지면서 김이 나는 사자의 턱을 밀치면서 구해달라고 소리쳤습니다. 그러자 천막에서 사람들이 뛰쳐나오는 소리가 들렸으며, 남자들이 달려왔던 것 같습니다. 레오나도, 그릭스, 그리고 다른 이들이 사자의 발 밑에서 저를 끌어냈습니다.

홈즈 선생님, 기억으로는 그것이 전부입니다. 몇 달 동안을 저는 무의식 상태로 보냈습니다. 의식이 돌아와 거울에 비친 제 얼굴을 보았을 때 저는 사자를 저주하고 또 저주하게 되었습니다. 놈은 저의 미모가 아니라 제 목숨을 빼앗아갔어야 합니다. 홈즈 선생님, 저에게는 단 한 가지 소원이 있었으며, 그 소원대로 살 만큼 돈도 있었습니다. 그것은 흉한 얼굴을 누구도 볼 수 없게 가리고 저를 아는 어떤 사람도 찾아오지 못하는 곳에서 살고 싶은 심정뿐이었습니다. 그것은 제가 할 수 있는 유일한 방법이었으며, 저는 그렇게 살아왔습니다. 죽을 자리를 찾아 구멍 속으로 들어간 상처 입은 불쌍한 동물……, 그게 바로 유지니아 론더의 마지막이랍니다."

안타깝고 불쌍한 여인의 얘기가 끝난 뒤 우리는 잠시 침묵 속에 앉아 있었습니다. 홈즈는 팔을 뻗어 평소에는 보여주지 않는 동정심을 표하면서 그녀의 손을 살며시 두드렸습니다.

"안타까운 일입니다. 안타까운 일이에요. 인간의 운명이란 누구도 알 수 없습니다. 어떤 보상이라도 없다면 세상살이는 잔인한 농담에 불과할 겁니다. 그런데 레오나도는 어떻게 되었나요?"

"그 후로 저는 그를 두 번 다시 만나지 못했고 연락을 받은 적도 없습니다. 오랫동안 가슴속으로 그를 원망하고 저주한 것은 제 잘못이겠지요. 그 사람은 사자가 물어뜯다 만 저 같은 여자보다는 우리가 전국을 돌아다니며 전시했던 그 괴물을 더 사랑했을 겁니다. 그러나 여자의 사랑은 그렇게 쉽게 잊히지 않는답니다. 그 인간은 저를 맹수의 발 밑에 내버려두었어요. 제가 가장 어려운 상황에 처했을 때 저를 버렸어요. 그러나 제 손으로 그를 교수대로 보낼 수는 없었어요. 저의 인생보다 더 막막한 게 어디 있을까요? 저는 제 남편을 죽인 레오나도를 보호해 준 셈이지요."

"그가 지금은 죽었다고요?"

"한 달 전 마게이트 근처에서 수영을 하다가 빠져죽었답니다. 신문에서 그의 사망기사를 보았지요."

"참, 그는 부인의 얘기 중에서 아주 특이하고도 독창적인 것인 다섯 개의 쇠못이 달린 곤봉을 어떻게 했을까요?"

"홈즈 선생님, 저도 잘 모릅니다. 야영장 옆 물이 고여 있는 갱이 있었어요. 그 깊은 웅덩이 속으로……."

"알겠습니다. 지금은 그다지 의미가 없는 얘기군요. 사건은 끝났으니까요."

"그렇지요. 사건은 끝났습니다."

여인은 말했습니다.

우리가 일어서서 나오려고 할 때 홈즈는 여인의 목소리에서 뭔가 이상한 점을 발견한 듯했습니다. 그 여인을 향해 빠르게 돌아섰습니다.

"사람의 목숨은 하늘이 주신 겁니다. 스스로 목숨을 끊어서는 안 됩니다."

"저 같은 게 살아 있은들 무슨 의미가 있을까요?"

"왜 그런 말씀을 하십니까? 그간 고통을 참아낸 부인의 삶은 그 자체가 인내심 없는 이 세상에서 아주 소중한 교훈인 셈입니다."

그러나 여인의 대답은 정말 무서웠습니다. 그녀가 베일을 벗고 불빛 속으로 다가섰습니다.

"선생님들은 이 얼굴로 살아갈 수 있겠습니까?"

사람의 얼굴이 아니었습니다. 다 뜯겨나가고 윤곽만 남은 그 모습은 상상하기도 힘들 정도의 그런 것이었습니다. 그런 상황에서 우리를 바라보고 있는 살아 있는 아름다운 갈색의 두 눈 때문에 그녀의 얼굴은 더 참혹해 보였습니다. 홈즈는 동정심과 작별의 의미로 손을 들어올렸으며, 우리는 그녀의 방을 나왔습니다.

이틀 후 내가 친구를 찾아갔을 때 홈즈는 자랑이라도

하듯 벽난로 선반 위에 놓인 작은 푸른 약병을 가리켰습니다. 내가 약병을 집어 들었는데, 약병에는 빨간 독극물 표시가 있었습니다. 뚜껑을 열자 아몬드 향이 코를 자극했습니다.

"청산가리잖아."

나는 물었습니다.

"그래, 맞네. 우편으로 왔어.

'저를 유혹하던 것을 보냅니다. 선생님 충고에 따르지요'라는 간단한 메모와 함께.

이걸 보낸 용감한 여자가 누구인지는 잘 알겠지?"

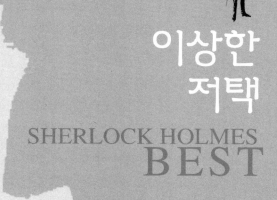

이상한
저택

SHERLOCK HOLMES
BEST

이상한 저택

　셜록 홈즈는 굽은 자세로 한참 동안 저배율 현미경을 들여다보고 있었습니다. 그러다가 갑자기 허리를 펴고 기세 등등한 시선으로 나를 바라보았습니다.

　"왓슨, 이건 아교야. 분명해. 자네도 이리 와서 현미경을 보게."

　나는 접안렌즈에 눈을 대고 초점을 맞춰보았습니다.

　"솜털은 트위드의 재킷에서 빠진 실이야. 복잡하게 생긴 회색 덩어리는 먼지이고, 그리고 왼쪽에 있는 것은 비듬, 중앙의 갈색 얼룩은 정말 아교야."

　"그렇지."

나는 웃으면서 말했습니다,

"자네 말을 무조건 믿어주지. 하지만 이번 사건하고 무슨 연관이 있는 거지?"

"이건 아주 중요한 증거 자료야."

그는 대답했습니다.

"자네도 기억나겠지만 세인트팽크라스 사건에서, 죽은 경관 옆에서 모자가 하나 발견됐어. 하지만 피의자는 그 모자가 자기 것이 아니라고 하고 있다더군. 그는 날마다 아교를 사용하는 그림틀 제작자야."

"자네, 그것도 맡은 거야?"

"아니. 런던 경찰청 머리베일이라는 친구한테서 조사해달라는 부탁을 받았거든. 내가 위조 화폐 제조범의 옷소매에서 아연과 구리 부스러기를 찾아낸 후부터 그들도 현미경의 중요성을 알게 됐다네."

그는 초조해 하며 시계를 쳐다보았습니다.

"의뢰인이 오기로 했어. 그런데 늦네. 왓슨, 자네 경마에 대해서 좀 알고 있나?"

"모르면 이상한 거지. 나는 부상 군인 연금의 절반 가량을 경마 비용으로 쓰고 있으니까."

"그렇다면 자네가 나의 '경마안내서'가 되어주게. 로

버트 노버턴 경이라는 이름 들어봤는가? 혹시 뭐 생각나는 게 없어?"

"조금 있지. 그는 지금 쇼스콤 관에서 살고 있지. 예전에 내 여름 별장이 그 근처에 있어서 거기에 대해서는 잘 알고 있거든. 노버턴 경은 감옥에 갈 뻔한 일도 있었지."

"정말?"

"뉴마켓 히스에서 커즌가의 유명한 사채업자인 샘 브루어를 말 채찍으로 때린 적이 있었지. 거의 죽다시피 때렸거든."

"듣고 보니 참 재미있는 사람이군. 그런 식으로 멋대로 할 때가 많아?"

"그래, 그 사람 위험한 인물로 소문이 나 있다고. 영국에서는 가장 공격적인 기수야. 몇 년 전에는 장애물 경마 대회인 그랜드 내셔널에서 2등을 하기도 했지. 그 사람 시대를 잘못 타고 난 거야. 섭정기였다면 아마 인기 최고였을 걸세. 권투와 육상 선수 활동도 한데다 경마에 도박사까지 두루두루 경험하고 아가씨들에게 인기 있는 남자이기도 하니까. 거기다 평생 벗어날 수 없는 빚의 굴레에 있기도 하다고."

"좋았어. 왓슨, 아주 시원한 설명이었어. 그가 어떤 사람인지 알 것 같다. 그러면 이제는 쇼스콤 관에 대해 설명 좀 해주게나."

"내가 알기로는 그 저택이 쇼스콤 영지 중앙에 있고, 그 옆에는 유명한 쇼스콤 종마 사육장과 마방이 있을 거야."

"그리고 마방의 수석 조마사는 존 메이슨 아닌가?"

홈즈는 말했습니다.

"왓슨, 내가 조마사 이름을 안다고 해서 놀랄 필요까지는 없어. 이 편지가 그 사람한테서 온 거라고. 하지만 쇼스콤에 대해 더 알아보고 싶은데. 지금 나는 엄청난 광맥을 만난 그런 기분이야."

"그리고 쇼스콤 스패니얼이 있다네."

나는 말했습니다.

"개 박람회에 가면 늘 얘기를 듣지. 영국에서 가장 좋은 종자잖아. 쇼스콤 관의 여인은 스패니얼에 대해 자부심이 엄청나더군."

"로버트 노버턴 경의 부인인가?"

"아니. 그 사람은 독신이거든. 앞날을 생각해서라도 혼자 사는 게 좋을 거야. 지금은 미망인인 누나 비어트리스 팰더 부인과 같이 살아."

"누나가 남동생 집에 신세를 지고 있다고?"

"그건 아니야. 그 집은 지금은 죽은 미망인의 남편 제임스 경의 것이었지. 노버턴은 아무 권리도 없지. 영지 소유권은 팰더 부인이 살아 있을 때까지이고, 죽으면 시동생에게 넘어가거든. 부인은 매년 임차료를 받아서 생활하고 있지."

"그 임차료 수입이라는 것은 동생인 로버트가 다 탕진하겠군."

"그렇다고 볼 수도 있지. 그런 망나니가 누나를 편하게 해주겠나? 절대 그럴 리 없지. 소문에 의하면 부인은 남동생을 끔찍이 생각한다더군. 그런데 쇼스콤에 무슨 문제가 있는 거야?"

"내가 궁금한 것도 바로 그거야. 그 얘기를 들려줄 사람이 지금 온 것 같은데."

방문이 열리면서 큰 키에 얼굴을 깔끔하게 면도한 남자가 급사의 안내를 받으며 들어왔습니다. 근엄하면서도 단호해 보이는 표정은 말이나 소년들을 다루는 그런 사람들에게서만 느껴지는 분위기였습니다. 존 메이슨 씨는 말 외에도 많은 소년들을 거느리고 있었으며, 그런 일에는 잘 맞는 사람으로 보였습니다. 그는 냉정하고 차분한 태도로 인사를 하면서 홈즈가 가리킨 의자에 앉았습니다.

"홈즈 선생님, 보내드린 편지는 받으셨는지요?"

"당연하죠. 그런데 깊은 얘기가 없던데요."

"아주 민감한 일이라서 편지에 자세히 적을 수는 없었습니다. 너무 복잡한 일이기도 해서요. 그래서 직접 만나서 말씀드리는 게 좋을 듯했습니다."

"좋습니다. 말씀해 주시지요."

"홈즈 선생님, 제가 보기에 우리 주인인 로버트 경이 미친 것 같아요."

홈즈는 눈을 커다랗게 떴습니다.

"여기는 할리가 아니라 베이커가입니다. 일류 의사들이 사는 곳은 아니지요. 왜 그런 생각을 갖게 되었지요?"

"사람이 이상한 짓을 하면 거기에는 그만한 이유가 있다고 볼 수 있잖아요. 그러나 한두 가지가 아니라 모든 행동이 그러면 이상하게 볼 수밖에 없는 거지요. 저는 쇼스콤 프린스와 더비 경마 대회 때문에 그의 머리가 이상해진 게 아닌가 싶습니다."

"쇼스콤 프린스는 지금 훈련시키고 있는 말인가요?"

"홈즈 선생님, 프린스는 국내 최고의 경주마입니다. 그 사실을 가장 잘 알고 있는 사람이 접니다. 선생님께 솔직하게 다 말하겠습니다. 저는 선생님이 명예를 아는 분이라는 것과 저의 말이 다른 사람들에게 전해지지 않을 거라는 확신을 합니다. 로버트 경은 더비 경마 대회에서 반드시 우승을 해야 하는 상황입니다. 빚에 몰려서 지금 난감한 입장인지라 이번이 마지막 기회입니다. 그는 있는 대로 돈을 모아서 그 돈을 전부 프린스에게 걸었습니다. 배당률도 아주 높습니다. 처음에는 거의 백 배에 달했지만 지금도 40배 정도는 받을 수 있습니다."

"그런 명마가 배당률이 그렇게 높을 수가 있나요?"

"사실 보통 사람들은 프린스가 좋은 말인지를 모릅니다. 로버트 경은 경주마에 대한 정보를 알아보려고 온 사람들을 속였거든요. 프린스가 아닌, 혈통은 같지만 어미가 다른 말이 전력 질주하는 것을 보여준 거지요. 겉으로는 둘을 구별하기 힘듭니다. 갤럽으로 달릴 때 두 말은 1펄롱(1펄롱은 1마일의 ⅛로 201.317m임.−옮긴이)에 2마신(馬身) 정도의 차이가 나죠. 로버트 경의 머릿속은 온통 말과 경마뿐이랍니다. 경마에 인생을 건 셈입니다. 경마 대회가 끝날 때까지는 유태인 사채업자도 기다려줄 겁니다. 그러나 프린스가 우승하지 못하게 되면 그의 인생도 끝납니다."

"죽을 각오로 도박을 하는 것 같다는 말은 알겠는데, 대체 미쳤다는 건 무슨 말인가요?"

"주인을 보면 쉽게 아실 겁니다. 밤에 잠을 자지 않는 것 같습니다. 24시간 마구간에 붙어 있습니다. 눈이 마치 정신나간 사람 같구요. 비어트리스 부인에게 하는 행동도 이상합니다."

"어떻게 하길래?"

"남매는 늘 가깝게 지냈습니다. 두 사람 모두 취미가 같은데 부인도 동생 못지않게 말을 소중히 여깁니다. 날마다 같은 시간에 말을 보려고 마차를 타고 내려오는데, 부인은 특히 프린스를 좋아했습니다. 오죽하면 프린스가 아침마다 자갈 길 위로 마차 바퀴 소리가 들려오면 귀를 세울 정도니까요. 그리고 각설탕을 받아먹으려고 마차로 달려갑니다. 하지만 더 이상 그런 일은 없게 되었습니다."

"이유가 있나요?"

"이상하게도 프린스에 대한 부인의 관심이 없어졌습니다. 벌써 일주일 째 마구간 옆을 지나다니면서도 '안녕' 하는 인사조차 없으니까요."

"남매가 싸웠다고 생각하는 건가요?"

"싸워도 아주 심하게 싸워서 철천지원수가 된 것 같습니다. 아니면 로버트 경이 자신의 누님이 자식만큼이나

334

애지중지한 애완견 스패니얼을 남에게 줄 리가 있겠냐고요. 로버트 경은 며칠 전에 5킬로미터나 떨어진 곳에 있는 크렌달의 그린 드래곤 주인인 반즈 노인에게 그 개를 주었거든요."

"거 참 이해가 안 되는 일이군요."

"그리고말고요. 부인은 심장이 안 좋은데다 수종증을 앓고 있어서 동생과 같이 다니기 어려운 입장입니다. 그런데도 로버트 경은 저녁만 되면 누님에게 놀러가서 두 시간씩 있다가 오곤 했습니다. 어쩌면 당연한 일인지도 모르죠. 부인이 동생을 아주 많이 위했으니까요. 그러나 이제 모든 게 끝난 거나 다름없습니다. 로버트 경은 누님 근처에도 가지 않거든요. 아마도 부인은 그게 괘씸한가 봅니다. 우울해져서 말도 하지 않고 술만 드신답니다. 홈즈 선생님……, 부인은 요즘 술을 입에 달고 사십니다."

"동생과 싸우기 전에도 그렇게 술을 많이 마셨나요?"

"아뇨. 한 잔 정도만 드셨지요. 하지만 요즘은 하루 밤에 한 병을 다 비우기도 합니다. 집사 스티븐즈가 알려주더군요. 홈즈 선생님, 모든 게 변했고, 뭔가 좋지 않은 냄새를 풍기는 일이 있습니다. 로버트 경이 한밤중에 허름한 예배당의 지하실로 가는 이유가 뭔지 모르겠습니다.

그리고 거기서 만나는 사람은 대체 어떤 녀석인지 모르겠어요."

홈즈는 두 손을 서로 잡으며 비볐습니다.

"메이슨 씨 얘기를 계속하시지요. 듣다보니 더욱더 오리무중이군요."

"로버트 경이 지하실로 가는 것을 본 사람은 집사입니다. 비가 엄청나게 많이 내리던 어느날 밤 그것도 열두 시였다고 합니다. 그 얘기를 들은 후 저는 다음날 저녁 자지 않고 기다렸습니다. 스티븐즈와 저는 로버트 경의 뒤를 밟았는데, 그에게 들키는 날엔 크게 혼날 것이 틀림없기에 우리는 바짝 긴장했습니다. 로버트 경은 한 번 화가 났다면 인정사정 볼 것 없이 주먹을 휘두르는 사람입니다. 때문에 우리는 좀 간격을 두고서 미행했으며, 다행히 그의 뒷모습을 놓치진 않았습니다. 로버트 경이 간 곳은 귀신이 나온다는 지하 납골당이었는데, 거기에서 한 남자가 기다리고 있었습니다."

"귀신이 나오는 지하 납골당이라고요?"

"네, 우리 영지에는 폐허가 된 교회가 하나 있습니다. 너무 오래 되어서 그 교회가 언제부터 있었는지조차 아는 이가 없을 정도랍니다. 그런데 교회에 지하실이 있는데 사람들은 그곳을 귀신터라고 부른답니다. 대낮에도 어둡고 습기가 차서 사람들이 찾지 않는 곳인데, 누가 그것도 한밤중에 그곳을 가겠습니까. 그러나 로버트 경은 무서운 게 없는 사람입니다. 그는 평생 겁을 내지 않고 살아온 사람입니다. 그런데 도대체 함밤중에 그곳에서 뭘 하는 걸까요?"

"잠깐만!!"

홈즈는 말했습니다.

"분명히 한 사람이 더 있었다고 했지요. 그 사람은 마구간 인부이거나 집안의 하인 중 한 사람이 아닐까요? 그가 누구인지 알아보고 물어보면 되는 일 아닙니까?"

"제가 모르는 사람이었으니까요."

"그걸 어떻게 아시지요?"

"제가 직접 보았으니까요. 두 번째 날 밤이었습니다. 로버트 경이 우리가 숨어 있는 앞을 지나갔습니다. 저와 스티븐즈는 마치 토끼들처럼 초목들 속에 숨어 벌벌 떨고 있었습니다. 마침 그날 밤은 달이 밝았습니다. 그런데 뒤에서 사람의 인기척이 들렸습니다. 우리가 그 사람을 두려워 할 필요는 없었습니다. 로버트 경이 시야에서 사라질 무렵 우리는 일어나서 달빛 아래서 산책을 즐기는 것처럼 걷다가 아주 자연스럽고 편안하게 그 사람에게로 다가갔습니다. 제가 말을 걸었습니다. '안녕하시오. 실례지만 뉘신지요?' 하지만 그는 다가서는 것을 모르고 있었던 것 같았습니다. 마치 지옥에서 나온 악마를 본 것처럼 놀란 얼굴로 우리를 바라보았습니다. 그리고 '악!' 소리를 내면서 어둠속을 필사적으로 도망쳐가더군요. 이것만큼은 분명한 사실입니다. 그러나 순식간에 그가 우리의 시야에서 벗어났기에 누구인지 무슨 일을 하는 사람인지는 알 수 없었습니다."

"달이 떠 있었으니까 얼굴은 보셨겠지요?"

"그럼요. 그 누런 얼굴을 정확하게 보았습니다. 아주 막생겼습니다. 그런 녀석이 로버트 경과 어떤 관계인 걸까요?"

홈즈는 생각을 하는 것 같았습니다.

"비어트리스 팰더 부인의 시중을 드는 이가 누구입니까?"

그는 드디어 질문을 했습니다.

"캐리 에번스입니다. 시녀인데 올해로 5년째 부인을 모시고 있는 중입니다."

"충실한 하녀지요?"

메이슨 씨는 뭔가 불편한 기색을 보이며 자세를 가다듬었습니다,

"물론 그렇긴 하지만……."

그는 대답했습니다.

"다만 누구에게 충실하다는 말은 하기가 좀 그렇습니다."

"네–에."

홈즈가 말했습니다.

"집안의 속사정을 다 드러낼 수는 없지 않습니까?"

"메이슨 씨, 당신의 말 이해합니다. 뻔한 거지요. 아까 왓슨 박사한테 로버트 경에 대한 얘기를 조금 들었습니다. 듣고 보니 주변에 있는 여자들을 그냥 놔둘 위인은 아닌 것 같던데요. 남매가 그런 일로 싸운 것은 아닐까요?"

"글쎄요. 소문이 나온 지는 꽤 됐습니다."

"그러나 부인은 그것을 몰랐을 수도 있겠지요. 만일 갑자기 그런 사실을 알게 되었다고 치자고요. 부인은 시녀를 내보내고 싶었을 겁니다. 동생은 그걸 지켜보고만 있지는 않았을 것이고요. 심장이 약하고 거동이 불편한 부인은 자신의 의지를 펴기도 힘들 겁니다. 그런데 얄미운 시녀는 늘 자신의 곁에 있습니다. 부인은 말을 안하고 술

만 마시는 쪽을 택하겠지요. 보다 못한 로버트 경은 화가
치밀어 올라 애완견을 다른 사람에게 줍니다. 어떤가요?
이렇게 하면 어느 정도 설명이 된 게 아닌가요?"

"그렇게 해석할 수도 있습니다. 어디까지나 그 상황까
지는 말입니다."

"맞는 얘기입니다, 거기까지는. 그러나 그런 일련의 상
황들이 한밤중에 교회 지하실을 찾아가는 것과 어떤 관
련이 있을까요? 바로 이 의문은 풀리지 않았습니다."

"맞습니다. 그런데 이상한 일이 또 있습니다. 로버트 경
은 무엇 때문에 시체를 파내고 싶어할까요?"

홈즈는 순간 깜짝 놀라면서 자세를 고쳤습니다.

"그것을 알게 된 것은 바로 어제였지요. 선생님께 편지
를 보낸 다음에 알았습니다. 어제 로버트 경은 런던으로
볼 일을 보러 갔기에 스티븐즈와 저는 예배당 지하실로
내려가 보았습니다. 다른 것은 그대로였는데 한쪽 구석
에 유해 일부가 있더군요."

"경찰에 신고는 하셨겠지요?"

메이슨은 으스스한 표정으로 웃었습니다.

"선생님, 경찰에서는 그다지 관심을 갖지 않을 일입니
다. 오래된 유골의 머리와 뼈 몇 조각뿐이니까요. 천년쯤

되었을지도 모르잖아요. 이상한 것은 전에는 그 자리에 없었다는 겁니다. 우리는 그 점에 대해 확신을 갖고 있습니다. 유골은 구석에 대충 버려진 채 판자로 덮여 있었는데 본래 전에는 거기에 아무것도 없었습니다."

"그래서 어떻게 했습니까?"

"뭘 어떻게 합니까? 그냥 그대로 두었지요."

"잘했군요. 로버트 경이 외출했다고 하였는데 집에 돌아왔습니까?"

"오늘 올 겁니다."

"그가 부인의 개를 다른 사람에게 준 것이 언제였나요?"

"일주일 전 오늘입니다. 그날 그 개는 낡은 우물집 밖에서 우는 듯한 소리를 내고 있었는데, 로버트 경은 아침부터 기분이 매우 불쾌한 듯 보였습니다. 저는 로버트 경이 녀석을 집어드는 것을 보면서 이제 저 개는 죽은 거나 다름없다고 생각했습니다. 그러나 로버트 경은 개를 기수 샌디 베인에게 주면서 더 이상 이놈을 보고 싶지 않으니 그린 드래곤의 반즈 노인에게 가져다 주라고 했습니다."

홈즈는 가만히 생각에 잠겨 있었습니다. 그는 가장 오래 되고 가장 싸구려인 파이프를 물고 있었습니다.

"메이슨 씨, 나는 당신이 나에게 원하는 것이 무엇인지를 아직까지도 모르겠군요."

그는 입을 열었습니다.

"문제의 요지를 보다 구체적으로 정확하게 말해 주는 게 어떻습니까?"

"홈즈 선생님, 이 얘기를 들으면 문제의 가닥이 잡힐 것입니다."

그는 주머니에서 종이로 싼 것을 조심스럽게 펼쳐놓았습니다. 그러자 검게 탄 뼈조각이 나타났습니다.

홈즈는 흥미있는 표정으로 다가갔습니다.

"이건 어디서 난 겁니까?"

"저택의 지하실에는 중앙 난방로가 있습니다. 비어트리스 부인의 방 바로 아래에 자리해 있습니다. 한동안 난방로의 불을 꺼놓았었는데 로버트 경이 춥다고 해서 다시 불을 땠습니다. 난방로 관리는 제 밑에 있는 하비라는 친구가 하고 있습니다. 오늘 아침 그 친구가 난방로의 재를 긁어내다가 발견했다면서 저를 찾아와 보여주더군요. 뭔가 느낌이 안좋다면서요."

"내가 보기에도 그런데. 왓슨, 어떻게 생각하나?"

홈즈는 말했습니다.

그것은 새까만 숯이 되어 있지만 해부학적인 형태로 보면 의문이 갈 수밖에 없었습니다.

"사람의 대퇴골의 상부 관절구야."

"그런 거 같았어."

홈즈는 매우 심각한 얼굴로 변했습니다.

"그 친구가 난방로에서 일하는 시간은 언제입니까?"

"그는 저녁마다 불을 지펴놓고 나오거든요."

"그렇다면 밤중에 다른 누군가가 거기에 갈 수도 있는 거군요."

"그렇지요."

"밖에서도 들어갈 수 있는가요?"

"밖으로 난 문이 하나 있긴 합니다. 또 다른 문은 계단을 통해 비어트리스 부인의 방이 있는 복도로 이어진 문이구요."

"메이슨 씨. 이거 보통 일이 아닌데요. 정확한 것은 모르지만 냄새가 납니다. 로버트 경이 집에 없었다고 했지요?"

"네."

"그럼 유골을 태운 사람이 누구인지 알 수는 없지만 로버트 경은 아니라는 거네요."

"그렇습니다."

"아까 말씀하신 여관의 이름이 뭐였지요?"

"그린 드래곤."

"버크셔 지역에서는 낚시가 잘 됩니까?"

정직한 조교사의 얼굴에 떠오른 표정을 보더니 홈즈는 골치 아픈 인생에 미친 놈 하나가 더 뛰어들었다고 생각하는 것 같았습니다.

"잘은 모르겠습니다. 하지만 하천에서 송어가 잡히기도 하고, 홀 저수지에서는 농어가 잡힌다는 얘기를 들은 적은 있어요."

"됐습니다. 왓슨과 나는 유명한 낚시꾼입니다. 안그래 왓슨? 우리를 만나려면 그린 드래곤으로 오십시오. 우리는 오늘 밤에 그곳으로 갈 겁니다. 당신을 만나는 것은 두말 할 나위없이 당연한 거지만 가능한 당신은 우리에게 편지로 연락을 주십시오. 당신이 필요한 경우에는 우리가 당신을 찾아가겠소. 이 사건에 대해서는 조금 더 사전 조사를 해본 후에 진지하게 판단하여 의견을 전해드리겠습니다."

이렇게 해서 우리는 화창한 5월 저녁 기차 일등칸에 몸을 싣고 내려달라고 부탁을 해야만 세워주는 간이역 쇼스콤으로 출발했습니다. 우리는 선반에 미리 준비해온 낚싯대, 릴, 바구니 등 여러 개의 짐을 올려놓았습니다.

쇼스콤 역에 도착하여 마차를 타고 달려가자 옛날 여관이 나타났습니다. 운동을 좋아하는 여관 주인 조사이어 반즈 노인은 일대 고기를 다 잡겠다면서 낚시에 미쳐 있는 듯한 우리의 계획을 열렬히 지지한다고 했습니다.

"홀 저수지에 가서 농어를 잡는 게 좋을 것 같은데 어떻습니까?"

홈즈가 말했습니다. 그러자 여관 주인은 인상을 찌푸렸습니다.

"힘들 겁니다. 두 분 낚시를 끝내기도 전에 저수지에 빠질지도 모릅니다."

"그게 무슨 말이지요?"

"로버트 경이 문제지요. 그분은 경주마 염탐꾼들을 아주 싫어합니다. 낯선 사람들이 마방 근처에 나타나기라도 하면 영락없이 쫓아와 목덜미를 잡을 겁니다. 그는 물불 안 가리는 정말 벅찬 사람이오."

"전 그분이 더비 경마에 경주마를 출주시킨다는 소문을 들었습니다."

"그래요. 참 훌륭한 말입니다. 그 양반은 우리가 가진 돈을 전부 빌려가고 돈도 있는 대로 다 모아서 마권을 사는 데 털어 넣었습니다. 하지만……."

그는 걱정스러운 눈초리로 우리를 쳐다보았습니다.

"두 분도 이번 경마 대회에 돈을 건 것은 아니시지요?"

"당연하죠. 우리는 단지 신선한 버크셔 공기를 마시고자 달려온 런던 시민일 뿐이오."

"네, 그러시군요. 그리고 제대로 찾아오셨습니다. 신선한 공기라면 널린 게 그거니까요. 그렇지만 로버트 경에 대해 제가 드린 조언을 명심하십시오. 그 양반은 말보다는 주먹이 앞서는 사람입니다. 그의 영지에는 절대 얼씬도 하지 마시길 바랍니다."

"반즈 씨. 걱정하지 마십시오. 시키는 대로 하겠습니다. 참 아까 홀에서 낑낑 울던 개가 명견 스패니얼처럼 보였는데."

"맞아요. 순종 쇼스콤 스패니얼입니다. 영국에서는 최고의 족보를 가진 녀석입니다."

"저도 개를 무척 좋아합니다."

홈즈는 말했습니다.

"실례가 아닌지 모르겠습니다만 저런 명견은 어느 정도 하나요?"

"나도 그건 잘 모르겠소. 저 개를 주신 분이 바로 그 로버트 경입니다. 저 녀석을 묶어 놓은 이유가 그 때문입니다. 풀어 놓으면 곧장 그 저택으로 달려갈 겁니다."

여관 주인이 다른 곳으로 가자 홈즈가 말했습니다.

"왓슨, 우리는 여러 장의 카드를 손에 쥐게 됐어. 단순한 게임은 아니지만 오늘 내일 사이에 길이 보일 것 같은데. 로버트 경이 런던에 있다고 했지. 그렇다면 오늘 밤은 두들겨 맞는 일 없이도 납골당에 들어갈 수 있겠네. 사전에 확인해 두어야 할 것이 있거든."

"홈즈, 벌써부터 가설을 세우는 거야?"

"왓슨, 가설은 하나뿐이야. 일주일 전쯤에 쇼스콤 저택 사람들의 생활에 일대 변화를 가져온 사건이 생겼어. 과연 어떤 사건일까? 그 이후에 나타난 일들을 보면 그게 어떤 것인지 추측은 해볼 수 있는 거야. 내 생각에는 사건의 결과가 복잡하게 나타난 것 같군. 어떻게 보면 오히려그게 나을 수도 있어. 아무 특징도 없는 잔잔한 사건이야말로 정말 어렵거든. 자, 우리가 가진 정보를 분석해 볼까? 동생은 절친했던 병든 누나를 찾아가는 것을 그만두었어. 애완견은 다른 사람한테 보냈고. 왓슨, 누나의 개 말이야. 그 얘기 듣고 뭐 짚이는 거 없어?"

"동생이 심술궂고 버르장머리 없다는 것 빼고는……."

"그래, 그럴 수도 있어. 아니면 말이야……. 다른 가능성도 있다고. 남매의 불화가 발생한 시점부터 상황을 분석해 보면 어떨까. 사실 실제로 그런 불화가 발생한 것인지 아닌지도 정확하지 않지만 말이야. 부인은 방 안에만 있으면서 평소의 습관을 버렸어. 시녀와 마차를 타고 외출하는 일은 계속하지만 마구간 앞에서 마차를 세우고 애마를 불러 인사를 하는 일은 그만두었어. 그리고 이젠 술꾼이 되어버렸다는 거지. 이 정도면 상황이 설명되지 않나?"

"지하실에서의 일은."

"그건 다른 차원의 것이야. 서로 다른 사건이 두 가지가 있는 것이니까 혼돈스러워 하지 말라고. 사건 A는 비어트리스 부인과 관련된 것인데 왠지 불길한 예감이 들거든. 그렇지 않아?"

"나로서는 잘 이해가 안 되는 군. 복잡하기만 해."

"좋다고. 그러면 로버트 경과 관련된 사건 B만 생각해보자고. 로버트 경은 목숨을 걸고 더비에서 우승하려고 몸부림을 치고 있어. 빚 때문에 유태인 사채업자들의 눈에서 벗어나면 언제라도 재산은 경매에 넘어가고, 마방은 채권자들에게 압류가 되겠지. 그렇게 대단한 사람이 이제는 궁지에 몰려 있는 상황이야. 수입은 오직 누님의 재산에서 나오는 것뿐이야. 그런데 누님의 시녀는 그의 손에서 마치 꼭두각시처럼 놀아나고 있거든. 여기까지는 명백한 사실이지 안 그래?"

"그런데 지하실은?"

"아! 맞아. 지하실. 좀 불길한 얘기지만 단지 논증을 위한 거라고 여기고 로버트 경이 누나를 죽였다고 가정을 해 보자고."

"이 친구야, 그런 일이 정말 있을 수 있나?"

"왓슨, 가능성은 얼마든지 있다고. 로버트 경이 유명한 가문 출신의 사람인 것은 사실이야. 하지만 독수리 중에도 어쩌다가 까마귀가 섞여 있거든. 일단 잠깐 동안만 그런 가정하에서 추론을 해보자고. 로버트 경은 돈 한 푼 없이 해외로 도망칠 수는 없었어. 목돈을 만들려면 쇼스콤 프린스를 이용한 도박을 성공시키는 방법뿐이야. 그러기 위해서는 일단 영지를 지켜야 하며 부인 역할을 대신 할 사람을 찾아야 하겠지. 시녀와 정을 통하고 있는 상황이라면 어쩌면 당연한 일인지도 모르지. 로버트 경은 누님의 시신을 인적이 드문 교회 지하실에 숨겨 두었다가 밤

중에 사람들이 전혀 모르게 난방로에 태워버렸는데 안타깝게도 우리가 본 것 같은 증거물을 남기고 만 것이지. 왓슨, 자네 생각은?"

"처음의 현실적으로 불가능한 그 가정만 뺀다면 모든 게 가능하겠지."

"왓슨, 그 같은 가정을 입증하기 위해서 우리는 내일 간단한 실험을 해볼 필요가 있을 거야. 그때까지는 지금처럼 낚시꾼 행세를 그대로 해야 해. 주인을 불러서 그가 내놓는 포도주를 마시면서 뱀장어와 황어에 대한 그럴 듯한 대화를 나누는 것도 좋을 듯한데. 그것이야말로 주인의 마음을 잡아끄는 데 가장 현명한 방법일 거야. 그러다 보면 여기에서도 쓸 만한 소문을 듣게 될지도 모르지."

홈즈는 아침에 송어 새끼를 잡는 데 필요한 찜낚시(살아 있는 은어를 미끼로 사용하여 다른 은어를 낚는 낚시 방법으로 놀림낚시라고도 한다.─옮긴이)를 챙기지 못했다는 것을 알고 그 핑계로 우리는 하루 동안은 낚시를 하지 않아도 되었습니다. 열한 시경 우리는 주인의 허락을 받아 검은 스패니얼을 데리고 산책을 갔습니다.

"바로 여기거든."

두 짝의 커다란 철문 앞에 도착했을 때 홈즈가 말했습

니다. 철문 양쪽에는 가문의 문장에 등장하는 그리핀(독수리 머리와 사자의 몸통을 가진, 그리스 신화에 나오는 동물.-옮긴이)이 서 있었습니다.

"반즈 씨 말대로라면, 부인은 열두 시경에 마차를 타고 산책을 즐기네. 철문이 열릴 때는 마차가 속도를 줄여야 하지. 왓슨, 마차가 문을 통과하여 다시 달리기 전에 너는 마부에게 무엇이든 하고 싶은 말을 하면 돼. 나는 의식하지 말게. 나는 이감탕나무 숲에서 나 혼자서 할 일이 있거든."

오래 기다릴 필요는 없었습니다. 15분 정도 지나자 덮개가 없는 크고 노란 사륜마차가 저택의 진입로를 내려오는 모습이 보였습니다. 발을 높이 올려 걷는 회색 말 두 필이 마차를 끌었습니다. 홈즈는 개를 데리고 숲에서 앉아 있었고, 나는 천연덕스럽게 단장을 흔들며 큰 길에 서 있었습니다. 문지기가 달려 나왔고, 대문이 열렸습니다.

마차는 속도를 줄여 느렸기 때문에 나는 마차에 타고 있는 사람을 자세히 볼 수 있었습니다. 왼쪽에는 황갈색 머리에 붉은 얼굴, 그리고 도도한 눈매를 지닌 젊은 여자가 앉아 있었고, 오른쪽에는 등의 휜 노인이 앉아 있는데, 그는 환자처럼 얼굴과 어깨를 큰 숄로 덮고 있었습니다.

말들이 큰 길로 나가기 전에 나는 점잖게 손을 들었고, 그러자 마부는 마차를 세웠습니다. 나는 로버트 경이 쇼스콤 관에 있는지 물었습니다.

그런데 그때였습니다. 홈즈가 숲에서 뛰어나오며 스패니얼을 풀어놓았습니다. 그 개는 반가운 소리를 내면서 마차를 향해 뛰어가더니 발판 위로 올라갔습니다. 하지만 기분이 좋아서 꼬리를 흔들던 개는 갑자기 태도가 바뀌었습니다. 화가 난 듯 짖으면서 마차 위의 검정 치마를 덥석 무는 거였습니다.

"출발! 어서."

크고 다급한 목소리였습니다. 마부는 채찍을 휘둘렀으며, 우리는 길 한가운데서 멍하니 서 있었습니다.

"왓슨, 이제 됐다."

홈즈는 흥분하여 헐떡대고 있는 스패니얼의 목줄을 잡아당기며 말했습니다.

"이 개는 마차에 탄 사람이 부인인 줄 알고 달려갔는데 낯선 사람이 있었던 거야. 개는 정확하거든."

"맞아. 목소리가 남자 목소리던데."

나는 큰소리로 말했습니다.

"바로 그거야! 왓슨, 우리는 이제 카드 한 장을 더 챙겼

구나. 하지만 게임은 조심스럽게 해야 한다고."

　그날은 홈즈에게 또 다른 할 일이 없는 것 같았습니다. 우리는 물가에서 진짜 낚시를 즐겼습니다. 그 덕에 저녁 식탁에는 송어 요리가 올라왔습니다. 홈즈가 다시 움직일 태세를 보인 것은 저녁을 먹은 후였습니다. 우리는 다시 영지의 큰 대문으로 가는 아침에 갔던 그 길을 걷고 있었습니다. 정문 근처에서 키가 크고 거무튀튀한 남자가 우리를 기다리고 있었습니다. 자세히 다가가보니 그는 런던에서 만난 조교사, 존 메이슨이었습니다.

　"선생님들 안녕하십니까? 홈즈 선생님이 보내주신 편지는 잘 받았습니다. 로버트 경은 아직 안 왔지만 아마도 오늘밤 중에는 돌아올 겁니다."

　"그 교회는 저택에서 얼마나 멀리 있지요?"

　홈즈가 물었습니다.

　"4백 미터 정도는 넘을 겁니다."

　"그러면 로버트 경에 대해서는 신경 쓸 필요까지는 없겠는 걸."

　"홈즈 선생님, 하지만 저는 입장이 난처합니다. 로버트 경은 집에 오면 곧장 저를 먼저 불러서 프린스의 상태를 체크하실 겁니다."

"알았소! 메이슨 씨. 그렇다면 당신은 지하 납골당까지만 알려 주시고 돌아가시오."

달도 없는 컴컴한 밤이었지만 메인슨은 앞장서서 초지 위를 걸어갔습니다. 잠시 후 우리 눈앞에는 검은 건물 하나가 나타났으며, 그것이 바로 오래 된 교회 건물이었습니다. 우리는 예전에 정문으로 사용되던 허술한 틈새로 들어갔으며, 메이슨 씨는 곳곳에 널린 돌 사이를 비틀거리면서 건물 구석을 향해 걸어갔습니다. 그곳에는 지하실로 통하는 경사가 심한 계단이 있었습니다. 그는 성냥 불을 켜서 지하실의 소름 돋는 모습들을 보여주었습니다. 퀴퀴한 냄새가 나는 무서운 곳이었습니다. 거칠게 다듬어진 돌들로 쌓여진 오래 된 벽이 허물어져가고 있었으며, 납관과 석관들이 머리 위의 천장까지 쌓여 있었습니다. 홈즈가 각등에 불을 켜자, 노란 빛의 통로가 스산한 장면을 드러냈습니다. 관에 붙은 이름표들이 불빛에 반사되었고, 대다수의 이름표들이 오래 된 가문의 상징인 그리핀과 보관으로 꾸며져 있었습니다. 죽음의 문 앞까지도 가문의 명예를 중시한 듯한 느낌이었습니다.

"메이슨 씨, 지난번 뼈 이야기를 했는데 그 뼈는 어디에 있습니까?"

"이쪽 구석입니다."

조교사는 지하실로 자신 있게 걸어갔는데 각등으로 그곳을 확인하자 그는 놀라워하며 걸음을 멈추었습니다.

"없어졌는데요."

"그럴 겁니다."

홈즈는 깔깔대며 웃었습니다.

"유골을 태운 재가 지금도 그 아궁이 속에 남아 있을지 모릅니다."

"대체 무엇 때문에 천 년 전 죽은 사람의 뼈를 태우는 걸까요?"

존 메이슨이 궁금해 하며 물었습니다.

"우리가 바로 그것을 알아내려고 온 것이오."

홈즈가 말했습니다.

"시간이 좀 걸릴 수도 있지만 당신을 반드시 붙잡고 있을 필요는 없군요. 우리는 오늘 밤 안에 해답을 찾아낼 겁니다."

존 메이슨이 떠난 뒤 홈즈는 매우 조심스럽게 관을 조사했습니다. 가운데 색슨 족의 것으로 보이는 오래 된 관에서부터 노르만 족 휴고 가와 오도 가의 수많은 관을 거쳐 18세기의 윌리엄 팰더 경, 그리고 데니스 팰더 경의 것까지 있었습니다. 한 시간 이상이 지난 뒤 홈즈는 지하실 입구 똑바로 세워진 관에 이르렀습니다. 그의 만족스러워 하는 듯한 목소리와 바쁘지만 재빠르게 진행되는 움직임을 보면서 나는 그가 자신이 예상한 대로 소기의 목적을 달성했다는 것을 짐작할 수 있었습니다.

그는 확대경을 들고 묵직한 덮개의 중심 부분을 꼼꼼히 살폈습니다. 그리고 주머니에서 짧은 끌과 지렛대를 꺼내 틈새로 밀어 넣고는 덮개를 뜯어냈습니다. 관의 덮개는 몇 개의 꺽쇠로만 고정되어 있는 것 같았습니다. 덮개가 소리를 내며 뒤로 젖혀지면서 관 속에 든 물체가 눈에 보이려는 순간 예상치 못한 일이 발생했습니다.

누군가 머리 위를 걷고 있는 소리가 들려왔습니다. 그 걸음 소리는 자신에 차 있으며, 이미 익숙해진 공간을 걷는 사람 특유의 정확하고 빠른 걸음이었습니다. 불빛이 계단을 내려오더니 이어서 고딕식 아치 아래 각등을 손에 쥔 남자의 모습이 보였습니다. 그는 무섭게 생긴 큰 체격의 남자로 보기만 해도 거친 듯했습니다. 그는 마구간용 각등을 들고 있었는데, 숱이 많은 콧수염을 기른 탄탄한 얼굴과 분노에 차서 타오르는 눈이 불빛 속에 나타났습니다. 그는 지하실 구석구석을 훑어보다가 우리를 발건하고서는 맹수처럼 내려다보았습니다.

"웬 놈들이냐. 너희는?"

그는 큰소리로 말했습니다.

"남의 사유지에서 지금 뭐하는 짓들이냐?"

홈즈는 아무 말도 하지 않았습니다. 그러자 그는 앞으로 두어 발짝 다가오며 들고 있던 묵직한 단장을 들어 올렸습니다. 그리고 다시 고함을 쳤습니다.

"내 말이 안 들려? 누구냐니까? 대체 무엇하고 있느냐?"

단장이 허공에서 떨리고 있었습니다. 그러나 홈즈는 두려움에 오그라들기는커녕 당당하게 앞으로 나갔습니다.

"로버트 경, 나도 당신에게 묻고 싶은 게 있소."

그의 목소리는 엄하게 들렸습니다.

"이건 뭡니까? 이게 왜 여기 있는 거지요?"

그는 돌아서서 뒤에 있는 관 뚜껑을 열어젖혔습니다. 그러자 각등의 불빛 아래로, 머리서 발끝까지 전신이 천으로 칭칭 감겨진 시신이 나타났습니다.

얼굴색이 변함과 동시에 당당하고 사나웠던 표정이 사라지면서 그의 눈은 우리를 내려다보고 있었습니다. 이어서 로버트 경은 외마디 비명을 지르면서 비틀거리다가 석관에 몸을 기댔습니다.

"왜 이러는 거야."

그는 외쳤습니다. 그러다 다시 흉악한 태도로 돌변하고 있었습니다.

"이것이 너와 무슨 상관이야?"

"나는 셜록 홈즈요. 내 이름을 들어본 적이 있을 것이오. 어떤 상황에서든 내가 하는 일은 착한 시민들과 마찬가지로 법을 잘 지키는 것이오. 그런데 내가 보기에 당신은 진실을 말해야 할 것이 여러 가지인 것 같군요."

로버트 경은 흥분되어 달아오른 눈으로 노려보았지만 홈즈의 절제된 목소리와 차분한 태도에 냉정을 되찾은 듯했습니다.

"좋소. 홈즈 선생, 나도 상황이 불리하다는 것은 인정하오. 그러나 어쩔 도리가 없었소."

"나도 그렇게 믿고 싶지만 경은 경찰 앞에서 해명을 해야 합니다."

그는 어깨를 들썩거렸습니다.

"뭐 반드시 그렇게 해야 한다면 하는 수 없지요. 일단 우리 집으로 가시지요. 사정 얘기를 듣고 나서 판단을 해 보시지요."

15분 후 우리는 유리 진열장 안에서 반짝반짝 윤기가 흐르는 총신이 줄지어 진열되어 있는 것으로 보아 저택의 총기실인 듯한 방으로 안내를 받아 들어갔습니다. 로버트 경은 안락하게 꾸며진 방에 우리 두 사람을 남겨 놓고 나가더니 두 사람을 데리고 다시 돌아왔습니다. 한 사람은 마차에 타고 있던 혈색 좋던 그 젊은 여인이었고, 다른 한 사람은 엉큼해 보이는 태도에 쥐새끼 같은 얼굴의 키 작은 남자였습니다. 바로 전에 있었던 일들을 전혀 모르는지 두 사람은 우리를 보고 당황스러워 했습니다.

"이 사람들은 놀렛 부부입니다."

로버트 경은 두 사람을 가리키며 말했습니다.

"놀렛 부인의 결혼 전 성은 에번스였는데 오랫동안 누님의 시녀로 일했지요. 이 두 사람을 이곳으로 데리고 온 것은 내가 처한 상황을 가장 잘 알고 이 세상에서 내가 하는 말이 진실이라는 것을 입증해 줄 수 있는 사람들이기 때문이오."

"주인님, 꼭 이렇게까지 해야 하나요? 지금 무슨 행동을 하고 계신지 알고 계십니까?"

여자가 소리쳤습니다.

"저에게는 아무런 책임이 없습니다."

남편이란 사람이 말했습니다.

로버트 경은 배신감을 느낀다는 듯한 눈으로 남자를 날카롭게 쳐다보았습니다.

"책임은 내가 다 진다고. 홈즈 선생, 있는 사실 그대로 말할 테니 들어보시오. 선생은 나에 대해 많은 조사를 했을 거요. 하지 않았다면 이런 일은 발생하지 않았겠지요. 아시다시피 나는 더비 경마 대회의 숨은 우승 후보인 경주마 한 마리를 출주시키려고 하고 있는데 말의 승패에 내 모든 것이 걸려 있소. 내 말이 이긴다면 모든 것이 수월하겠지만 그렇지 않다면……, 아, 그 생각은 하고 싶지도 않군요."

"경의 입장은 잘 알고 있지요."

홈즈는 말했습니다.

"나는 누님인 비어트리스 부인에게 전적으로 의지하고 있지요. 그러나 영지에 대한 권리가 누님이 살아 있는 동안까지만이라는 것은 누구나 아는 사실이오. 그리고 나는 유태인 사채업자에게 덜미를 꽉 잡혀 있는 상황이오. 그러니 누님이 돌아가시기라도 하면 채권자들은 굶주린 이리떼들처럼 나에게 달려들 것이라는 것을 나는 잘 알고 있소. 모든 것을 빼앗길 테지요. 마구간, 말……, 모든 것을……. 홈즈 선생, 그런데 일주일 전에 누님이 돌아가셨소."

"그 사실을 아무에게도 알리지 않으셨군요."

"나로서는 다른 방법이 없었소. 빈털터리가 될 게 뻔하잖소. 그러나 3주일만 지나면 모든 일이 풀릴 수 있어요. 그리고 이 사람, 누님의 시녀의 남편은 배우지요. 우리는 아니, 나는 이 사람이 잠깐 동안은 누님 역할을 할 수 있다고 여겼소. 매일 마차를 타고 나갔다 오면 되는 일이기에. 게다가 시녀 말고는 누님 방을 들어갈 이유가 없기에 그것은 어렵지 않은 일이었지요. 누님은 본래 앓고 있던 수종증으로 돌아가셨습니다."

"그야 검시관이 알아서 판단할 일이지요."

"주치의는 누님이 몇 달 동안 생명이 위태로운 위험한 증상으로 힘들어 했다는 사실을 확인해 줄 겁니다."

"좋아요. 그래서 어떻게 한 거죠?"

"시신을 방에 그냥 둘 수는 없는 일 아니오. 돌아가신 다음날 밤에 놀렛과 나는 지금은 사용하지 않는 우물집으로 시신을 옮겼지요. 그런데 누님의 애견 스패니얼이 뒤따라와서 쉬지 않고 짖어대서 좀더 안전한 장소를 찾게 되었지요. 그래서 개는 다른 사람에게 주고, 시신은 교회 지하실로 모셔갔소. 하지만 홈즈 선생, 그런 과정에서 내가 몰상식하거나 잘못한 행동은 없소. 나는 죽은 누님에게 잘못을 저지른 게 없다는 입장이오.”

“로버트 경, 내가 보는 관점에서는 경의 행동은 변명할 여지가 없소.”

로버트 경은 급하게 고개를 흔들었습니다.

“남의 일에 대해 말하는 것은 간단한 일이죠. 하나 선생이 나와 같은 처지였다면 생각이 달랐겠죠. 모든 희망과 미래가 수포로 돌아가려고 하는데 과연 바라보고만 있었을까요. 그래도 성스러운 곳에 누워 계신 매형의 조상 중 한 분의 관에 누님을 임시로 눕게 해드리는 것은 그것은 편안한 안식처가 될 것이 분명하지요. 그래서 우리는 관을 하나 뜯어서 그 속에 있는 유골을 꺼내고 대신 누님을 그곳에 안치시켰소. 관에서 나온 오래 된 유골은 그냥 내버려둘 수가 없어서 놀렛과 내가 그것을 가져왔으며, 놀렛이 그것을 중앙 난방로에 내려가 불에 태웠소. 홈즈 선생. 이제 내가 할 말은 끝났소. 어떻게 그것을 알아서 나로부터 입을 열게 했는지 궁금하지만 말이오.”

홈즈는 잠시 생각에 잠겨 있다가 드디어 말했습니다.

“로버트 경. 경의 말에는 한 가지 잘못된 부분이 있군요. 경은 마권을 샀고, 그래서 희망은 있지만 그것은 채권자들에게 재산을 압류당한 상태에서도 유효할 겁니다."

"말은 내 재산의 일부라오. 그들이 무엇 때문에 나의 도박에 신경을 씁니까. 그들은 프린스를 출두도 못하게 할지도 모르는데. 나에게 가장 큰 돈을 빌려준 사채업자는 재수 없게도 샘 브루어라는 야비한 놈인데, 뉴마켓 히스에서 나에게 말 채찍으로 맞은 적이 있어 복수심을 갖고 있다오. 그런 놈이 날 구해주려 하겠소?"

홈즈는 일어서서 말했습니다.

"로버트 경. 이 사건은 경찰에 넘길 수밖에 없소. 나의 의무는 사실을 밝히는 일이고, 이제는 내가 손을 뗄 단계지요. 경의 도덕성이나 인품에 대해서는 어떤 의견도 밝히지 않겠습니다. 왓슨, 밤 12시가 다 되어가네. 우리는 우리의 소박한 잠자리로 돌아가야 되지 않을까."

로버트 경이 한 짓에 비하면 이 사건은 별난 에피소드가 즐거운 결과를 가져왔다는 사실을 지금은 모르는 사람이 없습니다. 쇼스콤 프린스는 더비 경마 대회에서 우승을 했고, 운동을 즐기는 로버트 경은 8만 파운드의 배당금을 손에 쥐게 됐습니다. 사채업자들은 경마가 끝날 때까지 채권 추심을 보류한 덕에 빌려준 돈에 이자까지 더해

전액 받아냈습니다. 로버트 경도 엄청난 돈을 얻게 되어 자신의 지위에 걸맞는 생활을 즐길 수 있을 만큼 재기에 성공했습니다. 게다가 경찰과 검시관은 로버트 경의 행동을 너그럽게 눈감아주고, 부인의 사망신고를 미룬 일에 대해서만 가볍게 질책을 하는 정도로 사건을 마무리했습니다. 운 좋게도 그는 별다른 손해 없이 특이한 사건을 마무리지었고, 이제는 그 사건의 그늘에서도 자유로워져 편안한 노후를 보내게 되었습니다.

은퇴한
물감 제조업자

SHERLOCK HOLMES
BEST

은퇴한 물감 제조업자

　그날 아침 셜록 홈즈는 이상하게도 울적하면서도 철학적인 감정에 휩싸여 있었습니다. 그의 예민하면서도 실용적인 정신 세계는 그런 느낌을 갖게 하는 자극적인 요소였습니다.

　"그 사람 봤나?"

　홈즈는 물었습니다.

　"좀 전에 나간 그 노인네 말인가?"

　"그래."

　"응, 들어오다가 마주쳤는데……."

　"그 노인 보면서 어떤 느낌이 들지 않던가?

"매우 슬퍼보이고, 허탈해 보이고, 아주 낙담한 사람 같던데."

"그래 맞아. 왓슨, 왠지 슬프고 허무한 그런 느낌. 인생이란 본래 슬프고 허무한 것 아닌가? 그 노인네의 모습이 우리네 삶의 축소판 아닐까? 우리는 손을 뻗어 잡히는 대로 내 것으로 만들지. 하지만 종국에는 두 손에 남아 있는 것이 뭐야? 허깨비, 아니 허깨비보다 더 못난 것……, 처참함 같은 것이지."

"그 노인도 의뢰인인가?"

"뭐 그렇게 볼 수도 있어. 런던 경찰청에서 그를 나한테 보내주었어. 이따금씩 의사들이 불치병 환자를 돌팔이 의사한테 보내는 것 같은 셈이지. 더 이상 방법이 없으면 환자에게 어떤 일이 발생하든 적어도 지금 상태보다 더 나쁠 것도 없다고 말하지."

"무슨 문제이기에 그런 건가?"

홈즈는 탁자 위에서 때 묻은 명함 한 장을 집어 들었습니다.

"조사이어 앰벌리. 그의 말에 따르면 미술 재료 제조사인 브릭폴 앤 앰벌리 사의 부사장이었다더라고. 그림물감 상자를 찾아 보면 그 회사의 이름을 볼 수 있을 거야.

노인은 재산을 좀 모아서 예순한 살에 은퇴를 했지. 그 후 루이섬에 집을 사서 그간 쉬지 않고 쳇바퀴돌듯 했던 생활을 끝내고 평화로운 말년을 보내려고 했어. 누가 봐도 그의 미래는 꽤 안정돼 있다고 생각할 거야."

"그렇겠지."

홈즈는 봉투 뒷면에 대충 적어놓은 메모를 힐끗 쳐다보았습니다.

"왓슨, 노인은 1896년에 은퇴를 했거든. 그리고 1897년 스무 살 어린 여자와 결혼을 했네. 사진이 실물보다 나은 것이 아니라면 그녀는 아마도 미인일 거야. 상당한 재산, 미인 아내, 그리고 여유로운 시간……, 노인의 미래는 그야말로 탄탄대로인 것 같았지. 하지만 자네가 보았듯이 노인은 2년 만에 풀 죽은 초라한 모습으로 떠돌아다니는 신세가 된 거야."

"대체 무슨 일이 있었는데?"

"왓슨, 어찌 보면 흔한 얘기야. 배신한 친구와 바람난 마누라 뭐 이런 거. 앰벌리 노인의 유일한 취미가 체스였나 보더군. 그런데 노인이 사는 루이섬 인근에 체스를 즐기는 젊은 의사가 살고 있었던 거야. 내가 여기에 이름을 적어놓았어. '레이 어니스트 닥터'. 어니스트는 노인의 집을 수시로 드나들었고 자연스럽게 그 집 부부와 친해진 거야. 문제는 비운의 내 의뢰인의 내면은 얼마나 괜찮은지 모르겠지만 외적인 매력은 별로 없는 사람이잖아. 그래서인지 의사와 앰벌리 부인은 눈이 맞아 지난주에 도망을 친 거지. 물론 두 사람의 행방은 아직도 몰라. 더욱이 그 바람난 여자는 도망을 가면서 노인의 돈이 들어있는 서류 상자까지 가지고 간 거야. 과연 우리가 그 여자를 찾을 수 있을까? 돈도 다시 찾을 수 있을까? 흔한 사건이지만 노인에게는 생사가 걸린 문제라네."

"자네는 이제 어쩔 셈인데?"

"왓슨, 지금 급한 문제는 내가 아니라 자네가 어떻게 할 것인가 그거야. 자네가 다행히도 내 역할을 대신 해줄 수 있다면 말이야. 자네도 알다시피 내가 지금 두 콥트교(이집트에서 가장 오래 된 교황제의 기독교 종파─옮긴이) 장로 사건으로 정신이 없는데 오늘이 고비나 마찬가지거든. 그러니 루이셤에 갈 시간이 없다고. 이 사건의 경우 현장에 가서 증거를 수집하는 일이 아주 중요한 것 같은데. 노인이 나한테 그리로 와 달라고 엄청나게 졸랐지만 난 어렵다고 말했어. 지금 영감은 내 대리인이라도 만나고 싶은 심정인 거야."

"얼마든지 가주지."

나는 간단하게 대답했습니다.

"사실 내가 얼마나 큰 도움이 될지는 모르겠지만 일단 최선은 다해 보겠네."

그리하여 어느 여름날 오후에 나는 루이셤으로 갔습니다. 하지만 내가 맡은 사건이 일주일 만에 영국 전체를 뒤흔들어놓을 줄은 정말 상상도 못했습니다.

나는 밤 늦게 베이커가로 돌아가 내가 한 일에 대해 들려주었습니다. 홈즈는 안락의자에 해쓱해진 몸을 묻고 앉아 있었습니다. 파이프에서는 매우 독한 담배 연기가 모락모락 피어 올랐고, 그는 마치 조는 사람처럼 게슴츠레 눈을 감고 있었지요. 그런데 내가 말을 하다가 멈추거나 뭔가 의심스러운 대목이 나오면 그의 눈은 쌍날의 칼처럼 빛나는 회색 눈을 반쯤 뜨고 탐색이라도 하듯이 나를 바라보았습니다.

"조사이어 앰벌리의 집은 헤이븐 저택이라고 부르거든."

나는 그 집에 대해 설명을 했습니다.

"홈즈, 자네도 그 집을 보면 금방 흥미를 가질 거야. 그 집은 정말 천한 사람들 속에 있는 인색한 귀족 같은 이미

지가 강하다네. 자네도 그 지역에 대해서는 알고 있잖아. 단순한 벽돌 건물이 길게 늘어선 거리며, 대충 닦여진 교외의 도로들 말이야. 그 한가운데에 오래 된 집이 고상한 문화와 여유로움으로 이루어진 작은 섬처럼 들어 서 있었어. 햇빛에 달아오른 높은 담은 알록달록한 지의류가 뒤덮여 있고, 맨 위에는 이끼가 자라고 있어서 그것은 마치……"

"왓슨, 지금 시를 낭독하나?"

홈즈는 매정하게 말을 잘랐습니다.

"내가 듣기로는 높은 벽돌담이라던데."

"그래 바로 그거라고. 나는 길거리에서 담배를 피우는 어느 녀석한테 물어보고 나서야 그 집이 헤이븐의 저택이라는 것을 알았으니까. 굳이 그 녀석의 얘기를 하는 것은 그럴 만한 이유가 있기 때문이지. 그 녀석 얼굴은 검고 키가 컸는데 콧수염을 길러서 마치 군인 같아 보이더군. 내 질문에 말 대신 고개로 그 집을 가리켜주고는 이상하게 훑어보는 듯한 눈으로 나를 쳐다보았는데 나중에 그 모습을 다시 보게 되었네.

대문 안에 들어서니까 곧장 앰벌리 씨가 입구로 내려오는 게 보이더군. 오늘 아침 그 노인을 봤을 때 역시 아주 묘한 느낌이었는데 밝은 햇빛 속에서 보니까 더 이상한 사람처럼 보이더라고."

"노인 얼굴은 나도 살펴봤지만 자네는 어떤 인상을 받았는지 궁금하군."

홈즈가 말했습니다.

"얘기한 그대로 근심 걱정으로 쌓인 사람 같았지 뭐. 등은 등짐 진 사람처럼 굽어 있었다네. 그런데 첫인상과는 달리 아주 약골은 아니던데. 어깨하고 가슴은 거인처럼 떡 벌어져 있던데 뭐. 물론 몸통은 가늘어져서 다리가 마치 두 개의 젓가락 같더군."

"왼쪽 신발은 낡았는데 오른쪽 신발은 멀쩡하고?"

"어, 그건 못 봤는데."

"그렇겠지, 못 봤을 거야. 난 영감의 다리가 의족이었다는 것을 알아 차렸지. 얘기 계속해 보게."

"나는 해진 밀짚모자 밑으로 뱀처럼 구불구불 흘러내린 반백의 머리와 굵은 주름살이 패인 무섭고 열이 오른 얼굴을 보고 아주 놀랐어."

"대단하군. 노인이 뭐라고 하던가?"

"앰벌리 씨는 괴로운 속내를 털어놓더라고. 우리는 입구를 같이 걸었지. 물론 나는 주변을 세밀하게 관찰했네.

난 그렇게 방치해 둔 곳은 처음 보았어. 정원은 거의 잡초 밭이 되어 있었어. 얼마나 방치해 두었는지 풀과 나무들이 완전히 자연 그대로의 모습으로 돌아가 있더군. 집도 마찬가지로 엉망진창이더라고. 노인이 그것을 의식하고 조금 치워보려고 하는 것 같았어. 거실 중앙에는 큰 녹색 페인트 통이 있었고, 그의 왼손은 큰 붓을 잡고 있더라고. 아마 벽에 페인트를 칠하는 중이었나 봐.

노인이 나를 안내한 서재는 음침했고, 우리 두 사람은 많은 대화를 나누었지. 자네가 오지 않은 것을 무척 실망스러워 했네. '물론 나 같은 별수없는 사람이, 더욱이 큰 재산을 잃은 상황에서 셜록 홈즈 같은 대단한 인물의 관심을 끌 수 있다고 생각하지는 않습니다.' 라고 노인은 말했네.

나는 돈 얘기는 전혀 없었다는 말로 노인을 안심시켜 주었어. 그러자 노인은 말을 이어갔지.

'그러실 겁니다. 홈즈 선생에게 예술은 그 자체가 목적이랍니다. 그러나 범죄의 예술적인 측면을 놓고 본다해도 여기에서 배울 만한 뭔가는 있을 겁니다. 그리고 인간성 말입니다. 왓슨 박사님! 배은망덕이라는 말 있지 않습니까? 나는 단 한 번도 아내의 청을 거절해 본 적이 없었습니다. 나처럼 아내의 모든 응석을 다 받아주는 남편이 어디 있냐고요. 그리고 그 젊은 놈……, 나는 그 인간을 내 아들처럼 대했소. 놈은 우리 집을 마치 제 집처럼 드나들었소. 한데 그 년놈들이 나를 이렇게 만들다니. 박사님, 정말 정말 무서운 세상이오.'

노인은 한 시간을 넘게 같은 얘기만 계속해서 되풀이하더군. 두 사람이 정을 통했다는 생각을 굽히지 않더군. 그 집에는 낮에 왔다가 오후 여섯 시에 퇴근하는 가정부를 빼면 부부 단 두 명뿐이었지. 두 남녀가 도망가던 날 저녁에 앰벌리 노인은 자기 마누라를 즐겁게 해주려고 헤이마켓 극장 2층의 원형 관람석 표 두 장을 예매해 놓았다더군. 하필이면 그날 저녁 아내가 두통 때문에 못 가겠다고 해서 노인은 혼자 갔다고 했지. 그 부분에 대해서는 믿음이 가더군. 노인은 쓰지 못한 표 한 장을 직접 보여주기까지 했네."

"아주 놀라운 얘기로군."

홈즈는 이 사건에 점점 관심을 갖기 시작하는 것 같았습니다.

"왓슨, 계속 말해 보게. 자네 얘기를 듣고 있자니 아주 흥미롭군. 진짜 표를 보았다고? 물론 좌석번호를 기억하지는 못하겠지.”

“아니야. 이번만큼은 확실히 기억해.”

나는 아주 자랑스러운 듯이 말했습니다.

“옛날 학창시절 내 번호하고 똑같았으니까. 31번. 그래
서 머릿속에 확 들어오더라고.”

“왓슨, 대단하네. 그럼 그 노인의 좌석번호는 30번 아
니면 31번이었겠네.”

“당연하지.”

나는 조금 어정쩡한 입장이 되어 말했습니다.

“그리고 B열이었거든.”

“정말 마음에 들게 조사했군. 그리고 또 무슨 얘길 했는
데?”

“나한테 금고실을 보여주었네. 은행에 있는 것하고 똑
같이 생겼더라고. 글쎄 철문에 철제로 제작된 덧문까지
달려 있었어. 노인의 말처럼 그야말로 완벽한 도난방지
시설을 갖추고 있던 셈이지. 그런데 아내가 열쇠를 복제
해 두고 있었던 것 같더라고. 그러니까 남자와 도망칠 때
칠천 파운드에 달하는 현금과 유가증권을 가져갈 수 있
었겠지.”

“유가증권! 아니 그걸 어떻게 처분하려고.”

"그래서인지 노인은 경찰에 주식 목록을 제출했다면서 두 사람에게는 그것이 휴지조각이 되길 바란다고 하던데. 어찌 됐든 밤 12시가 다 되어 극장에서 돌아와 보니 집안은 물건들이 어지럽게 널려져 있고, 문과 창문도 활짝 열려 있었고, 두 남녀는 자취를 감추고 없었다더군. 편지나 뭐 어떤 다른 얘기도 없었으며, 그 후로 지금까지 아무 소식도 듣지 못했다고 했네. 노인은 그날 바로 경찰에 신고했다더군."

　홈즈는 잠시 깊은 생각에 잠겼습니다.

　"노인이 페인트칠을 하고 있었다고 했지. 어느 부분에 페인트칠을 하고 있었는지 기억나나?"

　"음, 복도였네. 그런데 방문과 지금 말한 금고실의 나무 벽에는 이미 페인트칠이 돼 있던데."

　"아니, 이런 상황에서 페인트칠을 하다니…… 좀 이상하다는 생각 안드나?"

　"노인은 '사람은 자신의 아픔을 달래기 위해서는 뭐라도 해야 되지요.' 이렇게 말하던데. 그래. 나도 좀 이해가 안 되는 행동이라고 생각했지만 뭐 그 노인 자체가 좀 이상한 사람이라고만 생각했지. 내 앞에서 미친 듯이 화를 내면서 아내의 사진을 찢더라고. 그것도 아주 박박 찢어버리던데. 그러면서 소리를 질렀는데. '그 몹쓸 년의 얼굴은 다시 보고 싶지 않구려.' 라고."

"왓슨, 그외에는?"

"그러고 보니까 생각나는 게 하나 있네. 나는 블랙히스역으로 마차를 타고 가서 그곳에서 다시 기차를 탔거든. 기차가 막 출발하려고 하는데 한 사내가 내가 탄 다음 칸으로 재빠르게 뛰어오르는 것을 봤어. 홈즈, 자네도 내가 사람 얼굴만큼은 아주 잘 기억한다는 것을 알거야. 그 사내는 내가 헤이븐 저택이 어디인지 물어보았던, 길거리에서 만난 그 시커먼 키다리임에 틀림이 없어. 나는 런던교에서 또 한 번 그 녀석을 보았지. 그런데 녀석은 인파 속에서 사라져버렸어. 아마도 그가 내 뒤를 밟은 것 같은데."

"나도 그렇게 생각하네."

홈즈가 말했습니다.

"얼굴이 시커멓고 콧수염을 기른 키가 큰 사람이라고 했는데 혹시 회색 선글라스를 끼고 있지는 않았나? "

"홈즈, 자네는 마술사같이 말하는군. 맞네. 내가 말하지 않았는데, 그 녀석은 회색 선글라스를 착용하고 있었어."

"그리고 프리메이슨의 넥타이핀을 꼽고 있었지?"

"홈즈."

"이보게, 사실 알고 보면 그런 것은 중요하지 않아. 하지만 실질적인 문제로 들어가 보면 이 사건은 내가 나서지 않아도 될 만큼 간단한 사건처럼 보였지만 아주 급속도로 전혀 다른 모습을 드러내고 있어. 자네는 일하는 과정에서 정작 중요한 것은 다 놓쳤지만 그래도 자네가 주목한 것들마저도 그냥 무시할 만한 것들은 아닌 것 같군."

"내가 뭘 놓쳤다는 거지?"

"기분 나빠 하지는 말게. 내가 좀 무심한 것은 자네가 잘 알고 있잖아. 누가 갔어도 자네보다 잘하지는 못했을 거야. 단, 자네가 정말 중요한 것 몇 가지를 놓친 것은 사실이야. 앰벌리라는 영감과 그 아내에 대한 마을 사람들의 생각은 어떠한지? 이거야말로 아주 중요하거든. 또 어니스트 선생도 그렇고 의사 선생이 정말 방탕한 바람둥이였는지? 이런 것들 말이야. 왓슨, 자네의 타고난 품성을 잘 이용했다면 모든 여자들이 자네를 도와주려고 팔 걷어붙이고 나섰을 텐데 말이야. 우체국 여직원이나 야채 장수 마누라 같은 여자들, 안그래? 나는 자네가 블루 앵커의 새파란 처녀에게 흔하디흔한 부드러운 말 한 마디 속삭여주고 그 대가로 우리에게 쓸 만한 정보를 얻어내는 그런 모습을 상상할 수 있네. 하지만 자네는 이런 일은 아예 하지도 않았거든."

"뭐 그런 일 정도라면 앞으로도 할 수 있네."

"물론 그럴 거야. 그런데 이미 내가 했거든. 전화와 런던 경찰청의 도움으로 늘 이 방에서 나가지 않고서도 핵심 정보는 수집할 수가 있지. 그런데 내가 수집한 정보에 따르면 노인네가 자네한테 말한 내용은 사실이야. 앰벌리는 그 동네서 소문난 구두쇠인데다 아내에게 모질고 못되게 군 유명한 노인네더군. 어니스트라는 미혼의 젊은 의사가 그 노인과 체스를 즐긴 것도 사실이고, 그의 아내와 정을 통한 것도 사실일 거야. 모든 게 다 잘 맞아 떨어지기 때문에 사람들은 당연한 거라고 생각하고 그러려니 할 거야. 그러나, 그러나 말이야……."

"어디에 문제가 있다는 거야?"

"내 머릿속이겠지. 글쎄. 일단 그 얘기는 그만하자고. 음악이라는 비상구를 통해 이 지겨운 일상을 떠나 볼까. 오늘 밤 카리나가 앨버트 홀에서 노래를 부른다더군. 우리가 정장으로 갈아입고 가서 만찬을 들며 즐겨야 할 시간이라고."

나는 아침에 일찍 일어났습니다. 그런데 토스트 부스러기와 달걀 껍데기 두 개가 있는 것을 보고 여느 때와 마찬

가지로 홈즈는 더 일찍 일어났다는 것을 알 수 있었습니다. 식탁 위에는 그가 써 놓은 메모지가 있었습니다.

왓슨에게.
앰벌리 노인 사건으로 내가 연락을 해야 할 곳이 두 곳 정도 있네. 그 후에야 우리는 사건을 해결할 수 있을 것 같군. 물론 그게 아닐 수도 있지만 오늘 오후 세 시경에 집에 있어주면 좋을 것 같네. 내 부탁 들어줄 수 있겠지? ─S. H.

하루 종일 홈즈는 집에서 보이지 않았지만 자신이 말한 시간에 정확하게 돌아와 뭔가 생각에 잠긴 심각하면서도 냉정한 얼굴을 하고 있었습니다. 나는 그런 상황에서는 그를 그냥 내버려두는 게 최선이라는 것을 잘 알고 있었습니다.

"앰벌리가 왔다 갔나?"

"아니."

"맙소사. 그가 여기 온 줄 알았는데."

그러나 홈즈는 실망할 필요까지는 없었습니다. 잠시 후 노인이 마르고 수심에 찬 얼굴에 당황스러운 표정을 지으며 나타난 것입니다.

"홈즈 선생, 전보가 한 통 왔습니다. 도대체 무슨 말인지 알 수가 없구려."

노인은 전보를 보여주었고 홈즈는 큰 소리로 읽었습니다.

당장 오기 바람. 귀하가 최근에 손해를 본 것에 대한 단서를 제공할 것임
-엘먼, 목사관.

"리틀 펄링턴에서 두 시 십 분에 보냈군."

홈즈가 말했습니다.

"리틀 펄링턴은 에섹스에 있는 지역 같은데 프린턴에서는 그다지 멀지 않을 것 같군요. 물론 지금 당장 가는 게 좋겠습니다. 이 전보는 나름대로 믿을 만한 분으로부터 온 게 분명합니다. 그곳 교구 목사가 보낸 것이니까요. 내 성직자 인명부가 어디 있나? 아, 여기 있군. 'J. C. 엘먼, 문학 석사, 리틀 펄링턴과 무스모어의 목회자' 왓슨, 기차 시간을 좀 알아 봐."

"리버풀가에서 다섯 시 이십 분에 한 대가 있는데."

"됐어. 자네가 노인을 모시고 같이 가지. 도움이나 조언이 필요할지 몰라. 이 사건은 드디어 중요한 상황을 맞이

하게 됐어."

그러나 의뢰인은 그다지 원치 않는 듯했습니다.

"홈즈 선생, 너무 어리석은 일이오. 그 목사가 이 일에 아는 것이 있을까요? 그건 시간 낭비이자 돈 낭비일 텐데요."

"아무것도 모르면서 당신에게 전보를 쳤을까요. 지금 가겠다고 답장을 보내십시오."

"나는 가고 싶은 생각이 없소."

홈즈는 차분하고 무거운 표정을 지으며 말했습니다.

"앰벌리 씨. 좋은 단서가 나타났는데 그걸 거부하신다면 나도 그렇고 경찰도 당신에게 좋은 인상을 받지는 않을 겁니다. 우리는 당신이 이 사건의 해결에 그다지 관심과 열정이 없다고 볼 겁니다."

그러자 노인은 펄쩍 뛰며 다소 흥분한 목소리로 말했습니다.

"이런, 선생이 그렇게 생각한다면 내가 가겠소. 다만 그 목사라는 사람에 대한 신뢰가 가지 않아서 그랬던 것이오. 하지만 선생의 생각이 그러하다면……."

"네, 제 생각은 그렇거든요."

홈즈는 반기는 듯한 목소리로 답했고, 그 길로 우리는 출발했습니다. 홈즈는 우리가 방을 나서기 전에 나를 구석으로 데리고 가서는 한 마디 당부를 했습니다. 그는 이번 일을 아주 중요하게 여기는 것 같았습니다.

"무슨 일이 있더라도 반드시 노인과 함께 움직여야 하네. 노인이 혹시 다른 곳으로 빠지거나 집으로 가면 인근의 전화 교환국으로 가서 '도주'라는 한 마디만 하라고. 나는 자네가 전화를 하면 당장 내가 있는 곳으로 전달되도록 해놓을 테니. 알았지."

리틀 펄링턴은 지선에 있기에 찾아가기가 그리 쉬운 곳은 아니었습니다. 그 여행은 그다지 유쾌하지 않은 것이었습니다. 날씨는 후덥지근하고 차는 느려터지고 동행하는 노인은 불만에 찬 표정을 하고서 입을 닫고 있었기 때문입니다. 한 마디 한다는 게 가야 아무 소용없을 것이라는 비꼬는 투의 말뿐이었고요. 드디어 우리는 그 작은 역에 도착했습니다. 그곳에서 목사관까지는 3킬로미터 정도를 마차를 타고 가야 했습니다. 체격이 크면서 근엄하고 건장한 목사가 서재에서 우리를 맞이했습니다. 그의 앞에는 우리가 보낸 전보가 있었는데 목사가 먼저 물었습니다.

"선생님들 제가 무엇을 도와드려야 하는지요?"

"저희는 목사님 전보를 받고 왔는데요."

나는 자초지종을 설명했습니다.

"제가 전보를 보냈다니! 저는 그런 적이 없습니다."

"목사님께서 앰벌리 씨에게 이분의 아내와 돈에 대해서 보낸 전보였지요."

"이 무슨 이상한 장난인지 모르겠습니다만 정말 수상한 일이군요."

목사는 화를 내며 말했습니다.

"나는 선생이 말한 그 사람을 알지도 못하며, 누구에게도 전보를 보내지 않았거든요."

노인과 나는 황당해서 서로 얼굴을 쳐다볼 뿐이었습니다.

"뭔가 착오가 있나 봅니다. 목사관이 두 개인가요? 여기 전보가 있습니다. '앨먼'이라는 서명이 있고, 주소는 '목사관'이라고 쓰여 있습니다."

"선생, 여기 목사관은 단 하나뿐이고 목사도 한 명입니다. 이 전보는 엉터리로 조작한 것이며, 누가 보낸 것인지 경찰에서 조사하도록 할 거요. 더 이상 저는 말도 안 되는 얘기를 하고 싶지 않습니다."

앰벌리 씨와 나는 영국에서 가장 초라한 것 같은 마을길로 나왔습니다. 전신국을 찾아갔지만 문이 닫혀 있었습니다. 그나마 레일웨이 암스 가게에 전화가 있어서 홈즈와 연락은 할 수 있었습니다. 이해할 수 없는 여행에 대해 나는 말했습니다.

"참 이상한 일이지."

친구의 목소리는 아주 멀게 느껴졌습니다.

"그래 이상한 일이야. 왓슨, 오늘 밤 돌아오는 기차가 없을 텐데 어떻게 하면 좋지. 내가 그만 자네를 악몽 같은 시골 여관으로 보낸 셈이 되었네. 하지만 이보게, 언제나 인연이란 것이 있지. 물론 앰벌리도 함께 있지? 자네는 그 두 사람하고 친할 수 있는 기회를 갖게 된 걸세."

홈즈가 수화기를 내려 놓으면서 웃는 소리가 들려왔습니다.

함께 간 노인이 구두쇠로 소문이 난 데는 그럴 만한 이유가 있다는 것을 조금씩 알게 되었습니다. 노인은 여행 경비가 아까워서 삼등칸을 타자고 고집을 피우더니 이제는 숙박비가 너무 비싸다고 난리를 쳤습니다. 이튿날 아침, 런던에 도착했을 때는 노인 못지않게 나 또한 짜증이 극에 달해 있었습니다.

"가는 길에 베이커가에 잠시 들르는 게 좋을 것 같은데요. 홈즈 선생이 새로운 방향을 제시할지도 모릅니다."

"적어도 지난번보다는 나은 방법이 되어야 할 거요."

노인은 심술궂은 얼굴로 말했습니다. 그러면서도 그는 나와 같이 움직였습니다. 홈즈에게 도착 시간을 전보로 알려주었지만 그는 루이섬에서 우리를 기다린다는 메모를 남겨놓고 집에는 없었습니다. 우리는 그것을 보고 놀랐지만 노인의 집에 도착했을 때 거실에는 홈즈 혼자만이 아니었습니다. 무거운 인상을 지닌 남자가 옆에 앉아 있었습니다. 검은 얼굴에 회색 안경, 넥타이에는 큰 프리메이슨 핀이 꼽혀 있었습니다.

"앰벌리 씨, 내 친구 바커 씨입니다."

홈즈가 말했습니다.

"이 친구도 당신 사건에 관심이 많은 편입니다. 우리는 지금까지 각자 활동해 왔지만 당신에게 질문하고 싶은 내용은 똑같습니다."

앰벌리 씨는 긴장한 듯한 모습으로 앉아 있었습니다. 노인은 뭔가 위험이 찾아오고 있다는 것을 감지하고 있는 것 같았습니다. 잔뜩 긴장한 눈과 안면 근육이 움직이는 것을 볼 때 분명한 사실이었습니다.

"홈즈 선생, 묻고 싶은 게 있나요?"

"알고 싶은 것은 하나입니다. 시체 두 구를 어떻게 처리하셨지요?"

그러자 노인은 쉰 목소리로 비명을 내며 벌떡 일어났습니다. 그리고 뼈 마디가 드러난 손으로 허공을 휘저으며 입을 벌렸습니다. 그 순간 그는 무서운 육식성의 조류처럼 보였습니다. 그리고 그 노인의 본래 모습 그러니까 육신만큼이나 뒤틀린 영혼을 지닌 흉한 악마를 보는 듯했습니다. 노인은 다시 의자에 주저앉으며 더 이상 참지 못해 터져나오는 기침 때문에 손으로 입을 막았습니다.

홈즈는 쏜살같이 달려가 노인의 얼굴을 잡고 밑으로 눌렀습니다. 그러자 벌어진 입 사이로 흰색 알약이 떨어져 나왔습니다.

"조사이어 앰벌리, 빠져나갈 구멍은 없어. 품위를 지켜야지. 바커, 어떻게 됐지?"

"문 앞에 대기시켜 두었네."

입이 무거운 듯한 홈즈의 친구가 말했습니다.

"경찰서까지는 몇 백 미터도 안 되잖아. 우리 둘이 같이 가도록 하지. 왓슨, 자네는 여기서 기다려 주게. 삼십분 안에 돌아올 거야."

어깨가 벌어진 늙은 물감 제조업자는 사자 같은 힘을 지녔던 사람이었지만 거친 사내들을 다루는데 프로가 된 두 사람 앞에서는 저항을 못했습니다. 노인은 몸부림을 치고 비비 꼬더니 대기 중인 마차를 향해 끌려갔으며, 나는 혼자 남아 불길한 집을 지켰습니다. 홈즈는 30분이 되기도 전에 영리해 보이는 두 명의 젊은 경위들과 함께 나타났습니다.

"나머지 일은 바커한테 맡겨 두었어."

홈즈는 말했습니다.

"왓슨, 자네는 바커를 처음 보는 걸 거야. 서리 해안에서 내 맞수였었지. 자네가 언젠가 얼굴색이 검은 껑다리 얘기를 했을 때 나는 그가 누구인지를 알고 있었어. 그 친구도 몇 가지 사건을 아주 훌륭하게 처리한 적이 있지. 안 그렇나 경위?"

"몇 번 관여한 적이 있는 것은 사실입니다."

경위는 멋없이 말했습니다.

"그 친구의 방법이 나만큼이나 특이한 것은 사실이야. 그 특이한 변칙성이라는 것이 쓸모 있을 때가 많지. 이를테면 경위 자네가 앰벌리에게 정해진 방법대로, 당신이 한 말은 당신에게 오히려 불리한 증거가 된다고 수백 번 말해 줘도 악마 같은 이들의 자백을 받아내기는 힘들었을 걸세."

"물론이지요. 하지만 홈즈 선생님, 우리도 목적은 달성합니다. 경찰이 이 사건에 대해 아무 생각이 없었다거나 범인을 체포하는 일에 실패했을 거라고 생각하진 말아주십시오. 미안한 말씀이지만 선생님이 중간에 나타나서 우리가 쓸 수 없는 방법을 동원해 우리의 공을 무산시킬 때는 정말 속상합니다."

"매키넌, 그런 식의 일은 없을 거야. 분명히 말하는데 난 지금부터 발을 뺄 거야. 그리고 바커를 말한다면 그야말로 나에게 사건의 내용들을 들은 것 말고는 특별히 한 일은 없네."

경위는 매우 안심하는 듯한 표정이었습니다.

"홈즈 선생님, 정말 너그러우시군요. 선생님은 칭찬을 받든 비난을 받든 크게 관심이 없으시겠지만 신문에서 질문을 하기 시작하면 우리로서는 전혀 다른 문제가 되기도 합니다."

"그럴 거야. 그러나 어찌 됐든 만일 질문 공세를 받게 될 거라고 여기면 미리 대답을 준비하게나. 예를 들면 영특하고 의욕에 차 있는 젊은 기자가 의심을 갖게 된 계기와 진실을 알게 된 중요한 단서가 무엇이냐고 물어오면 자네는 뭐라고 답할 건가?"

경위는 당황스러워 했습니다.

"홈즈 선생님, 저희는 아직 진실을 파헤치지 못했습니다. 선생님께서는 용의자가 세 명의 보증인이 보는 앞에서 자살을 기도했고, 자신이 아내와 정부를 죽였다는 것을 사실상 자백했다고 하셨습니다. 그런데 그외의 사실은 파악하지 못하셨나요?"

"가택 수색 결과는 나왔는가?"

"지금 세 명이 수색 중입니다."

"그렇다면 곧 결정적인 단서를 찾아내겠지. 시체는 멀리 있지 않을 거야. 지하실이나 정원을 수색해 보라고. 의심 가는 장소를 파보면 금방 찾을 수 있을 거야. 이 집은 수도관보다도 오래 된 집이거든. 어딘가 사용하지 않는 우물이 있을 거야. 거기를 한 번 찾아보게나."

"아니 그걸 어떻게 아셨지요? 그리고 대체 어떻게 된 사건인가요?"

"먼저 사건의 계기부터 말해 주겠네. 그 다음에는 자네는 물론이고 내 친구가 시종일관 강한 인내심을 갖고 들어줄 얘기를 알려주지. 일단 가장 먼저 그 노인의 정신 상태부터 밝혀주지. 노인은 아주 특이한 정신의 소유자야. 아마도 교수대보다는 브로드무어 수용소로 보내야 당연한 일이라고 생각될 정도지. 노인은 현대를 사는 영국 사람이라고 하기보다는 중세 이탈리아 사람 기질에 가까운 극단적인 정신 상태를 보이고 있어. 그는 아주 지독한 수전노였으며 너무 인색한 나머지 부인을 비참하게 만들었어. 그러다보니 부인은 누구하고라도 손을 잡고 싶었지. 마침 체스를 두는 의사가 나타났어. 노인은 체스를 잘 두었는데, 왓슨, 그것마저도 교활한 심리 상태의 상징 같은 것 아닐까? 수전노들이 다 그렇듯이 노인도 질투가 아주 심했지. 노인의 경우 질투심이 광란으로까지 이어진 걸세. 정확한 사실은 아니지만 노인은 간통을 의심했을 거야. 그 때문에 복수를 결심하고 악마 같은 교활함을 무기로 이런 계획을 세운 거지. 여기 좀 보게나."

홈즈는 마치 그 집에서 살아온 사람처럼 복도를 지나 금고실의 열린 문 앞으로까지 경위를 안내했습니다.

"욱! 페인트 냄새가 지독합니다."

경위가 소리쳤습니다.

"바로 이것이 첫 번째 단서일세."

홈즈가 말했습니다.

"자네는 그 점에 대해 왓슨 박사의 관찰력에 감사해야 하네. 물론 내 친구는 적절한 추리를 끌어내는 데는 실패

했지만. 내가 가장 먼저 이상한 느낌을 갖게 된 것이 바로 이 점이었지. 노인은 왜 하필이면 이런 시기에 집안을 강한 냄새로 채우려고 한 것일까? 분명한 것은 뭔가 다른 낌새를 감추고 싶어 그랬을 거야. 이건 타인들의 의혹을 불러올 만한 범죄와 관련된 냄새인 거야. 바로 여기 있는 철문과 철제 덧문이 달린 밀폐된 방이 생각났어. 두 가지 사실을 종합해 볼 때 무엇을 의미하냐고? 이 집을 직접 수색해 본 후에야 결론을 얻을 수 있겠지만. 이 사건이 좀 이상하다는 것은 처음부터 눈치를 챘지. 그 이유는 왓슨 박사의 예리한 안목 때문에 극장 매표소의 입장 현황표를 보게 되었고, 그날 밤 2층 원형 관람석 B열의 30번과 32번은 공석이었다는 것을 확인했거든. 영감이 눈치 빠른 나의 친구에게 아내를 위해 구입했다는 극장표의 번호를 보여준 것은 어떤 술수였어. 남은 문제는 이 집을 어떻게 조사할 것인가야. 나는 외떨어진 마을로 나의 요원을 보내 노인을 그곳으로 유인했지. 그날 밤 안으로는 도저히 돌아올 수 없는 시간을 택했어. 혹시라도 일이 어긋나는 불상사가 발생하지 않도록 하기 위해 왓슨 박사를 동행시켰지. 그 착한 목사님의 이름은 물론 나의 성직자 인명부에서 알았어. 내 말 이해되는가?"

"역시 대단하시군요."

경위는 존경어린 목소리로 말했습니다.

"그렇게 되니 수색에 방해받을 일이 없어졌고 나는 이 집에 들어오기로 했지. 내가 만일 다른 직업을 선택하게 된다면 아마 도둑질이 가장 유력할 걸세. 나는 또 내가 전면으로 나설 필요가 있다고 판단했어. 저기 벽 아래로 가스배관이 지나가는 게 보이지? 배관은 모서리에서 위로 올라가고 저 귀퉁이에는 꼭지가 달려 있어. 보다시피 가스관은 계속 이어져 금고가 있는 방으로 들어가서 천장한가운데로 이어지면서 끝나거든. 가스 배관은 본래 벽토와 장식으로 위장하는 게 통례야. 그런데 배관 끝은 그대로 열려 있어. 언제든지 밖에서 꼭지를 돌리면 방 안은 가스로 가득 차게 돼. 금고가 있는 방문과 철제 덧문을 잠그고 꼭지를 최대한 열어놓을 경우 작은 방에 갇힌 사람은 2분도 못되어 의식을 잃게 되어 있어. 영감이 어떤 수를 써서 두 사람을 저 방으로 유인했을지 모르겠지만 여하튼 저 안에 들어가면 그 다음은 끝인 거야."

경위는 흥미롭다는 듯 가스관을 유심히 살펴보았습니다.

"경관 하나가 가스 냄새가 난다는 말을 하긴 했습니다.

물론 그 때 창문과 문은 활짝 열려 있었고 페인트칠은 시작된 후였지요. 노인의 말로는 그 전날부터 페인트 작업을 시작했다고 하던데요. 홈즈 선생님, 그나저나 그 후로는 어떻게 되었지요?"

"그러니까 그 다음 상황은 나 역시 전혀 예상치 못한 돌발 사태가 벌어졌어. 이른 새벽 식기실 창문을 타 넘고 있는데 누군가 내 목덜미를 잡아챘어. 그리고 말하더군. '나쁜 녀석, 너 여기서 뭐 하는 거야?' 가까스로 고개를 돌렸는데 나의 친구이자 라이벌인 바커의 색안경 낀 눈과 부딪혔지. 예기치 않은 만남에 우리는 웃음이 저절로 나왔어. 그러니까 바커는 어니스트 의사 가족의 부탁으로 이 사건을 조사하게 되었는데, 그도 나처럼 살인사건이 발생한 거라는 생각을 한 거야. 그는 며칠 동안 이 집을 감시하던 중 이 집을 방문했던 왓슨 박사를 보고 그를 수상한 인물로 생각했다는군. 왓슨을 체포할 수는 없었지만 내가 주방 창문을 타 넘는 것을 보고 현행범으로 체포하려고 했던 거야. 그래서 나는 바커에게 모든 얘기를 다 해주었고, 결국 우리는 같이 조사를 하게 된 거지."

"하필이면 왜 바커 씨었나요? 저희를 부르지 않으시고."

"나는 이미 마음속으로 계획을 다 세워 놓았었으니까. 아무튼 사건은 해결됐잖나. 그리고 아무리 보아도 자네들이 내 계획에 호응하지 않을 것 같아서."

경위는 피식 웃었습니다.

"암! 그랬을 겁니다. 홈즈 선생님, 선생님은 지금부터 사건에서 발을 빼고 조사 결과 전부를 저희에게 넘겨주시겠다고 하셨습니다."

"그랬지. 나는 늘 그렇게 했는데."

"경찰의 이름으로 선생님께 감사의 뜻을 전합니다. 말씀하신 대로 사건은 아주 속시원하게 확인되었고, 시신을 찾는 데는 큰 어려움이 없을 것 같습니다."

"내가 자네에게 움직일 수 없는 증거를 보여주지."

홈즈는 말했습니다.

"앰벌리는 그걸 못 본 게 분명해. 경위, 항상 다른 사람의 입장에 서서 '나라면 어떻게 할까' 하는 생각을 하라고. 그러면 좋은 결과가 나오기 마련이야. 상상력이 필요하긴 하지만 그만한 보상이 따르거든. 자, 지금부터 자네는 이 작은 방에서 갇혀 살 시간이 2분밖에 없지만 문 밖에서 자네를 비웃고 있는 악마에게 복수를 하겠다는 가정을 해보라고. 자네라면 어떻게 하겠나?"

"나라면 뭔가 메시지를 남겨 놓을 것 같은데요."

"바로 그거야. 자네가 죽는다면 자네는 사람들에게 왜 죽었는지를 알리고 싶어 할 거야. 종이에 글을 남기는 것은 헛수고나 다름없어. 발각될 테니까. 그러나 벽에 글씨를 새기면 누군가의 눈에는 보이겠지. 여길 보라고! 벽면 아래쪽에 지워지지 않는 자주색 펜으로 휘갈긴 글씨가 있잖아 – 우리는 ㅅ……, 저것뿐이라고."

"선생님은 저 글씨를 보고 어떤 생각하셨나요?"

"그러게. 글씨가 남은 곳은 바닥에서 고작 30센티미터 위라고. 그 불쌍한 친구가 죽어가면서 쓴 글씨인 거야. 다 쓰기 전에 그만 의식을 잃은 거야."

"– 우리는 살해 당했다– 라고 쓰려고 했던 것 같습니다."

"나도 그렇게 생각했네. 시신에서 펜이 나온다면……."

"저희가 찾아보겠습니다. 믿으셔도 좋으실 겁니다. 하지만 유가증권은 어디 있죠? 확실한 것은 그것을 도둑맞은 사실은 없단 말입니다. 한데 노인은 주식을 소유하고 있었지요. 저희는 그것을 확인했거든요."

"아마도 어딘가에 꽁꽁 숨겨두었겠지. 아내가 다른 남자와 도망쳤다는 사건이 잊혀지면 어디선가 우연히 찾아낸 것처럼 하겠지. 죄 지은 두 사람이 양심의 가책을 느껴 그것은 돌려보내주었다고 하거나 아니면 중간에 버리고 갔다고 소문을 내겠지."

"선생님은 한 점 의혹까지도 남김없이 다 풀어주시는군요."

경위는 말했습니다.

"그런데 한 가지 이해 안 되는 것은 노인이 왜 경찰을 찾아가지 않고 선생님을 찾아갔을까입니다."

"나름대로 자신만만했던 거야."

홈즈는 말했습니다.

"노인은 자신이 너무 완벽하고 잘나서 누구도 자신을 뛰어넘지 못할 거라고 생각한 거야. 행여 의심하는 이웃 사촌이라도 있으면 — '내가 어떻게 했는지 알아. 셜록 홈즈까지 찾아갔었다고' — 이런 식으로 말해 줄 수도 있었으니까."

경위는 배꼽을 잡고 웃었습니다.

"홈즈 선생님, 그 부분은 못들은 것으로 하겠습니다. 사건을 이렇게 시원하게 풀어가는 모습은 처음 봤거든요."

이틀 후 홈즈는 격주로 발행하는 '노스 서리 옵저버'를 사다가 나에게 주더군요. '헤이븐 저택의 공포'에서 시작해 '눈부신 성과를 올린 경찰 수사'로 끝나는 그럴 듯한 제목 아래에는 사건의 실상을 처음으로 밝히는 장문의 기사가 실려 있었습니다. 특히 마지막 구절은 이 기사의 논조를 아주 잘 대변하고 있었는데 그 내용은 이러했습니다.

매키넌 경위가 말은 페인트 냄새 속의 그 어떤 냄새, 이를 테면 가스 냄새를 없애기 위한 것이라고 판단한 아주 예리한 통찰력, 금고가 있는 방이 바로 죽음의 방이었다는 사실을 밝혀낸 대단한 추리력, 그리고 지속적인 수사를 통해 개집으로 묘하게 꾸며놓은 사용하지 않는 옛날 우물 속에서 시체를 발견했다는 사실은 우리 나라 경찰 수사진들의 뛰어난 능력을 대신 말해 주는 것이므로 이번 사건의 수사는 범죄사에 영원히 기록될 일이다.

"그래 매키넌, 너는 참 좋은 친구구나."
홈즈는 여유있게 웃으면서 말했습니다.
"왓슨. 그 사건을 문서철에 잘 보관하게. 언젠가는 진실이 밝혀질 걸세."